JN217815

ハーシェリクV
転生王子と軍国の至宝
Prince Herscherik and the Great Treasure of Military Nation
楠のびる
Illust. あり子

「なんですか?」
「各国の姫君からの、恋文」
テッセリ
グレイシス王国
第六王子
マルクス
グレイシス王国
第一王子

「えッ!?」
ウィリアム
グレイシス王国
第二王子
ハーシェリク(早川涼子)
グレイシス王国第七王子
前世ではアラサーの
オタク女性

「第七王子、ハーシェリク殿下、ご入場！」
シュヴァルツ（クロ）
ハーシェリクの
筆頭執事
ヴァイス（シロ）
ハーシェリクの
筆頭魔法士

オクタヴィアン（オラン）
ハーシェリクの
筆頭騎士

「二人とも許します。
私と一緒に行こう」

「我が君の、お心のままに」
アオ
クレナイとともに
逃げてきた獣人
ハーシェにアオと
命名される
クレナイ
グレイシス王国に
逃げてきた軍師
ハーシェにクレナイと
命名される

「『軍国の至宝』
アルテリゼ・ダンヴィルは、
処刑されました」

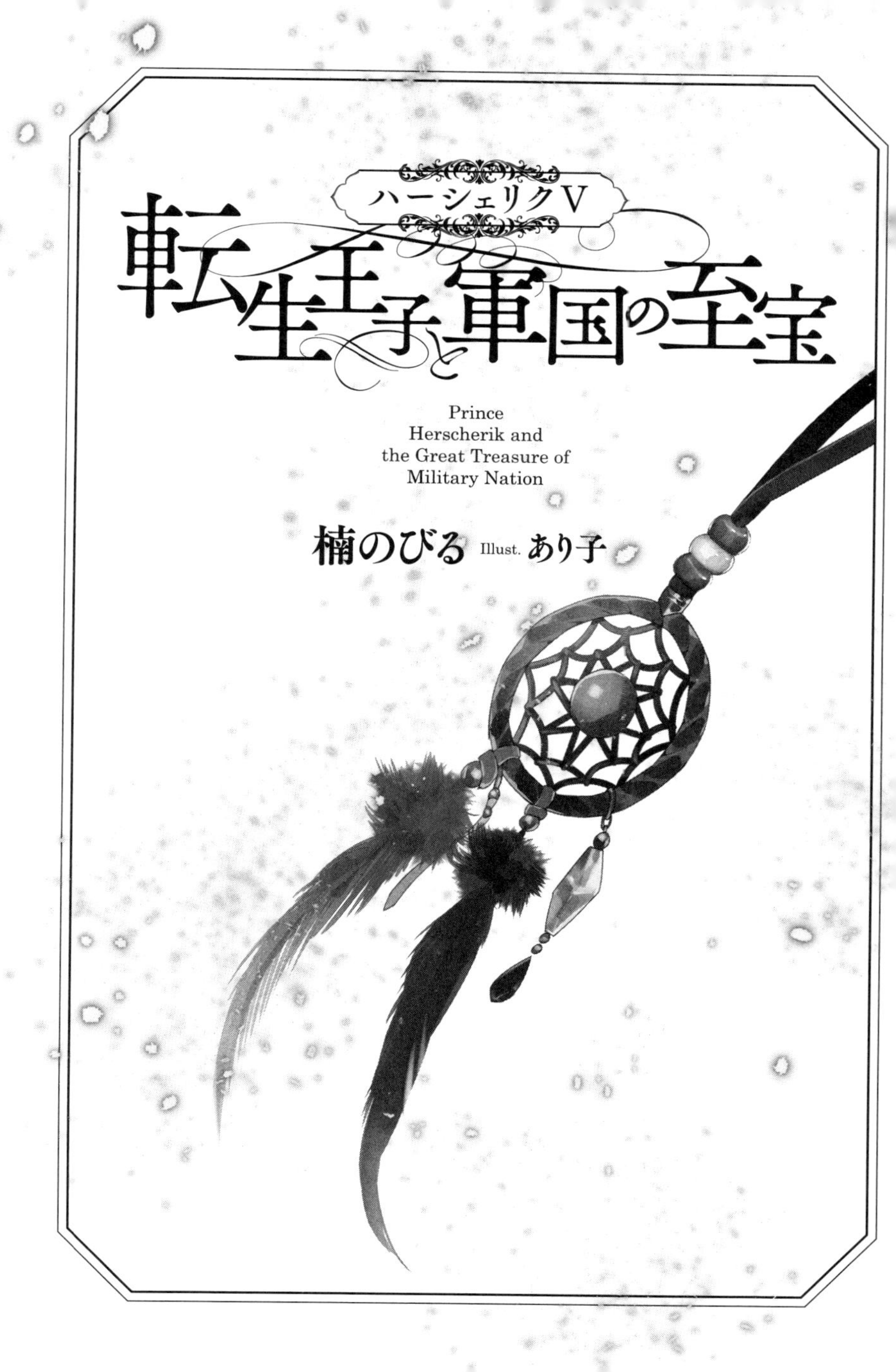
ハーシェリクV
転生王子と軍国の至宝
Prince
Herscherik and
the Great Treasure of
Military Nation
楠のびる
Illust. あり子

Prince Herscherik and the Great Treasure of Military Nation

Contents

序章　炎と絶望と悪夢　004
第一章　王子と秋空と邂逅　012
第二章　蝶と獣人族と信頼　032
第三章　末王子と放蕩王子とお土産　057
第四章　狂王と勅命と密約　083
第五章　リョーコとクレナイとアオ　107
第六章　祭りの準備と誘拐と不思議な王子　126

第七章 豊穣祭と御前試合と秋夜の宴 154
第八章 裏切りと天才と復讐 188
第九章 真意と本心と青き翼 223
第十章 王子と軍師と奴隷 245
終章 転生王子と軍国の至宝 272
番外編 青き疾風と微笑の紅軍師 292

序章　炎と絶望と悪夢

木々から吹き出した炎が、まるで赤い花弁の如く舞い、夜空を赤く、紅く染め上げる。

本来なら静かな夜の森は、そこに住む動物たちを等しく眠りに誘ったであろう。しかし木々は炎の柱と化し、見渡す限りすべてが真っ赤に染まっていた。

その中で、仲間に囲まれながら地面に膝をつき、絶望に打ちひしがれる女が一人。

「なぜ……？」

そう彼女は問う。それは周囲にいる仲間たちに対してではない。ここにはいない司令官へ、生まれ育った祖国へ、そして己への問いかけだった。

彼女の深紅の髪は熱風に煽(あお)られ、夜空の闇のような色の瞳は赤々と燃える炎を映す。

（どこで間違ったというの……？）

彼女は繰り返し、心の中で己に問う。

士官学校を卒業してから、彼女は一度として敗北をよしとしなかった。

男性優位のこの国で、女の身でありながら彼ら以上の戦功を上げ、国の発展に力を尽くした。

だがそれは、国のためではない。

始まりは没落した己の家の汚名を雪(そそ)ぎ、復興するためであった。

彼女がまだ十歳にも満たないときに起こった、大敗となった戦。

その戦で正軍師を務めていた父は、敗走する軍の殿の指揮を申し出て、信頼した部下たちとともに戦死した。

もともと病を患っていた母は、夫の死を知ると心身ともに衰弱し、後を追うように帰らぬ人となった。

幼い彼女が我に返ったときには、敗戦の原因は正軍師の策とされ、代々国家軍師を輩出して名門と謳われていた自分の家は、没落していた。

今まで散々すり寄ってきた親族には絶縁され、財産は国に没収された。

彼女は愛すべき家族も、思い出の詰まった屋敷も、名門の令嬢の地位もすべて失った。

普通の令嬢ならば、己の不幸を嘆き、身を投げたかもしれない。

しかし彼女は、絶望に浸ることをよしとしなかった。

戦争も国も親族も、彼女のすべてを奪ったかに見えただろう。だが彼女には、頭脳と才能、そして父から学んだ軍師の知識と心得が残されていた。

彼女は身一つで国営士官学校を卒業した。長い歴史の中でも卒業した女性は、両手の指の数程度しかいない。しかも飛び級を繰り返し、十四歳という年齢で、首席での卒業だった。

そのあと、彼女は軍師として国に仕え、家の復興のために尽力した。

だが月日を重ねるうちに、目的は変わっていった。

家の復興よりも、彼女は大切なものを見つけた。

それは戦場で出会った仲間たち。

この国で、自分と同じように——否、自分よりも不遇な仲間たちのために、己の才を振るうように、変わっていった。

彼女は仲間たちとともに、どんな困難な戦であろうと乗り越えた。

周りからの嘲笑（ちょうしょう）も侮蔑も、仲間たちとともに耐え、最高の結果を出し続けた。

そして、この戦で結果を残せば、自分も仲間も国に認められ、報われるはずだった。

「なのに、どうしてッ‼」

そう彼女は叫びながら、固く握った利き手の拳を地面に叩きつける。

いつもの彼女からは考えられない行動に、仲間たちは驚くと同時に、彼女の余裕のなさに危機感を覚えた。

現に、炎がすぐ近くまで迫っているというのに、彼女は動かない——否、動けないでいた。

ぽたり、と彼女の手の甲に、水滴が落ちる。

それは、彼女の瞳から溢れたものだった。

それが怒りからか、悔しさからか、それとも悲しさからか——どの感情で溢れたものか、己にも判別がつかない。

「これが……」

止まらぬ涙をそのままに彼女は呟き、そして炎で赤く染まった天を見上げた。

「——がッ！　これがッ‼　——の答え——のッ⁉」

火柱と化した木が音を立てて崩れ、彼女の絶叫を寸断する。

慟哭した彼女は、両手で再度地面を叩きつけ――――視界は、暗転した。

体を揺さぶられ、彼女は瞳を開いた。彼女の闇色の瞳と、覗き込まれた瑠璃色の瞳がぶつかる。彼女は数度瞬き、思考を逡巡(しゅんじゅん)させ、現状を思い出した。そしてふわりと、温かみの感じる微笑(ほほえ)みを浮かべて、身体を起こす。

「もう、夜遅いですよ。何かありましたか？」

そう彼女は声量を抑えて言い、彼女を起こした青年が休んでいないことを言外に咎(とが)める。

ここはグレイシス王国の王都へと続く街道から逸れた森の中。視線を巡らせば、離れた場所にたき火があり、その傍で彼らの恩人の大きな身体が船を漕いでいる。

彼女が視線を戻すと、青年は深い青の髪を揺らし、彼女の横に腰を下ろしたところだった。

「……大丈夫か？」

彼女の言葉を無視し、青年は気遣いげな視線を向けながら、彼女を抱き寄せる。

彼女は彼にされるがままに、彼の足の間に座る。青年の肩に頭を預け、上半身を密着させると体温を感じ、不覚にも安堵(あんど)を覚えて小さく吐息を漏らす。まだ秋口だというのに、自覚していた以上に体温は奪われていた。

地面に敷いた毛布も、羽織っていた外衣も、防寒に関しては心もとない薄いものだった。

ただその冷えきった身体と青年から感じる体温が、これが現実だと認識させた。

青年は彼女の腰まである長い深紅の髪を撫でながら、その耳に口を寄せる。

「……またか?」

低い落ち着いた声で、そう話しかける。睦言というほど甘い雰囲気はなく、心から彼女を心配しての言葉だった。

彼女の微笑みが、一瞬だけ強張る。だがそれは、長年彼女に寄り添っていたからこそわかる程度の変化だった。

「忘れろ」

咎めるように、また諭すように、青年は短く言う。

青年は知っていた。彼女が毎夜、あの光景を夢に見て、魘されていることを。

そして表面はいつも通り笑っていても、彼女の中で燃える炎は未だ衰えていないことを。

だから彼は毎夜、何度も諭すように言葉を紡ぐ。

しかし彼女の返答も決まっている。

「嫌です」

彼女は微笑みとは裏腹に、きっぱりと拒絶する。

青年はいつも通りの返答に、嘆息するしかなかった。

肩を竦ませる彼に、彼女は表情を曇らせる。

その視線の先は彼の背中——否、背中から不自然に膨らんだ外衣だ。

それは人間にはない、だが彼には命と同等以上に大切なもの。

「痛みは、ないですか？　……動きませんか？」

彼女の問いに、青年は沈黙する。それが答えだった。

「……ごめんなさい」

その答えに沈痛な面持ちで謝罪した彼女は、彼の逞しい胸板に顔を埋め、そのままあの悪夢へと再び意識を移した。


とある馬車が王都を目指し、街道を進んでいた。既に御者の瞳は、グランディナル大陸一の大国であり、古い歴史を持つグレイシス王国の王都を映している。

それは馬車に乗車している客たちも同じだった。

「主、そろそろ到着のようですぞ」

馬車の小さな窓から王都を確認した男が、己の主に言葉をかける。

三十代中頃の精悍な顔つきに、黒く長い髪を後頭部で一つにまとめた――総髪にした黒い瞳の男だ。この大陸では珍しい和装に身を包み、手を伸ばせば届く場所には黒い鞘に納まった剣が置かれている。だがこの国で普及している剣とは違い、幅は細く厚さは薄く、そして長い。

男は視線を外から車内に戻し、二人分の座席に行儀悪く寝ころぶ自分の主を見る。

「おー、やっと？」

青年というには幼く、子どもというには憚(はばか)られる、今年で十五となる鳶色(とびいろ)の瞳を持った、温和で優美な顔立ちの少年だった。

赤みのかかった肩につかないくらいの金髪を手でかき回しつつ欠伸(あくび)を零すと、その場で大きく伸びをして固まった筋肉をほぐす。

そして無造作に手櫛(てぐし)で髪を後頭部に一つに集め、従者が差し出した紐で括り、肩を揉みながら己も小窓から王都を見て、久々の故郷を眺めた。

「到着したら、いかがいたすか？」

「そうだなぁ……」

従者のやや訛(なま)っている言葉。身分ある者が聞いたら嘲笑するか、もしくは叱責するであろうが、主である少年は気に留めず、頬をかきながら考える。

報告しなければいけないことも多いし、聞きたいことも山ほどある。特に自分が外を回っている間に起こったことは、漏れなく確認せねばならない。

ふと少年の視線に、車内の一角に積み上げられた大小様々な箱が映りこむ。それは旅先で手に入れた土産だった。

「まずは家族に……久々に弟に会いたいな」

そう少年は柔らかく微笑んだ。

彼の正体は、この国の王族である。

グレイシス王国第六王子、テッセリ・グレイシス。

彼の素行を知る者は、放蕩(ほうとう)王子と呼ぶ。

第一章　王子と秋空と邂逅

　大地が豊かに潤い、動物たちが迫りくる冬に備えるために肥え、人々が大地の恵みに感謝する季節がグレイシス王国に訪れていた。

　王都の城下町は豊穣祭を約二週間後に控え、賑わっている。皆が笑顔で祭りの準備を進めているが、その表情は決して祭りを楽しみにしているだけではない。

　グランディナル大陸の北にあるグレイシス王国は、周辺諸国から『憂（うれ）いの大国』と呼ばれていた。国土は大陸随一とはいえ、王は貴族の傀儡となって暗愚と化し、大臣を筆頭に貴族、高官たちが専横し、国民たちは圧政に耐え、国は傾いていた。

　だが『憂いの大国』と呼ばれたのは既に過去である。

　今年の春過ぎ、アトラード帝国が国境を越え、王国へと侵攻してきた。王国はこれを迎え撃つべく遠征軍を派遣したが、帝国の策略により壊滅。十万の帝国軍は五千も満たない王国の国境砦を包囲した。

　勝敗は決したに思われたが、壊滅したはずの軍二万が、末の第七王子の指揮の下、帝国軍に奇襲。見事敵司令官を捕縛し、国境の戦に終止符を打った。

　しかし王子の功績はこれだけには留まらなかった。

　王子は戦から戻ると、私腹を肥やしていた大臣の罪を公（おおやけ）にした。その罪の中には、『王家の悲劇』と呼ばれる、先王と現王の兄にあたる二人の王子が病で亡くなったのは、大臣による暗殺だったという国民にとっては衝撃的な事実が含まれていた。

王子は動かぬ証拠を突きつけ、大臣を断罪した。真実を暴かれた大臣は、王子を人質にして逃亡を図った。しかしその途中、暴漢に襲われ命を落としたのだった。

大臣亡きあと、悪事に加担し私腹を肥やしていた者たちは、王子の独自調査による証拠とともに、一人残らず司法の場に引きずり出され、罪を裁かれた。

この国はいい方向へと変わる。祭りだけでなく、その先も明るい未来が待っている。

誰もがそう思い、自然と笑顔が零れ、祭りの支度にも力が入るというものだ。

王子を知る人は誰もが言う。すべては第七王子のおかげだと。

ハーシェリク王子がいる限り、グレイシス王国は安泰なのだと。


天高く澄みきった秋の青空が、窓の外に広がっていた。

その風景を、遠い目で眺める幼子が一人。

春の陽光を紡いだような、淡い色の金髪は耳が見え隠れする程度に揃えられている。左耳につけられた赤銅色のイヤーカフス型のピアスが、窓からの光に反射し煌めく。中性的でやや少女にも見える整った顔立ちには、翡翠のような碧眼が嵌めこまれていた。

幼子はソファに腰掛け、突っ伏して両手を机に投げ出していた。頬で机の天板のひんやりとした感触を覚えつつ、視線は窓を見上げ欠伸を噛み殺す。もし誰かがこの場にいたのなら、注意をしただろう行儀の悪さだが、幸か不幸か室内には彼一人だった。

「ああ、いい天気だなぁ……」

ぽつり、と彼は呟いた。

彼はグレイシス王国第七王子、ハーシェリク・グレイシス。弱冠七歳にして、先の帝国との戦いを終結に導いた張本人である。

巷（ちまた）では『光の王子』や『光の英雄』と密やかに称えられているが、本人はその話を聞いて「なにその二つ名……恥ずかしくてもうお外歩けない……」と顔を両手で覆ったことは、腹心たちの記憶に新しい。と言いつつも、その翌日には城下町にお忍びに出ていたが。

そんなハーシェリクは現在、自室の書斎に籠っていた。彼の周りは片付いている、とはお世辞にも言いにくい状態である。

彼が突っ伏している空間を除き、周りには高低の差はあれ書類が積まれ、インク壺の周辺には跳ねたであろうインクが机を汚している。

書類の山を掻い潜るように置かれた白磁のカップは既に空（から）で、彼が長時間この場に拘束されていることを物語っていた。

ハーシェリクは、青く高い空を見上げながら、再度ため息を漏らす。

（ああ、本当にいい天気。こんな日に散歩に出たら、気持ちがいいのだろうなぁ……）

視界の端に書類の山をちらちらと映しながらも、ぼんやりと空を眺めるハーシェリクは、これまでの日々を思い出していた。一種の現実逃避である。

この国を裏から支配していた大臣――ヴォルフ・バルバッセ侯爵がいなくなって、早三か月が過ぎようとしていた。

アトラード帝国との戦後処理も一息つき、大臣一派を始め、不正に関与していた者たちへ証拠を突きつけて司法の場へと引きずり出し、裁きも行われた。罪の大小問わずにしょっ引いたため時間もかかったが、それも落ち着きつつある。

だが次の問題は、多くの貴族や公人たちが罪により免職や停職、謹慎などになったため、執政の席が虫食いのように空いたことだった。

王は国政の舵取りをするが、実務を行うのは貴族や官吏、騎士や警邏など現場の者である。傾きかけていた国を正常にするには、膿を出し切らねばならない。だがそのあと持ち直すには、時間を要するだろうと、ハーシェリクは覚悟していた。

だがその予想は、いいほうへ裏切られた。

これまで大臣一派と綱渡りのような駆け引きをしてきた、ハーシェリクの父であり国王のソルイエの執政は、暗愚と言われたときとは雲泥の差だった。

優しげな風貌とは裏腹に、すこぶる有能だったのだ。あの性悪古狸な大臣と長年渡り合い、潰されることがなかったのだから当然だろうが。

ソルイエが空席となった各部署の人員整理を、わずか二週間足らずで終えてしまったときは、ハーシェリクも舌を巻いた。

「でもこれは臨時的な処置だから。ある程度落ち着いたら、再度人員編成は考えるよ」

有能でも上に立つことに向いている人間か、そうではないかの判断は難しい。だから国政の混乱を避けるための臨時的な処置として、とソルイエは付け加える。

「それに、貴賤に囚われる人間も少なくないからね……」

そう憂い顔で、ソルイエはため息を漏らす。

王城に勤める人間は、全員が貴族なわけではない。官吏の中には学院を卒業した平民もいるし、兵士も平民がほとんどだ。

貴族には平民の成り上がりを気に食わない者もいる。逆に平民の中には貴族を高飛車な鼻持ちならない奴だと思う者もいる。

そういった貴賤による相手への思い込みが壁となり、業務に支障をきたす場合があるのだ。

ハーシェリクにとっては、馬鹿馬鹿しいことだが。

（エリート思考や劣等感、というやつかねぇ）

人間、聖人でもない限り、そういう感情を持つことは当たり前である。

だがそれに囚われて、仕事を疎かにするのはいかがなものか、とハーシェリクは思う。

ハーシェリクは過去を、生まれる前のことを思い出す。

彼は前世、早川涼子（はやかわりょうこ）という二十五歳の誕生日を目前に控えたオタクな干物女で、日本という国の、とある上場企業の本社勤めの事務員だった。

大企業だったため在籍する社員は多く、考え方や経歴も多種多様だった。有名大学卒業のエリート思考な社員もいれば、高卒や専門卒で入社した現場からの叩き上げ社員、他社から引き抜かれた社員など様々である。

それに営業部門やシステム部門、管理部門など職種の違いもあり、派閥のようなものも存在したようで、たまに諍いもあったらしい。

ちなみに涼子は短大卒の新卒で入社し、総務部という部署柄か、そういう厄介事には関わっていない。

もともとの性質もあったが、入社当初が諸々の理由で激務だったため、「そんなアホなことしている暇あるなら仕事やれよ！　むしろそんなことする暇あるなら代わってくれよ！」と内心叫んでいた。

入社直後の人間関係構築の大事な時期を激務で潰し、どこの派閥に組み込まれることもなく、むしろ仕事がわからなければ部署関係なく突撃し、ベテランのように支店に躊躇なく連絡し、新卒にしては全社員に認知された涼子。

激務が終息すれば、生来のお節介で面倒見のいい性格の涼子は、派閥や部署関係なく――否、派閥の存在なんて知らず、分け隔てなく接するため、上は役職者から下は新入社員まで頼りにされた。

前世では単なる平社員で、群れることが嫌いだったので、我関せずを通せた。

しかし今は、そうは言っていられなかった。

お手手繋いで仲良しこよししろ、とまでは言わないが、能力がある人間が潰されたり、バルバッセのように道を誤ったりするのは、百害あって一利なしで、防がなければならない。

貴族だからこそ、優秀な人間も存在するが、その逆も然り。その特権階級に胡坐（あぐら）をかいている人間も存在するのだ。

（……意識改革が必要だな）

能力に貴賤は関係ない。それにハーシェリクは、真面目で努力をする人間は報われるべきという考え方をする。

生まれは、その人の最初の立ち位置を決定してしまうだろう。だが、生き方によっては、その道筋はいくつもできるのではないか。

（まあ、これぱかりは一朝一夕でできることじゃないし、気長にやるしかないか）

ハーシェリクはそう自己完結すると、身体を起こし、肩の凝りをほぐすため、首を左右に動かす。

（まずは目の前のできることを、とは思うけど……）

目の前の書類の山に、ハーシェリクは何度目かわからない、深いため息を吐いた。

「やってもやっても、終わらないなぁ……」

彼がそうついつい愚痴ってしまうのも仕方がなかった。目の前に広がるのは過去三十年分——ソルイエが幼くして王に即位し、バルバッセが摂政（せっしょう）として取り仕切り、ソルイエが成人してからはバルバッセが大臣であった間に関わった案件……のごく一部の資料だ。

（出るわ出るわ、これでもかっていうくらい、出てくるわ……）

そしてハーシェリクは、大量の資料から意識を逸らすように、焦点をあえてずらす。そんなことをしても、もちろん書類は減ったりしないが。

バルバッセの死をきっかけに、彼自身やその取り巻きだった貴族の不正が表沙汰になった。ハーシェリクが事前に証拠を集めたため、裁きを受けさせるには十分だった。

だが物語（フィクション）のように、罪人を罰して、すべて一件落着で終了とはならないのが現実（リアル）だ。不正が行われたということは、その分、政（まつりごと）が国にいきわたっていないということなのだ。

例えば、治水のために予算が組まれたとする。だがその予算を横領されていたら、治水工事はどうなったのか、となる。治水工事がされていない、または手抜きだったら、洪水など大きな人災へと繋がる。一度人災が起これば、国民の命や生活が奪われることとなる。

だから早急に手を打たねばならないが、現在グレイシス王国は内政が乱れている状態。揺れる大国を、他国は虎視眈々（こしたんたん）と狙っている。

父も、それを補佐する兄たちも、現在の情勢に対処するため多忙なのだ。過去三十年分の調査などやっている時間はない。

ならば担当部署に任せてはどうか、とも考えられたが、誰が己の部署の汚点を素直に申告するか。罰を恐れて隠蔽（いんぺい）されては意味がない。それに人員の再編で、どの部署もてんてこまいの状態だ。

だが誰かがやらねばいけない。ということで学院に入学していない、前の戦でうっかり前世の事務能力を披露してしまったハーシェリクが、延々と過去の資料を読み漁り、不可解な部分を調べ上げるという作業を進めている。

散々愚痴を垂れ流しているハーシェリクだが、嫌々やっているわけではない。彼自身、やりたいからやっている。王族としての学業も手を抜かず、時間があれば過去の資料を精査する。

だが自発的にやっていても、ストレスも疲労も溜まるものだ。

終わりの見えない作業は、彼の精神を摩耗(まもう)させ、現実逃避させるには十分だった。

しかも三十年分、というのはとりあえずの目安だ。必要に応じて、さらに時を遡(さかのぼ)らなければならない。

(当たり前だけど、パソコンがないのが辛すぎる……)

前世の職場は、大企業だからか、すべてにおいてパソコンによるデータ管理がされていた。

調べ事をするにも検索をかけて、該当するものを電子データで引き出し、必要ならばプリンターで出力すればよかった。

だがこの世界には、魔法は存在しても、パソコンは存在しない。

紙ベースの資料は魔法道具で記録され、年月ごとに保管や管理されているが、どこに保管されているかは、探さなければならない。もちろん完璧に保管されていれば、さほど手間はかからない。

だが担当部署によっては、魔法道具に記録されていなかったり、年月がバラバラだったり、偶然か故意かわからないが紛失していたり……仕事人間なハーシェリクは、その杜撰(ずさん)な管理体制に発狂する一歩手前である。

　異世界で、文明の利器のありがたみを、再確認する羽目になったハーシェリクだった。

「なんだろう、この胃がキリキリする感じは。昔、嫌と言うほど味わったぞ……」

　前世、頼られれば断れない性格だった涼子。そんな性格が、転生したくらいで変わることはない。しかもなまじ能力があるため、少々無理をすればこなせてしまうことが災いし、なにかと仕事を抱え込むことも多かった。

　自業自得だがストレスで胃は荒れて、一時期胃薬が常備薬だった。ストレス解消のため、一人カラオケに行ったり、ゲームをしたりしたが、そんな方法がとれないこの世界で、ストレス発散方法は限られている。

（とりあえず、今日の分は終わったし……）

　今日は勉学も訓練もなく、朝から書類とにらめっこをしていた。おかげで予定していた書類は、すべてハーシェリクの署名捺印済みである。

　それに父や兄姉たちに、根を詰めるなと散々注意もされているし、今は過保護で口煩い腹心たちもいない。

　ハーシェリクは、懐から銀古美の懐中時計を取り出すと、時間を確認する。時刻は午後三時よりも前だった。

「……おし、決めた」

　ハーシェリクはにやりと笑うと、勢いよくソファから飛び降りた。

三時過ぎ、控えめなノックが響いた。だが部屋の主からの返答はなく、再度ノックの音が響いたが、やはり反応はない。

返答を諦め入室したのは、暗い紅玉のような赤い瞳が印象的な、仕立ての良い執事服を身に纏(まと)った黒髪の青年だった。

彼の名はシュヴァルツ・ツヴァイク。主からはクロと呼ばれる、ハーシェリクの筆頭執事である。

主が四歳のときより仕える彼は、国ではなくハーシェリクに仕える忠臣として知られている。実力もさることながら、主の影のように付き従う様から『影牙(えいが)の執事』と囁(ささや)かれている。

その忠臣の手には、幼き主のために用意した茶器と、お茶請けのクッキーがあった。

しかし肝心の主の姿は、影も形もない。そして主がいるはずの机の上には、外出するという旨の書き置きと、用意して欲しい資料の一覧表が残されていた。

一瞬で状況と主の真意を理解したクロ。

「……逃げたな」

影のある整った顔立ちに、脱力感を滲(にじ)ませて彼は呟いた。

まだ先の豊穣祭に浮かれ、準備に賑わう城下町。フードつきポンチョを着て人ごみを縫うように進む、小柄な影があった。

城下町の人々は、その人物を見つけると誰もが手を振って挨拶をし、受ける側も手を振り応える。

その人物こそ、城を抜け出し城下町に姿を現したハーシェリクだった。

本日は門ではなく、以前より使用していた隠し通路を通ってきたため、誰にも咎められず気分も上々。久々のお忍びに、溜まったストレスが、空気に溶けて霧散(むさん)していくような錯覚さえ覚えるハーシェリク。

(天気のいい日は散歩が一番!)

目撃した者が、つられてしまうような微笑みを浮かべながら、ハーシェリクはご機嫌で進む。

機嫌がいいのは、ストレス解消だけが理由ではない。

帝国との戦争より前は、王族という身分を偽り、城下町の人々と交流していた。だが出陣式で王子という身分が露見した。

もう以前のように、城下町の人々との温かな交流はできなくなると、ハーシェリクは覚悟をしていた。

だが城下町の人々は、偽っていたハーシェリクを咎めなかった。彼らを苦しませていた元凶とも言える王族の自分を、以前と変わりなく受け入れてくれた。

ハーシェリクはそれが、涙が零れそうになるほど嬉しかった。

だからお忍びという名の城下町ぶらりは、ハーシェリクの何事にも代えがたい、大切な時間だった。

以前のように命が狙われることはなくなったため、過保護な執事に煩く言われないこともいい。

だが別の問題が発生した。

それは、帝国との戦でハーシェリクとともに、国内外に名を轟かせた、己の筆頭たちが原因だった。

自慢の腹心たちは、戦争後もハーシェリクのお忍びにも随行し、護衛した。護衛というよりは、なにかと問題に首を突っ込むハーシェリクの、お目付け役の意味合いが強いが。

帝国との戦争のあと、時間の都合がついて、筆頭たちと城下町へと繰り出そうとしたときのことだ。

城下町へ一歩踏み入れた瞬間、城下町の人々に……主に女性に囲まれ、進めなくなった。まるで前世のアイドルに群がるファンの如く、人の壁ができたのだった。

（俗にいうアレが出待ち……）

そのときのことを思い出し、ハーシェリクは内心苦笑する。

腹心たちは、若く有能で、容姿も整っていて、独身で将来性のある者だ。それでいて決まった相手のいない彼らを、思いの程度の差はあれど、女性たちは放っておかないだろう。

ハーシェリクのお供で城下町に来るときが絶好の機会とばかりに、彼らは取り囲まれる。そしてハーシェリクはそれに巻き込まれ、せっかくのお忍びが潰れてしまうことが何度もあった。

とはいってもハーシェリクは、悪意がない女性たちを無下にはできないし、主の手前、腹心たちも彼女たちを邪険に扱うこともできない。

一人は猫の皮を何重にも被り微笑みとともにあしらい、一人は苦笑とともに彼女たちを宥める。ただ残る一人は、性別関係なく人間不信なところがあり、多勢に囲まれ威嚇(いかく)する猫のようになっていた。

だがそれを察せない積極的な女性もいて、さらに迫られブチ切れ寸前になり、ハーシェリクが宥めた。そのせいか、彼は王城へ引き籠ることが多くなってしまい、別問題が発生していて、ハーシェリクは頭を悩ませている。

とりあえずその問題は置いておき、筆頭たちを引き連れての城下町のお忍びは、各自最初の一回で懲りたハーシェリク。

こうやって筆頭たちの隙をついては、以前のように一人城下町へとお忍びへ出かけるのだった。それにポンチョを被って顔を隠したハーシェリクだけなら、城下町の皆はそれとなく察してくれた。

だが一人歩きは筆頭たち、主にクロが渋い顔をする。毎度帰ったあと、執事から説教をもらうことになるが、それでもハーシェリクがやめることはない。

(今日は仕事も残してきたし、すぐには追ってこれまい！)

クロが聞いたら、拳骨ではすまないようなことを考え、内心ほくそ笑みながら、ハーシェリクは城下町をぶらぶらする。

途中お菓子屋の奥方からクッキーをもらい、それを頬張りながらハーシェリクはいつもの目的地へ向かう。

　目的地の店先では、日焼けした健康的な肌色をした女性が、果物の詰まった木箱を持ち上げているところだった。

「こんにちは、ルイさん！」

　そう背後から話しかけると、呼ばれた女性は振り返り、笑顔でハーシェリクを出迎えた。

「あら、リョーコちゃん、いらっしゃい！」

　リョーコ、と呼ばれたことに、ハーシェリクは笑顔を返す。

　城下町の人々は、ハーシェリクが王子だと知っても、以前と同様に『リョーコ』や若様、坊ちゃんと呼んでくれる。

　それが嬉しかった。失うと思っていたものを、失わずに済んだことが証明されているようで。

　ハーシェリクはルイから視線を動かし、果物が並べてある店舗の中を見る。果物が入った箱に並んで置かれている籠には、生まれたばかりの赤子が、気持ちよさそうに眠っていた。

「こんにちは、リーシェちゃん」

　籠を覗き込みながら起こさないよう注意しつつ、ハーシェリクは赤子に挨拶をする。

　この赤子は果物屋夫妻の長女だ。偶然にもハーシェリクがお産に立ち会うこととなり、夫妻の願いで、彼の名からとってリーシェと名付けられた。

　前世の姪（めい）っ子の赤子時代をふと思い出し、ハーシェリクの頬が緩む。人差し指を伸ばし、赤子の頬に触れると思った以上に柔らかく、ハーシェリクの目じりはだらしなく下がった。

（赤ちゃんはやっぱ可愛いなぁ……）

ただ眠っているだけだというのに、飽きもせず赤子を見つめるハーシェリク。そんな自分も周囲の人々から、微笑ましく見られていることを、本人は知らない。

日が暮れるまで、赤子を見ていそうなハーシェリクに、ルイは話しかけた。

「リョーコちゃん、今日も一人なの？」

「はい。ちょっと時間が空いたので出てきました」

赤子の頬を再度つついたあと、ハーシェリクはルイの質問に答えながら振り返る。するとルイが少々呆れたような顔をしていた。

「また彼らに怒られても、知らないわよ？」

ルイの言葉にハーシェリクの視線が彷徨い、誤魔化すように笑う。

一人でこっそり出てくることは、今回が初めてではない。そして毎度、腹心の執事か騎士が捜しに来ては小言を並べるのだ。

騎士ならまだいい。彼はハーシェリクが出歩くことに関して、諦めている節もある。

だが過保護な執事は、回を重ねるごとにその度合いが膨れていき、説教の時間も延びるのだ。

騎士が宥めてくれるが、なぜか説教の矛先が彼にも向き、二人揃って正座で説教を受ける羽目になる。

ちなみに魔法士は、我関せずである。

「ところで、旦那さんのお戻りは？」

ハーシェリクは話題を逸らすため、ルイに問うた。この果物屋の主人である無口で熊のような体格の旦那とハーシェリクは、ルイと同じく旧知の仲である。

確か遠方の町に出荷に出かけており、近日中に戻ると聞いていた。妻と赤子を残していくことを、無表情ながらも雰囲気で心配していると感じとったハーシェリクは、城下町に出る度に気にしていたのだ。

「今日の昼前に戻ったわ。そういえば珍しく喋ったかと思ったら、リョーコちゃんに相談があるって言っていたわよ」

「相談?」

ルイの言葉に、ハーシェリクは首を傾げる。

(なんだろう?)

心当たりを探すが、思い浮かばない。

「あ、おかえり、あんた。リョーコちゃんが来てるわよ」

そんなハーシェリクの思考を中断するかのように、ルイの言葉が聞こえた。視線を向けると、ハーシェリクが三人は入るだろう木箱を二つ、両腕で掲げるように軽々と運んでいる大男が近づいてくるところだった。

「旦那さん、おかえりなさい」

ハーシェリクはそう言いながら駆け寄る。

ふと旦那さんの後ろに、旅装の二人組がいたため、足を止める。

一人は長身の、深い海のような瑠璃色の瞳を持つ男性だった。深い青色の髪は短く切り揃えられているが、うなじの部分だけ伸ばされ、そこを縛っている。飾りだろうか紅い羽が縛り紐につけられ、風に揺れていた。

薄汚れた外套を羽織っており、背中には何か背負っているのか、不自然な膨らみがある。

もう一人は女性だった。フードつきの薄汚れた外套を深く被っているため、顔はわからない。だが肩幅が狭く、女性特有の曲線のある身体のため、性別を推測することができた。またフードから零れた一房の髪の紅い色が、ハーシェリクの目を引いた。

ハーシェリクの周りには、兄である王太子や腹心の騎士の家族など赤毛は多い。色合いは明るい赤で、特に王太子のマルクスの赤毛は、磨き上げられた極上の紅玉を溶かしたような色だ。だが目の前の彼女の赤は、彼らとは異なり、やや暗い赤……深紅という色が当てはまった。

彼女はゆっくりとフードを取り、顔を顕わにする。

年は二十代中頃だろう、とハーシェリクは予想する。微笑を湛えた闇色の垂れた瞳が穏やかで、物静かな印象を与える顔立ちの女性だった。

ハーシェリクと目が合うと、彼女は丁寧にお辞儀をする。

彼女に会釈を返しつつ、ハーシェリクは果物屋の主人に視線を戻した。

「……そちらの方々は？」

頭の隅で良くない予感がしつつも、ハーシェリクは確認するように果物屋の主人に問う。

主人は木箱を降ろし、一瞬躊躇うかのように、そして言葉を選びあぐねるかのように口を開閉し、ゆっくりと巨体を屈めてハーシェリクの視線に合わせた。

「……王子、相談がある」

無口な果物屋の主人が、彼にしか聞こえない小さな声で話しかける。

その言葉に、ハーシェリクの表情が変わった。

「……それは、この場では言いにくいことですね？」

彼が頷くのを確認し、ハーシェリクは一度だけふっと息を吐き出す。

いつもリョーコと呼んでいる彼が、王子と呼んだ。それは王子という立場でないと解決できない問題だということだ、とハーシェリクはすぐに理解する。

「わかりました」

多くは言わず、ハーシェリクは頷く。そして心配げに見ているルイに、にっこりと笑ってみせた。

「ルイさん、旦那さんをしばらくお借りしますね。あ、もし私の迎えが来たら、蝶を愛でに行くと言ってください」

そう言えばわかりますから、と続けるハーシェリクに、ルイは頷いた。

ハーシェリクは三人を連れて歩き出す。

ときどき背後を振り返り、三人がついてくることを確認しながら歩みを進めつつ、ハーシェリクはこっそりため息を漏らした。

（第二の人生も、まだまだ波瀾万丈みたいだ……）

そうハーシェリクは、内心独りごちたのだった。

第二章　蝶と獣人族と信頼

　ハーシェリクは、花街へとやってきた。

　後ろに続くは果物屋の主人、赤い髪の女性と青い髪の青年。青年は警戒をしてか、ときどき背後や周りに視線を走らせている。その様子から、彼はただの旅人ではなく、武術の心得があるのかもしれない、とハーシェリクは予想する。

　ただ彼の警戒は杞憂に終わるだろう。夜になると賑わうこの花街も、日が高い今は閑散としていて人は少ないからだ。ただそれでも、学院にすら行っていないハーシェリクにはそぐわない場所であるが。

　そしてしばらく歩き続け、辿りついたのは花街の中でも、上客しか入店を許されない最上級の娼館『宵闇の蝶』だった。

　この娼館で一夜を過ごすには、一般人の一か月の給金と言われるほど高額な金が必要となる。しかも金持ちなら誰しもが入店できるわけではない。一見さんお断りで、紹介者が必要であり、礼儀のない客は金持ちだろうと貴族だろうと叩き出される。さらに紹介者も出禁になるという、店と客の立場が逆転したような娼館である。

　もちろん料金に比例し、娼婦や男娼たちの質も、客を楽しませる話術も手管も、料理も酒も部屋の家具さえも最上級のものが用意されている。

そのため連日連夜満員御礼で、予約しても最短一か月先だという。

夜のことについては置いといて、美味しい料理を食べながら綺麗なお姉さんやお兄さんたちと、お喋りするのはとても楽しそうだ、とハーシェリクは個人的に思っていたりする。

ちなみにハーシェリクは、前世も今世もそれなりに面食いである。前世は二次元限定の残念オタク干物女だったが。

そんな彼が、上流貴族の屋敷にも引けを取らない『宵闇の蝶』の店前に着くと、ちょうど男が一人、店から姿を現した。

「あ、こんにちは！」

ハーシェリクが声をかけると、男が振り返る。

優男な風貌の彼は男娼ではなく、この『宵闇の蝶』の用心棒だ。礼儀のない客を叩きだすのが彼の仕事なわけだが、他にも掃除や買い出しなど雑務もこなしている。ハーシェリクも町で買い物中の彼と会うと、挨拶して立ち話をする仲だ。

「お、坊ちゃん。こんなところでどうした？　今日はいつもの付き人じゃないな」

優男は片手を上げてハーシェリクに近づきつつ、彼の背後に続く人たちを見て一瞬目を眇(すが)める。

果物屋の主人はともかく、他二人は見知らぬ人物のため警戒をしているのだ。

そんな彼に、ハーシェリクは緊張感の欠片もなく、いつも通り話しかける。

「置いてきちゃいました」

「それは残念。うちの姉さんたちは皆、坊ちゃんの付き人にお会いしたい、と手ぐすねを引いて待っているんだがな」

本気とも冗談ともとれる男の軽口に、ハーシェリクは苦笑する。

宵闇の蝶の娼婦たちは、とあることがきっかけでハーシェリクとその腹心たちを好ましく思っているのだ。さすがに自分にはそういったお誘いはないが、成人している腹心たちへは、冗談半分本気半分でお誘いがあるらしい。

「それは本人たちへ言ってください。こんな時間に申し訳ないんですけど、ヘレナさんは起きていますか？　……部屋を借りたいんです」

ハーシェリクは後半、声を潜め囁く。彼の真剣な眼差しに、優男も察して居住まいを正した。

「主人は準備中です。ですがあなた様には、いつ何時でも便宜を図るようにと承っております。どうぞこちらへ」

態度も口調も改めた優男は、扉を開けてハーシェリクたちを迎え入れた。

外は石造り、中は王城には負けるが磨かれた大理石でできた高級娼館は、まだ夕方にもなっていない時間帯のため静かだった。あと一時間もすれば娼婦や男娼たちが起き始め、料理人たちも動きだし、給仕係が開店の準備を始めるだろう。

優男に促され、ハーシェリクたちは大理石の廊下を進み、奥の部屋——宵闇の蝶の中でも、最高級の部屋に通される。

雲の上を歩くような感触の絨毯（じゅうたん）に、金縁のテーブルやソファなどの高級家具、高名な画家が描いたのであろう絵画が壁に飾られた、立派な暖炉もある広々とした部屋だ。奥には寝室へと繋がるであろう扉もある。

ハーシェリクは部屋に入ると、扉の外で待機する彼に礼を言った。

「ありがとう。それから……」

「人払いもお任せください」

心得たとばかりに優男が言うと、頭を深く下げて扉を閉めた。

これが、ハーシェリクが、わざわざこの娼館に来た意味だった。

教会が巻き起こすテロ未遂事件よりも前、ハーシェリクは偶然、この娼館の女主と娼婦や男娼、従業員たちを助けた。

ハーシェリクにとってみれば、偶然が重なって縁ができたのと、勝手にお節介をやいただけである。だが恩義を感じた娼館の皆は、なにかとハーシェリクたちに協力してくれるようになった。お酒や寝物語でお客が漏らす噂話を教えるという情報提供だったり、こうして密談をするときの場所提供だったりする。

もちろんこの協力は、ハーシェリクが悪用しない、情報元を漏えいしない、きちんと裏取りをするなど信頼があってこその協力である。

店の一番奥にあるこの部屋は、窓がなく遮音性が抜群で、誰にも聞かれたくない話をするにはもってこいの場所だ。ハーシェリクは王城の自室以外で、誰にも聞かれたくない話をするときは、この場所を借りている。もちろん営業時間外で。

「さて、旦那さんは既婚者だから、ここにいてあらぬ噂が立っても申し訳ないので、手短に話しましょう」

王城にあるものと遜色（そんしょく）のないソファに腰掛け、足を組みながらハーシェリクは言う。

三人に座るように促してはみたが、自分以外は座ろうとせず、ハーシェリクは苦笑を漏らした。

果物屋の主人が、大きい体を揺らす。

今更ながら申し訳なく思えたのだろう、その巨体を前のめりに小さくしながら、迷いつつも口を開いた。

「二人を、助けて欲しい」

主人はそう言って二人を見る。青年は無表情に、女はただ静かに微笑んで、成り行きを見守っているだけだった。

（ふむ？）

ハーシェリクは首を傾げる。

旦那さんがなぜ、二人を助けて欲しいと請うのか。助けを求めているはずの二人が、いやに落ち着いているのかに、違和感を覚えたからだ。

だがまずは確認しないといけない、とハーシェリクは旦那さんに問いかける。

「旦那さん、それは私でないと助けられない。もしくは助けられる可能性が低い、ということですか？」

ハーシェリクの言葉に、旦那さんは頷く。厄介事が確定した瞬間だったが、ハーシェリクはそのことを表情には微塵（みじん）にも出さず、話を先へと促す。

「旦那さん、助けられるかどうかはともかく、詳しく聞いてもいいですか？　彼らは旦那さんのご友人ですか？」

　親族でないのは明らかだったためだ。それなら旦那さんが必死になるのもわかる気がした。しかしハーシェリクの予想は外れ、旦那さんは首を横に振った。

「友人ではない。出先の町で知り合った」

　つまりは赤の他人、ということだ。しかも知り合って間もない。

　そんな彼らをなぜ旦那さんが助けようと思ったのか、そしてどう助ければいいのかわからず、ハーシェリクの疑問は湧水のように浮かんでくる。

　しかし次の一言で、ハーシェリクの疑問はすべて解決した。

「彼らは……彼は、獣人族だ」

「……え？」

　ハーシェリクの口から、間の抜けた声が零れ落ちた。

「本当に？」

　思わず聞き返し、旦那さんと青年を交互に見る。

「ああ」

　旦那さんが重々しく頷く。すると青年は、すぐ隣に立っていた女性に視線を向け、彼女が首を縦に振ったのを確認してから、羽織っていた外套を脱いだ。

　現れたのは鍛えられ引き締まった体躯。そして背中から生えた髪と同色の一対の翼だった。

ハーシェリクの上等な翡翠を思わせる瞳が、零れんばかりに見開かれる。そして一瞬で察した。

（ああ……これは……）

厄介なことになった、と。

この国には、いてはいけない人物——否、種族が目の前にいるのだ。

この世界には、多くの種族が存在する。

代表的なものは、まずハーシェリクのような人間。

次に魔族といわれる、人間よりも多くの魔力を身に宿した種族。彼らは黎明の時代の折に、他種族との戦争に敗れ、グランディナル大陸から去り、別大陸に移り住んだと言われている。

次に亜人族。これはエルフやドワーフなど、精霊と混じったとされるもののことを指す。

そして獣人族。言葉のまま、獣の特徴を身に宿す種族だ。獣の耳を頭に、尻には尾を生やす者や、彼のように翼を持っていたり、肌に鱗を生やした者もいたりする。獣の能力を持ち、俊敏な動きや剛腕、空を飛んだりすることができる。

他にも幻獣族など少数の種族もいる。

ちなみに亜人族と獣人族、幻獣族の多くは大陸の南、ルスティア連邦で暮らしている。

また魔族や亜人族、獣人族は総じて人間より長寿である。特に魔族や亜人族は、人間の五倍以上の寿命があり、獣人族も倍以上だ。ただし、繁殖能力は寿命と反比例して低くなる。また使用する魔法も、人間と比べ種族に応じて得手不得手が顕著である。

これはハーシェリクがこの世界に生まれ変わってから、書物で学んだことで、実際に見たのは

今日が初めてだった。

　他種族のことを知って、まさにファンタジーの世界と喜んだのはつかの間、グレイシス王国の現状を知り、絶望したのをハーシェリクは覚えている。

（これは王族じゃないと……というか王族でも助けられるかわからない）

　ハーシェリクがそう思うのも仕方がない話だった。

　グレイシス王国は、他種族の入国を一切禁じている人間の国だった。同時に人身売買や奴隷制度も一切禁止している。

　そうなった経緯は、遡ること先々代の王の時代。まだそのときには、国内に獣人族や亜人族が存在した。

　だがそれは、国民ではなく奴隷としてだった。獣人族、亜人族は身体が頑丈だったり、腕力があったり、見目がよかったりと価値があった。

　強制的に隷属させられた彼らは、物として扱われた。

　だが時の王の勅命により、奴隷制度は例外なく廃止され、それに伴い人身売買も禁止された。そして奴隷だった彼らは、赤子含めて残らず処分された。さらに他種族の入国は一切禁止され、法を破った者は、弁明の余地なく極刑が待っている。

　そのため現在、国内には奴隷はおらず、同時に他種族も存在しない。

　つまりこの時点で、果物屋の主人も、彼ら二人も、そして関わったハーシェリク自身も、王国の法に照らせば、弁明の余地なく死罪となるのだ。

旦那さんの求める助けとは、獣人族であり、不法入国をした彼らを助けて欲しい、ということだ。

「……とりあえず、経緯を聞いてもいいですか？」

どうするにしても、まずは確認が優先と考え、ハーシェリクは先を促した。どう対処するとしても、事実を見極めねばならない。

「彼らと出会ったのは、荷卸しした町だった」

いつもは無口な果物屋の主人が、重々しく口を開いた。

とある町で納品した品物の代金を受け取った彼は、ふと騒がしいことに気がついた。場所はフェルボルク軍国との国境に近い比較的大きな町。王都からは馬車で片道十日はかかる場所だ。

王都に妻と生まれたばかりの娘を残している彼は、急ぎ馬を駆けさせて予定より二日早く到着した。

ただでさえ無愛想なのに、拍車がかかった愛想のなさと厳めしい顔つきに、恐怖を覚え勘違いした商売相手が、代金に手間賃を上乗せしてくれたのは僥倖だった。

帰りは荷物がないため、行きよりも速度が出せる。多めの代金で土産でも買って帰ろうと考えていると、警邏が慌ただしく駆けていった。

（……何かあったのか？）

王都とまではいかなくとも、それなりに人口を有する町だ。揉め事もそれなりに起こるだろうと己の中で結論付け、彼は馬車へと急ぎ戻る。

そしていざ馬車を動かそうとしたとき、空のはずの荷台から物音が聞こえた。

彼はため息を一つついて、幌に覆われた荷台に上がる。野良猫か、もしくは子どもが悪戯で乗り込んだのかもしれない、と思ったのだ。

だがいざ荷台の中を見渡すと、空の木箱の陰に隠れている二つの影に息を呑む。

一人は紅い髪の女。煤けた外套を羽織り、疲れが滲み出た表情をしていたが、闇色の瞳には強い光が宿っていた。その女を背後に庇い、青い髪の青年の瑠璃色の鋭い眼光が主人を射すくめる。青年の外套は女と同じように煤けていたが、主人が注視したのは彼ではなく、彼の背中から生えたモノ。

「……獣人、族だと？」

無口な主人から漏れた言葉に、男がピクリと反応する。その手には小ぶりだが鋭利なナイフが握られていた。

張られた糸のようなピンとした緊張感が場を支配し、両者は動くことができなかった。そんな緊張を破るように声が響き渡る。

「誰かいるか！」

その声で金縛りがとけたかのように、主人は行動を起こす。反射的に馬車内にかけてあった野営用の毛布を掴むと、男女を隠すように広げた。

「絶対に、動くな」

そう小声で言うと、返事を待たず、主人は背中を向けて荷台から顔を出した。

ちょうど覗き込もうとしていた、警邏の制服を着た二人の視界をその巨体で塞ぐ。

警邏の二人は、急に現れた厳めしい大男にぎょっとしたが、咳払いしてすぐに平然さを装いつつ不審人物を見なかったかと問うた。

主人の脳裏に先ほどの男女が過(よぎ)ったが、生来の無愛想のため表情に漏れ出ることはなかった。

首を横に振ると、警邏たちは主人の迫力に押され、逃げるようにその場を離れた。

主人は何も言わず、そのまま馬車を発車させ、町から出たところで二人に事情を聞いた。

しかし彼らは多くを語らなかったし、もともと主人は口下手なため、うまく聞きだすこともできない。

ただ彼らが、隣接するフェルボルク軍国から来たことは、予想できた。ルスティア連邦から来た可能性もわずかにある。だが連邦から王国へと来るには、途中いくつかの国を経由しなければならないし、彼らの装備を見る限り、長い旅路を進んできたとは思えなかった。

大陸の東にあるフェルボルク軍国は、人間が支配する国だが、獣人族や亜人族も住んでいる。

だが獣人族や亜人族は国民としてではなく、一部例外を除き、そのほとんどが奴隷だった。

軍国は武力で周辺の中小国を取り込み、国土を拡大してきた。だが、取り込まれた国々の国民は、高い税金を払い軍国の民となるか、奴隷となるかの二択を選ばなければならない。

人間以外の種族の税金は高額で、ほとんどの者が納税することができず、占領された国の獣人亜人族は強制的に奴隷とされてしまうのだ。

　軍国の圧政に耐え切れず、獣人族が国外へ逃亡するということも少なくない。だがそれは、南のルスティア連邦に行くのが常だ。他種族の入国を拒否する、グレイシス王国へ逃れる者は皆無のはずだった。

　目の前の青年を除き。

「……彼らを放っておくことができなかった」

　口下手の自分の話に耳を傾けるハーシェリクに、果物屋の主人は言った。

　結局、主人は口を閉じたままの彼らを警邏に突き出すことも、見捨てることもできなかった。

　数年前の彼だったら、己の保身を考えて見捨てたかもしれない。だが目の前の、他人のためばかりに動く幼子に出会って、そのお節介がうつったようだった。

「俺も、獣人族の血を引いている」

　己だけが良ければいい、そんな考えを恥じた。それにもう一つ理由がある。

「え？」

　果物屋の主人の告白に、先ほど以上にハーシェリクは目を見開いた。

　ハーシェリクは反射的に果物屋の主人の姿を上から下まで見たが、どこからどう見ても人間だった。

「俺の曾爺さんは、獣人族の熊人（クマビト）だった」

「クマビト？」

首を傾げるハーシェリクに、主人は言葉を続ける。

他種族について、この国には文献も少なく、ハーシェリクは不勉強だったのだ。

曰く、獣人族の中にも種族があり、熊の容姿や能力を有する獣人族を熊人、青年のように鳥の翼を持つ者を鳥人と呼んでいるそうだ。

「人間と獣人族の間でも、確率は低いが子はできる。姿は母親の種族となるが、能力や寿命が引き継がれることも稀にある。俺は獣人族だった曾爺さんの体格と腕力が先祖返りしたんだ……この国では、一目で獣人族とわかってしまう者は生きていけない」

彼の言う通りなら、人間の容姿をした獣人族の血を引く人間が、想像以上に市井にいるかもしれない、とハーシェリクは考える。

寿命や能力など人間と差異はあるが、遺伝子検査なんて存在しないこの世界では、自己申告しない限り隠すことは可能だろう。現にハーシェリクは旦那さんが打ち明けてくれなかったら、彼のことは「体の大きい力持ちな人」という認識だったからだ。

そのまま立ち去ろうとする彼らを、助けたことを恩義と感じるならついてきてくれ、と口下手な彼からしては上等だといえる文句で引きとめ、人目を避けるように王都まで戻ってきた。

あのまま別れていたら、彼らは間違いなく警邏や騎士に捕まり、死刑となるとわかりきっていたからだ。

主人は、彼らを助けることができる可能性があるとしたら、ハーシェリクしかいないと思った。

だから、と主人は言葉を続ける。

「あなたを頼るしかない……すまない」

そう言って口を閉じ、頭を下げる彼に、ハーシェリクが考えたのは一瞬だった。

「旦那さんのお話はわかりました。頭を上げて……あとは私に任せてください」

いつも通り無口になった彼に、ハーシェリクははっきりと言った。

考えたのは助けるか、助けないか、の選択ではない。もともとハーシェリクには、誰かを見捨てるという選択肢は存在しなかった。

考えたのはどうやって彼らを助けるか、だった。

今後の対策を頭の中で練りつつ、いつもより眉間(みけん)に皺(しわ)を寄せている旦那さんを安心させるため、微笑んでみせる。

「旦那さん、私を信頼して、話をしてくれてありがとう」

彼が秘密を打ち明けてくれたことが、ハーシェリクは不謹慎ながらも嬉しかった。獣人族を匿(かくま)ったうえ、己の出生の秘密が公になれば死罪となってしまう。それなのに彼は、自分を信頼してくれた。

旦那さんの信頼に応えるためにも、さてどうするか、と思ったハーシェリクの耳に女性の声が届いた。

「お話し中、申し訳ありません」

この部屋には女性は一人しかいないため、ハーシェリクは紅い髪の女性に視線を向ける。

それを受け、彼女は一歩前に出る。紅い髪が揺れ、微笑みを絶やさずにいたが、闇色の瞳はハーシェリクを射貫くように見据えていた。

「なぜ、あなたは私たちを助けようと思われたのですか？」

助けてもらう立場では考えられないような言葉が、彼女から出た。

だがハーシェリクは非難せず、彼女の問いに首を傾げる。

「なぜって？」

「私たちは、どこからどう見ても怪しい者です。偶然を装いあなたに取り入って、仇（あだ）なすかもしれません。それに私たちを助けたとて、あなたに利益はないはずです」

彼女のもっともな言葉に、ハーシェリクは苦笑を漏らす。もしもこの場に過保護な執事がいたら、彼女に同調しただろうと簡単に予想がついた。彼は自分に対して過保護で心配性なうえ、どちらかといえば利益を重んじる性格だ。きっと彼なら「自ら危険を冒す必要はない」と断言していただろう。

「そうですね」

彼女の言葉にハーシェリクは同意する。すると微笑を浮かべた彼女の表情が、少し強張った気がした。

「なら、なぜですか？」

彼女の言葉と、向けられた闇色の瞳には警戒の色があった。その瞳を見て、ハーシェリクは納得がいった。

（彼女は冷静だな……生きるために）

最初のあの落ち着いた雰囲気は、見極めようとしていたのだと。

彼らが何も語らずとも、旦那さんの言った通り、軍国から来たのは間違いないだろう。

そのうえ青年は獣人族。この国の人間を、簡単には信用できないことも普通だ。下手に信用し、裏切られたら、彼らの命にかかわる。

ただ彼らには、この国での選択肢はないに等しい。だから少しでも自分たちの助かる道を模索し、余裕を感じとれる微笑みを浮かべながらも、見極めようとしている。

（なかなか胆の据わった人だ）

ハーシェリクは出会って間もない、死中に活を求める彼女に好感を持つ。そしてその彼女に全幅の信頼を寄せている青年にも。

翼を見せる前に、彼は彼女を見た。それは獣人族の証である翼を、ハーシェリクに見せてもいいかという問いだったのだろう。

翼を見せるということは、自分が獣人族であると明かすということ。獣人族であることが死であるこの国で、翼を晒すのは恐怖を伴う。だが彼女に視線で問うだけで、彼が翼を晒したのは、彼女の判断に全幅の信頼を寄せているからだ。

それに直感ではあるが、二人が悪い人物だとも思えなかった。

（だけど、彼女たちは簡単には私を信じないだろうな）

知り合って間もない彼らに、自分を信用しろなどと傲慢なことをハーシェリクは言えない。だからハーシェリクは小手先で誤魔化すのではなく、誠意を込めて正直に言った。

「旦那さんが、助けてくれって言ったからです。それ以外に理由なんて必要ですか？」

さも当然のように言うハーシェリクに、彼女の微笑みが一瞬崩れた。

だがすぐに表情を戻すと、さらに問う。

「ですがこの国の法では……」

「確かにこの国の法は、獣人族の皆さんに理不尽で厳しいものです」

ハーシェリクは彼女の言葉を遮る。

「だけど、法がすべて正しいわけではない、と私は考えます」

法とは守るべきものであると、ハーシェリクも理解している。

だが、法は所詮人間が都合よく作ったものだとも認識している。

時代、組織、人々——様々な要素で、変化や改正するのが法だ。絶対に正しいとはハーシェリクは思えない。

それになぜこの国が、ここまで他種族に対して排他的なのかが気になった。

(そのあたりも調べてみるか)

気になったら、調べずにはいられないハーシェリク。そう思考の淵に沈んでいたため、彼女がその様子を観察していることを、気づけなかった。

「あ、そういえば自己紹介していませんでしたね」

思考の淵から戻ったハーシェリクはソファから立ち上がり、二人に歩み寄る。

「私はハーシェリク・グレイシス。この国の第七王子です」

彼女が目を見開いていたが、気にせず手を差し出した。

反射的に手を出した彼女の手を握り、にっこりと営業スマイルをするハーシェリク。

次に青年に手を差し出したが、青年が手を握り返すことはなかった。だがそれは拒否しているというよりは、戸惑っているように見えた。今まで無表情な青年の顔に困惑が浮かんでいたからだ。

「あなたが……」

ハーシェリクの手の温かみの残る己の手を見つめながら、女性が呟く。まさか目の前の子どもが王族だとは思わなかったのだろう。先ほどまでの冷静さが嘘のように、動揺していた。

差し出したが握り返されることのなかった手を、所在無げに揺らして戻しつつ、ハーシェリクは重要なことに気がついた。

「名前を聞いても？」

ハーシェリクは首を傾げながら問う。

その問いに、彼女は表情が固まり、息を呑み、一瞬だが答えを躊躇った。

「……答えられない、ですね」

ハーシェリクは、その一瞬を見逃さなかった。

王子の言葉に、彼女は遅れて自分の失態を自覚する。適当に偽名を答えるべき場面だったのだと、後悔した。

だがそんな彼女の微々たる表情の変化を、長年隣にいた青年ならともかく、初対面の人間が気づくことはまずない。

だがハーシェリクは気がついた。そのことに、彼女の中で警戒心が高まるが、しかしハーシェリクは、それ以上彼女を追及しなかった。

「でも名前がないと呼ぶときに、困る……うーん、紅い髪と青い髪……アカ、コウ、セイ……なんかしっくりこないな」

もしこの場に腹心たちがいたら、嫌な予感がしただろう。ハーシェリクの名付けはよく言えば単純明快、悪く言えば壊滅的なセンスなのだ。だがそれを止める者はこの場にはいない。

パン、と一回柏手を打つと、ハーシェリクはにっこりと笑ってみせる。

「では、クレナイさん、アオさんって呼ばせてもらいますね。とそろそろ時間かな」

足音が聞こえていたハーシェリクが、そう言って扉へと視線を向けると、ノックの音が室内に響いた。

ハーシェリクが入室を促すと、重々しい扉が開き、複数の人物が入室してきた。

まずはここに案内した優男。その隣に立つは妖艶な美女——宵闇の蝶の女主人、ヘレナだ。

「若様、ご機嫌麗しく」

背中を撫でられるような、ゾクゾクした感覚を覚える艶やかな声で、ヘレナがハーシェリクに深々と頭(こうべ)を垂れる。緩くパーマのかかった薄紫の長い髪が肩から落ち、顔を上げると紫苑(しおん)色の瞳がハーシェリクを映した。

身支度の途中でかけつけてくれたのだろう。化粧は薄く、服は肩の出る、身体の曲線がはっきりとわかるロングドレスに、薄い衣を羽織るのみ。しかしそれでも滲み出る熟された色香は、男だったら唾を飲み込んだであろう。

しかし話しかけられたハーシェリクはまだ幼く、前世は女、さらに色恋事には疎かったため、彼女の溢れる色香に惑わされることはない。

「ヘレナさん、部屋を貸してもらえて、助かりました。ありがとうございました」

「そんな堅苦しいことは言わないでくださいませ。私と若様の間に、遠慮はなしでございます」

そうヘレナは手を己の頬に添え、微笑みとしなを作りながら答えた。口元にある黒子(ほくろ)が、彼女の色香を増す。

「若様のお役に立てるなら、どうぞなんなりとお申し付けくださいまし。若様のためでしたら、宵闇の蝶一同、ありとあらゆる手管を使って、ご満足いただけるよう努力を惜しみません」

妖艶に微笑みつつ、独特な言い回しをする女主人に、ハーシェリクは苦笑を漏らす。

「甘えている手前、そう言っていただけると助かります。今度、何かお礼をさせてください」

「若様が、お気になさることはございませんわ」

ですが、とヘレナは妖艶でいて、肉食獣を連想させるような微笑で言葉を続ける。

「若様の部下の方々に、遊びにいらしてとお伝えいただけると。娘たちは彼らをおもてなししたいと言っておりますの」

「あはは、それは本人たちに聞いてみないと、なんとも……」

そうハーシェリクはお茶を濁し、彼らの後方にいた人物たちに視線を投げる。

「だそうだけど、オランどうする？」

「……ハーシェ、迎えに来た」

ハーシェリクの問いかけはあえて無視し、苦笑いしながら用件を切り出したのは、金のメッシュが入った癖のある橙色(だいだい)の髪の青年だ。垂れ気味な青い瞳が、温和な雰囲気を醸(かも)し出している。

彼の名は、オクタヴィアン・オルディス。グレイシス王国の騎士の名門、オルディス侯爵家の三男であり、ハーシェリクの筆頭騎士である。

ハーシェリクから、オランジュという愛称と信頼を得ている彼は、先の帝国との戦で獅子奮迅の活躍を見せた。そのおかげで国内だけでなく、国外にも勇名を轟かせた。その髪色と敵対する者に人生の黄昏(たそがれ)を運んでくることから『黄昏の騎士』と称されつつある。

「シロは？　お茶くらいしてく？」

ハーシェリクはオランの隣に立つ美女に話しかけた。

すると長い純白の髪を緩く三つ編みにし、琥珀(こはく)色の瞳の美女の眉間の皺が増えた。

宵闇の蝶の高級娼婦以上の美貌を持つ絶世の美女だが、正真正銘男である。

彼の名はヴァイス。ハーシェリクの筆頭魔法士である。姓はわからない。原因は魔法による洗脳と記憶障害の後遺症だった。

ヴァイスという名は、ハーシェリクからもらったものであり、普段はシロと呼ばれている。

そんな彼は魔法の天才であり、奇才であった。過去、陰謀(いんぼう)により老化しない身体となってしまった彼は、人の有する魔力を軽く凌駕する。

さらに周囲の浮遊魔力を己の魔力に変換し、増幅する異能を持つ。

この国――否、大陸で魔法に関して、個人で彼と張り合える者は極わずかだろう。

そんな彼は魔法を使うとき、純白の髪が属性に合わせ七色に光り輝く。それを見たハーシェリクが虹のようだと感嘆したことから『白虹(びゃっこう)の魔法士』と羨望(せんぼう)を集めているが、本人は無関心である。

生い立ちのせいで、人間不信気味なため、綺麗なお姉さんとお茶をしてリハビリしたらどうかという提案だったが、どうやら失敗に終わったらしい。

「早く戻らないと、黒犬がお怒りだぞ」

「……そんなにクロ怒ってた？」

オランが首を縦に振るのを見て、帰ったあとのクロの説教の時間を予想し、ハーシェリクは身から出た錆(さび)とはいえ項垂(うなだ)れた。

抜け出したのも、すぐに追ってこられないよう仕事をわざと残したのも自分である。

（説教は甘んじて受けよう……）

まるで切腹を覚悟する侍の如く、ハーシェリクは覚悟を決めたのだった。

「とりあえず、迎えに来てくれてありがとう、オラン、シロ」

二人にお礼を言い、そして絶賛引き籠り中だったはずの魔法士に、首を傾げて問う。

「シロ、よく外出できたね？」

彼は以前、城下町に出たとき、女子だけでなく男にも囲まれたため、それがトラウマになったのか、やや対人恐怖症になり、王城に引き籠っていたのだ。王城内でも容姿のせいで苦労をしているが。

「……こいつに、無理やり連れだされた」

ジロリと隣に立っている同僚に、非難の視線を向けるシロ。オランは苦笑いし、肩を竦めた。

大方王城に引き籠っているシロを心配したオランが、自分を迎えに行くついでに、気分転換に連れてきたのだろうとハーシェリクは察する。オランは面倒見がいいのだ。

「で、また厄介事か」

オランを睨むのをやめ、シロが旦那さんと二人組を見て言う。

己の主が厄介事を運んでくるのは、既に日常茶飯事だからである。

一度決めたら何があっても曲げないハーシェリクに、彼ら腹心たちは諦めの境地なのだ。執事だけはそれでも心配し、母親の如く口煩く言うのだが、結局はハーシェリクに甘いというのが、同僚たちの共通認識である。

「人助け、だよ」

ハーシェリクは訂正し、二人組——アオとクレナイに話しかける。

「アオさん、クレナイさん。旦那さんのところだと、何か起こったときに対処もできないし、二人の迷惑になります。不安だと思いますが、一緒に来てもらえますか？」

身の安全は自分が保証します、とハーシェリクは付け加えた。

「じゃあ帰ろっか。ヘレナさん、本当にありがとうございました。申し訳ないですけど、私たちがここに来たことは……」

「ええ、ここには誰もいらっしゃいませんでした。若様も、お連れ様も」

そう妖艶な微笑みのまま、ヘレナは頷く。ちらりと背中から翼の生えた青年を視界にとらえたが、表情が変わることはなかった。背後の優男も、主人の言葉を肯定するかのように、完璧な一礼をする。

ハーシェリクは再度お礼を言い、部屋を出ようとして、足を止め振り返る。

「あ、帰る前に……」

ハーシェリクは、いそいそとアオに歩み寄る。

「あの、その……」

彼にしては珍しく口ごもり、後ろで組んだ手をもじもじとしたり、視線を彷徨わせたりする。

そしてたっぷりと間を置いたハーシェリクは、意を決して、アオを見上げた。

「……翼、触らせてもらっても、いいですか？」

そう頬を少々赤く染め、上目遣いでおねだりする。

オタクだった前世。

初めて見たファンタジーな獣人族。

高鳴る胸の鼓動を抑えることができなかったハーシェリクだった。

第三章

末王子と放蕩王子とお土産

ハーシェリクは、城下町から帰還したあと、後宮にある王族専用の談話室を訪れた。

なぜならば、留学していた第六王子の兄が帰国したからだ。本来ならすぐにでも馳せ参じなければならなかったが、思いのほか遅参になったのはわけがある。

（お役所は融通が利かない、はどこの世界でも同じだよね……）

ここに来るまでのやり取りを思い出し、ハーシェリクはやれやれと小さくため息を零す。

だがそうしたいのは、彼ではなく、当直の門番であろう。いつの間にか外出していた末王子が、不審人物を連れて戻ってきたのだから。

問題ない、自分が責任を持つと主張するハーシェリクと、身元不明の人物を王城に入れるわけにもいかない門番たち。

もしハーシェリクが第三者の立場なら、明らかに理は門番にあることがわかったが、彼らを城下町に残すことができるはずもない。しかし秘密の抜け道を通って城内に招きいれたら、見つかったときの問題が大きくなる。

だからハーシェリクは、城門から入城することにした……が、やはり問題は起こった。

最終的にハーシェリクと門番たちとの押し問答は、オランが「責任は自分が持つ。監視は自分や筆頭執事がする」と申し出たため、表面上解決した。

あとで必ず二人の滞在許可の申請を提出するよう言われたが、それについてどう誤魔化そうかハーシェリクは頭を悩ませ、とりあえず置いておくことにした。

しかし、なぜ王族である自分が同じことを言っても信用されず、オランだと信用されるのか、ハーシェリクは小一時間ほど問い詰めたくなった。

居城へ移動している間、その不満が顔に出ていたハーシェリクに、オランは苦笑いしつつ言う。

「皆、心配なんだよ。ハーシェは前科があるしな」

ハーシェリクは肩を竦める。

過去、ハーシェリクが行ってきた数々の行動は、大臣の罪が明るみに出たと同時に、知れ渡った。それこそ夜の突撃☆内部監査という夜の徘徊は、それを知る兵士たちの度肝を抜いた。子どもで、大人しめな容姿とは真逆な大人顔負けの行動力で、問題に自ら突っ込んでいくハーシェリク。

だからだろう、家族や筆頭たちだけでなく、ハーシェリクに好意を持つ者は、その予想の上を行く行動力に気が気ではない。後ろ暗いことがある者も、別の意味で気が気ではないが。

さらにその幼さや、儚(はかな)げな容姿、同年齢の子どもと比べ華奢(きゃしゃ)な身体は、庇護欲をそそる。

信用がないわけではなく、心配なのだ。

それに前世の記憶を持つハーシェリクは、その客観的事実を忘れることが、しばしばある。

その大人だった前世でさえも、「冷静な猪(いのしし)。突っ走りだしたら曲がることはできても、ブレーキは踏まないし、周りが見えるぶんだけ小技が効くから誰も止められないしで、質(たち)が悪い」とは、姉からの害を被っていた妹の評である。

そんな冷静な猪が自室に戻ると、微笑みつつもこめかみに青筋を浮かべた執事が出迎えた。

説教か、説教だな！　と覚悟し、身構えたハーシェリクだったが予想は外れ、兄姉たちから呼ばれていると言われた。

ハーシェリクはこれ幸いにと、手早く状況を説明し、連れてきた二人の世話を頼むと、身支度を整え急ぎ談話室へと向かったのだった。

ハーシェリクは一度だけ深呼吸をし、談話室の扉を開く。

「遅くなって」

申し訳ありません、とハーシェリクは謝罪の言葉を口にしようとしたが、最後まで言うことはできなかった。開けた扉が閉まるよりも早く、自分の両脇に手を差し込まれたかと思うと抱き上げられ、そのまま高く掲げられたからだ。地面から足が離れ、宙ぶらりとなる。

「ハーシェリク！」

突然のことにハーシェリクが驚きすぎて固まったことを意に介さず、喜色に染まった顔が彼を見上げていた。

赤みのある金の髪……薄い桃色の髪を後頭部でまとめた、兄姉たちに負けず整っていて、しかし親しみを覚えやすい柔和な顔立ちの少年だった。

彼はすぐ上の、とはいってもハーシェリクより七つは年上の兄である第六王子テッセリ・グレイシス。ハーシェリクはその髪を、桃色というよりは桜色だと思っている。

薄い茶の瞳が幹を連想させ、美しく咲き誇るが短期間で散ってしまう桜のようで、前世の記憶を思い出し、少々切なくなるハーシェリク。

しかしそんなことをおくびにも出さず、長旅から帰還したすぐ上の兄に微笑みかけた。

「テッセリ兄様、お帰りな……」

「ちょっとは身長伸びた？　重くなった？」

先ほどと同じように、弟の言葉を最後まで聞かず、持ち上げたままのハーシェリクを見上げ、微笑みを一転、心配そうに首を傾げる。

「うーん、体重はあんまり変わらないかも？　ちゃんと食べている？」

悪意のない一言は、ハーシェリクの心に、人の耳には聞こえない音を立てて突き刺さる。

ハーシェリクは薄々感じつつも、認めたくなかった。年を重ねても、過保護な執事が用意したバランスの良い食事を三食きちんととっても、しっかりと運動しても、筋肉がつきにくい貧弱な体躯。運動センスは地につくどころか地面を抉(えぐ)り、魔力はなく、容姿も家族の中では華がない、ことごとく残念仕様な現実に。

(涙が出ちゃう、だって女の子……じゃないけどな！)

脳内で一人ノリツッコミをしつつ、見るからに落ち込むハーシェリク。

「テッセリ、もう降ろしてやれ」

凹む末弟と、悪意なく心配する兄の再会を見守っていた長兄マルクスが、苦笑しながら口を挟んだ。

極上の磨き上げられた紅玉のような髪と瞳、もともと整っていた顔立ちには年を重ねるごとに色気と貫禄が加わり、その美貌に磨きをかけている。

帝国の戦、そしてバルバッセとの問題が終わったあとは、所属する軍務局の仕事や公務だけでなく、国政に関しても父王の補佐をしているため激務のはずだが、その疲労を見せないのはさすがというべきだろう。

長兄の言葉に反応してハーシェリクが周りを見れば、王城にいる兄弟全員がこの部屋に集まっていた。やはり自分が最後だったということに申し訳なくなる。

「ああ、ごめんね。ハーシェ」

「……お帰りなさい、テッセリ兄様。遅くなって、申し訳ありませんでした」

テッセリに降ろしてもらい、頭を下げるハーシェリク。

「ただいま。それから……」

テッセリはにっこりと笑いながら、そのままハーシェリクの頭に拳骨を落とした。

ゴチッといい音が室内に響き、それを聞いた兄姉たちは、心配げな表情をするか、当たり前だという風情だった。

「いッ!?　……テッセリ兄様？」

ハーシェリクは頭に手を置き、鈍痛を堪えつつ、その原因を作った人物を見上げる。

すると先ほどとは打って変わって、怒りの表情をしたテッセリがハーシェリクを見据えていた。

「無理をした罰だよ。うまくいったから、よかったものの……」

すぐに表情を柔らかいものにしたテッセリは、ハーシェリクが頭に乗せたままの小さな手に、己の手を重ねる。

「本当に、無事でよかった」

心の底からの、安堵の声だった。

その言葉に、ハーシェリクは何も言えなくなる。

過去を振り返れば、まだ国の現状を知らない赤子だったとき、すぐ上の兄は父の次に接点が多い家族だったと思い出す。

とはいっても、何かあるとお菓子を人づてに届けてくれたりした程度で、ハーシェリクがこの国の現状を知って本格的に活動し始めて自分のことでいっぱいになったときには、国外に留学していたため、他の兄姉たち同様関わりは薄かった。

ときどき留学先から帰ってきては、その国のお菓子や特産などお土産を渡すと、すぐに別の国に旅立っていく。さらに彼が留守中には、各国の姫君や令嬢から山のように恋文が届くと噂があり、臣下の中には好き勝手に出奔する彼のことを『放蕩王子』と呼ぶ者もいる。

好き勝手行動することに関しては、ハーシェリクも負けず劣らずだが。

「ありがとう、ございます……」

置かれた手の温かさに、ハーシェリクは気恥ずかしさを覚えつつもお礼を言った。その返事に満足したテッセリは、ハーシェリクの手を握ると彼の手を引く。

「と、いうことでお説教時間は終わり。ほらハーシェリク、お土産買ってきたよ」

談話室のテーブルの上には、国内にはないお菓子や小物が並べられている。テーブルについた兄姉たちは、物珍しいお土産を各々手に取っていた。

テッセリがハーシェリクに渡したのは万年筆と本、そしてチョコレート菓子。

万年筆は持つ部分が木でできていて、普段使っているものよりも軽い。本は以前テッセリからもらった小説の続刊で、国内では品薄で手に入れることができず、諦めていたものだった。チョコレートは一口サイズで、高そうな箱に綺麗に並べられている。その一つ一つの細工が異なっていて、色や艶から味も一つ一つ異なると簡単に予想でき、ハーシェリクの頬を緩ませる。

どれもこれも、ハーシェリクの好みを押さえたお土産だった。

他にも珍しい花の種や、チェスのようなゲームの盤や駒一式、焼き菓子やお茶などが、テーブルに並べられている。

「で、テッセリ。成果は?」

父譲りの長いプラチナブロンドを緩く三つ編みした次兄のウィリアムは深い青の瞳を、お土産を配り終えたテッセリに向けた。外交以外では表情筋が仕事を放棄し、瞳の色も相まって冷めた印象を与えがちだが、この場にいる家族の間ではさほど問題にならない。

「ウィル兄上はせっかちだなー。それが一番のお土産だから、最後に渡そうと思っていたのに」

そうテッセリは芝居がかったように肩を竦め、懐から手紙の束を取り出して、ウィリアムに差し出した。

「はい、周辺諸国の色よい返事、しっかりもらってきたよ。他もそろそろ届くはず」

「助かる」

ウィリアムはテッセリから手紙を受け取り、確認をしていく。ウィリアムが確認し終えた手紙をマルクスが同じように確認していった。

「なんですか？」

ハーシェリクが首を傾げる。そういえばここ最近は過去の資料とにらめっこで、外交などは気に留めていなかったのだ。というか、そのあたりはすべて外交局の仕事なので、ハーシェリクは手を出さなかった。

外交局に籍を置く次兄も、軍務局にいる長兄も、若いが優秀だ。もちろん罪に問われず残った官吏たちも。ハーシェリクの余計な口出しは必要ない。

もちろん大まかなことは、ハーシェリクもこっそりと知っていたりはするが。

「各国の姫君からの、恋文」

「えッ⁉」

一般人がやればひくようなウィンクもイケメンがやれば様になる、を証明するかのようにテッセリが片目をつぶってみせる。

兄の返答に、恋愛関係に耐性の低いハーシェリクは驚きの声を上げ動揺した。しかし、すぐににやりと笑った兄に、自分がからかわれたと知り、むっとした表情になる。

「ごめん、ごめん」

膨れっ面になったハーシェリクの頭を撫でて謝りながら、テッセリは言葉を続ける。

「恋文というのは冗談で、豊穣祭に招待した諸外国の返答。もちろん前向きのね」

テッセリの言葉に、そういえばとハーシェリクは思い出す。

（ああ、だから今年の豊穣祭の予算は、例年に比べて多かったのか）

ハーシェリクは以前見かけた……というよりは習慣になってしまった内部監査で、こっそりと盗み見た豊穣祭の予算案を思い出す。

豊穣祭とは国内で行われる秋の祭典の一つだ。豊穣の女神に感謝を捧げ、実りに感謝し、来年の豊穣を願う祭典である。

とはいっても実際は厳かな祭典ではなく、国民が飲んで食べて踊って……と賑やかに祝うお祭りだ。王都での豊穣祭は一層華やかである。さらに今年は、同時期に武闘大会が催され、周辺諸国の要人や外交官を招いた夜会が計画されている。

例年、友好国の要人が招待されているが、今回はそれ以外にも周辺諸国を招待したのである。次兄が主導で行っている案件だったし、予算内容もざっと見たところ問題がなかったため、ハーシェリクは気に留めなかった。

「帝国はさすがに無理だけど、友好国はもちろん軍国にも色よい返事をもらえたよ」

ハーシェリクの頭から手を離し、朗らかに微笑みながら報告するテッセリ。

お土産の髪留めを濃い緑の髪につけつつ、三つ子の一番上である第一王女のセシリーが口を開く。

「さすが、愛想も要領もいい末っ子。今度は何人の令嬢を誑かしてきたんだか……」

「今は末っ子じゃないよ。それに誑かすって……」

その言葉に、お土産の魔法関連の書物を読んでいた三つ子の真ん中、第三王子のアーリアが、訂正しつつ姉を窘（たしな）める。セシリーと瓜二つの顔を持つ彼だが、姉との違いである癖のない緑色の髪を肩で切り揃えている。

「だってテッセリってすごくモテるのよ？　貴族のご令嬢たちから、テッセリについて探りをいれられたりするし」

「まあ、それは僕もあるけど……」

思い当たる節があるアーリアも苦笑を漏らす。

そんな二人に三つ子の最後の一人、第四王子のレネットが追従した。

「テッセリは、笑顔が作りものっぽい腹黒のユーテルと違って、雰囲気が親しみやすくて話しかけやすいからなぁ」

お土産の焼き菓子を食べていたレネットが、感心したように言う。レネットは黄緑色の髪を短く切っている。三人の共通点は同じ顔とそこに嵌（は）まった茶褐色の黄玉（トパーズ）のような大きな瞳で、同じ鬘（かつら）を被ると見分けるのは一般人には難しい。

「何か言いましたか、レネット兄上？」

その隣で、お土産の鉱石でできた人形を操作していたユーテルが、にっこりと微笑を湛えながら兄の名を呼ぶ。ラベンダーのような雪藍色の、軽くウェーブした髪は肩までの長さで揃えられ、深い青の瞳がウィリアムと同腹の兄弟ということを証明している。

冷たい印象を与えがちな兄ウィリアムに対し、儚げで優しげな印象を与えるユーテル。微笑みは慈愛に溢れた表情だったが、それが逆にレネットの背筋に氷が滑ったような感覚を与えた。

「ユーテルさんの、聞き間違いじゃないかな⁉　……ゴメンナサイ」

すぐさまレネットが、ユーテルに謝罪する。

他人から見れば、険悪なやり取りに見えるだろう。だがレネットの軽口に、ユーテルの笑顔の脅し（おど）は、家族にとってはいつもの光景である。三つ子とユーテルは年も近いため、お互いに遠慮がなく、とても仲がいいのだ。この程度の軽口のたたき合いは、彼らにとっては日常である。

「なぜ、豊穣祭に各国の要人を？」

「我が国の、現在の状況はわかっているだろう？」

ハーシェリクの問いに、ウィリアムが簡潔に答えた。

「……ああ、なるほど」

ハーシェリクは数瞬考えを巡らせ、すぐに答えにいきつく。

王国を陰から牛耳っていたバルバッセが斃（たお）れて三か月。悪い意味で一枚岩だった王国は、国王が先頭に立って、改革や改善が行われていた。悪の親玉を倒したからといって、それでめでたしめでたしとおとぎ話のようには終わらず、まだまだ国内は乱れているといってもいい。

それは他国から見れば、付け入る隙ともいえる。

「周辺諸国への牽制（けんせい）、ですね」

「そういうことだ」

理解の早い末弟の言葉に次兄は頷き、さらに「国庫は今回の件で潤ったから予算はあるしな」と付け加えた。

大臣一派らが横領していた分を強制的に返還させたため現在国庫には余裕がある。とはいっても徴収した分は、今後再度予算に組み込まれ、横領された案件に再分配されるのだが、それでも国としての見栄をはるくらいの金はあった。

「各国の要人を招いて、我が国は不動だと見せつけ、他国からの干渉を牽制する。その間に国を根本的に立て直す……今は、時間が必要だ」

手紙の確認をしながらマルクスがそう言って紅茶を飲む。それもテッセリの土産の品なのだろう、珍しい香りを楽しんでいるようだった。

大臣が死に、不正を働いていた者たちは皆、司法の場で相応に罰せられた。その効果で、貴族や官吏には不正は許されない、出来心さえ起きない空気が広がっている。

政(まつりごと)的にはとてもいい状態だが、ハーシェリクを含む王族は、この状態が永久的に続くとは思っていない。誰しも喉元過ぎればなんとやらだし、己を律するより堕落するほうが何十倍も楽なのだ。

だからこそ、これを機に国を根本的に作り直し、立て直すための時間が必要なのだ。その間は、他国からの干渉を極力回避したい。

だからといって、あからさまな武力の誇示は、今までの友好関係に罅(ひび)を入れかねない。

なので、豊穣祭や武闘大会を出しにして、各国に手を出せないよう印象を与えることが重要なのだ。

幸いなことに、一番の懸念であった帝国とは、先の戦で五年間の不可侵条約を結んだ。さらに戦時に司令官だった帝国貴族は、国内でうまくやっているようで、今後国交を持つ予定となっている。少なくとも条約期間内は、手出しをしてくる可能性は、今のところ低い。

ちなみに外交時、ハーシェリクは己の目を疑ったくらいに、素晴らしく人当たりのいい笑顔を浮かべた次兄を目撃している。昼間から、目を開けて夢を見たのかと己の頬をつねったほどだ。

「さすがに、絶対うまくいくというほど楽観視はできないが、やらないよりはマシだろう」

「危険は、ないですか？」

マルクスの言葉に、ハーシェリクはつい尋ねてしまう。もしその要人に紛れ密偵（みってい）や暗殺者が送り込まれ、家族に危害を加えられたらと考えると、ハーシェリクは胆が冷える。

「ない、とは言い切れないな。だが危険を冒してまで、私たちの命を取るほどの見返りはないだろう」

現国王は子に恵まれている。万が一、マルクスに何かがあったとしても、ウィリアムがいるし、その下にも優秀な弟たちがいる。

その点について、マルクスは心配していない。よく他国で聞くような、王位継承権の争いは王国には当てはまらない。

皮肉にも大臣という敵がいたからこそ、家族や兄弟の結束は強いのだ。

ただ、とマルクスは言葉を続ける。

「危険があるとしたらハーシェ、お前だ」

ハーシェリクは首を傾げ、人差し指で己を指す。

「私、ですか？」

「いいか、お前は巷で『光の王子』やら『光の英雄』だなんて呼ばれているほど、国内外で知られてしまった王族だぞ。もしお前に何かあれば、国民は不安になり、国は確実に揺れる」

だから豊穣祭の期間は、今日みたいに絶対に一人で出歩くな、とマルクスは念を押す。

兄の言葉に、ハーシェリクはちょっとだけ視線を彷徨わせ、頷いた。

そんなハーシェリクに兄姉たちは皆、胡乱げな視線を送る。

「それとハーシェ、武闘大会の御前試合では、お前の筆頭騎士を借りるぞ。できれば筆頭魔法士も借りたい」

テッセリから受け取った手紙を一通り確認し終えたウィリアムが、思い出したようにハーシェリクに言った。

「二人を？」

「二人とも、先の戦いで他国に勇名を轟かせている。見世物にして悪いが、利用させてもらう」

眉を顰め怒っているように見えるが、実際は申し訳なさそうにしているウィリアムが言った。

ハーシェリクが自分の臣下を見世物にするのが嫌だと察したのだろう。

（オランはともかく、シロは嫌がるだろうなぁ）

そう内心思い、二人が了承するならという条件付きで頷く。

「しかし、オクタの相手に困るな」

マルクスは、むむむと唸った。

オランは先の戦いで活躍し、実力も名声も申し分ない。しかも彼は、一昨年の武闘大会で、圧倒的な実力で優勝した経験者でもある。

そんな彼に怖気づかず、かつ見世物になるほど実力が拮抗する者が、はたして王都に何人いるか。

「マーク兄上、ブレイズ将軍はいかがでしょうか？　腕もさることながら、先の戦いでも活躍していて知名度も高いです。それに身分だけで優遇されることに慣れた無能者に、知らしめるにはちょうどいいと思いますよ？」

ユーテルが微笑みつつ、さりげなく毒舌を披露する。

ブレイズ将軍――ヒース・ブレイズは王国では珍しい、平民で傭兵上がりの将軍である。『不敗の将軍』とも呼ばれ、先の帝国との戦いでもその采配は見事なものだった。ただ身分制度が幅を利かす王国では、本来なら将軍どころか騎士にもなれないはずの彼を、やっかむ貴族たちも少なくない。

確かに、血筋や身分で優遇された実力のない者に対して、これからは違うぞと当て付けるには意味があるだろう。当のヒースは死ぬほど嫌がるだろうが。

しかしユーテルの提案を、ウィリアムが否定した。

「いや、将軍は街道の安全確保の責任者の任についている。このところ主だった街道で、魔物の目撃情報が増えていてな。多忙だろうし、御前試合を打ち合わせなくやるのは、まずいだろう」

秋には魔物が活発化する。例年は夏に、国から傭兵ギルドへ依頼を出したり、騎士団が部隊を編成し討伐したりする。しかし今年の夏は戦や政の影響で軍務局もごたつき、魔物討伐が後手へと回った。

結果、主だった街道で魔物が目撃されるようになった。

訪れる各国の要人に被害があっては問題となるため、魔物の討伐にブレイズ将軍が任じられたのだ。

「じゃあ、オルディス家の騎士たちは？　あそこの兄弟って皆実力者でしょ？」

今度はレネットが言ったが、こちらもウィリアムは首を振った。

「できる限り親族は避けたい。それに王家がオルディス侯爵家ばかり優遇していると思われれば、彼らに迷惑がかかる」

「あの方々は、そういうことは気にしないと思いますが……」

セシリーの言葉に、ハーシェリクも同意する。ハーシェリク自身、何度もオランの家族に会っているが、清々しいほど脳筋……もとい気持ちのいい家族だった。貴族であるというより、国を守る騎士ということに重点を置き、国に仕えることを誇りに思っている一族である。

「では烈火の将軍も、知名度はありますが却下ですね」

国で一番有名な将軍の二つ名をアーリアが何気なく言うと、マルクス、ウィリアム、そしてハーシェリクが首を同時に縦に振った。それは実力とか名声についてではなく、大会がめちゃくちやになるかもしれないという懸念だった。

あの侯爵家で脳筋という言葉が一番当てはまるのは現当主である。裏の事情など考えずに「おもしろそうだな！」と言って、観衆関係なく本気で戦う可能性も決して低くない。

「あ、マーク兄上」

頭を悩ます彼らに、テッセリが挙手する。

「それなら、俺の騎士とハーシェの騎士を、戦わせてはどうでしょう？」

「テッセリ兄様の騎士？」

前に旅に出たときは、確か幼馴染の筆頭執事しかいなかったはずだ、とハーシェリクは記憶している。

疑問符を浮かべるハーシェリクに、テッセリは言った。

「元は陽国（ようこく）の武士（もののふ）……こっちでいうところの、騎士や戦士だったらしいよ。大陸を放浪していたところを、筆頭騎士にしたんだ」

陽国とはグレイシス王国の東、海を越えた先にある島国だ。

その国は、頂点に神子姫（みこひめ）と呼ばれる女王が君臨し、彼女に仕える十二の華族が国政を取り仕切っている。

ハーシェリクは文献でしか知らないが、島国であるためか独自の文化や風習があり、前世の日本の昔みたいだと感じた。

陽国は原則鎖国しているが、王国のみ国交があり、ソルイエの第四位の側室は、陽国出身の華族の姫である。今は療養中の娘である第二王女に付き添って、王都の外にいる。

陽国の情報を思い出すハーシェリクに、テッセリはにやりと笑う。

「かなり強いよ。ハーシェの『黄昏の騎士』に勝っちゃうかもしれないな」

「……勝敗はあまり興味ありませんが、でもオランも強いです―」

少々むっとして、ハーシェリクも言い返す。

見えない火花を散らす二人。

そんな二人に、マルクスは小さくため息を漏らすと、手を叩く。それが解散の合図だった。

「そろそろ解散としようか。ウィル、テッセリの手紙から、各国の要人をまとめたものと、日程調整と段取りを頼む」

了解しました、と頷くウィリアムを確認し、マルクスは席を立った。

各々が自室に戻っていき、ハーシェリクも部屋を出ようと立ち上がり歩き出す。

「あ、ハーシェ」

「はい？」

呼び止められハーシェリクは振り返る。するとそこには、先ほどの人を食ったような笑いではなく、真剣な眼差しのすぐ上の兄がいた。

「今日連れてきた二人、気をつけないとだめだよ」

「テッセリ兄様？」

ハーシェリクはその言葉の意図をすぐに理解することができず、兄の顔を凝視した。

なぜ二人のことを、知っているのか。

なぜ二人に、気をつけなければいけないのか。

だがテッセリはそんな弟に微笑みを向けるだけで、それ以上口を開くことはなかった。

答えるつもりはないというテッセリの意思表示であり、ハーシェリクは兄の答えを引き出す術を、現時点では持ち合わせていなかった。


広々した寝室の寝台の上で、クレナイは寝返りを打つ。布の擦れる音に反応して、ベッドのすぐ脇で背をベッドに向けたまま、微動だにしなかったアオが背中越しに話しかけた。

「さっさと寝ろ」

「……久しぶりの布団で、眠れないんです」

久方ぶりなのは、寝台だけではない。温かい食事や、お湯を溜めた風呂もだ。数日前までは野宿は当たり前、食事も腹を満たすにはほど遠く、寒さで水浴びもままならなかった。

そんな状況から激変した今、すやすやと安眠できるわけがない。

そうクレナイは誤魔化そうとしたが、十年の付き合いのある彼は、誤魔化されなかった。

「気になるのか」

いつも通り主語をつけない、下手したら何を言っているのかわからない簡潔な言葉。だが彼と同様、彼女も長い付き合いのため、彼が何を指しているのか理解できた。

「不思議な、人たちですよね」

クレナイはここに案内されるまでのことを思い出す。

ハーシェリクに連れられてきた彼の自室。驚くべきことに、ここまで彼らが持ち物を検められることがなかった。

そして彼らを出迎えたのは、こめかみに青筋を立てた、赤い瞳を除くと黒一色と言ってもいい執事だった。兄たちから招集がかかっていることを報告したあと、ハーシェリクが連れてきた二人を見て、隠そうともせずため息を零す。

「で、今度はどんな厄介事を拾ってきた？」

「拾ってきたって……」

主に対してあるまじき言いぐさだったが、言われた本人は大して気にせずに肩を竦めるだけだった。

ハーシェリクは彼のことをクロだと紹介し、彼にはクレナイとアオと簡潔に紹介する。

クロと呼ばれた執事は視線を向け、さらにはアオで視線を止めて一回だけ眉を顰めた。

「……獣人族か」

外套で隠そうとも、彼の不自然な背中の盛り上がりは、隠すことはできない。それを見抜いた彼の表情が厄介事だと確定した、と物語っていた。

そして執事は、深く、とても深くため息を吐く。

「クロ、とりあえず部屋を二人分用意してくれる？」

外宮には王族の筆頭たちが住む部屋もあり、現在は空き室も多い。その場所を一時的に貸してもらおうと考えた。

「わかった」

クロも同じ考えだろう、返事一つで部屋を出ていこうとする彼をアオが呼びとめる。

「……一つでいい。俺には必要ない」

「アオさん、別に部屋はあるからいいよ？」

ハーシェリクがそう言うが、アオは首を横に振った。

「問題ない」

主張を変えそうにないアオに、ハーシェリクが折れた。

「わかりました。クロ、お願い。あ、あと食事も。不自由ないように身の回りのことも……」

「はいはい。こっちは任せて、さっさと談話室へ行ってこい」

心配なのか、細々と指示を出すハーシェリクに、クロはすべて任せておけというふうな視線を送り、部屋から出ていく。

「じゃあ、ちょっと行ってくるから。何か困ったことがあったら、クロかオランに相談して？」

「……王子は、なぜそこまでしてくれるのですか？」

外出着から着替えて、足早に部屋を出ていこうとするハーシェリクに、クレナイが問いを投げた。

「うん？」

足を止めてハーシェリクは振り返る。

「私たちは、あなたに何も話していません。それに助けてもらっても、あなたに利益をもたらすことはできません。むしろ不利益のほうが多いでしょう」

そう微笑みを崩さぬまま言いつのるクレナイに、ハーシェリクは少し考えてから口を開いた。

「クレナイさんは、誠実な人なんですね」

「……誠実、ですか?」

どこが誠実なのか、そう問う視線をクレナイが向けると、ハーシェリクは頷いた。

「だってあなたは、自分たちのことを話せないと、私が聞いてもいないのに言っている。嘘もついていない。それに今、後ろめたく思っているんでしょ?」

もし不誠実な人間だったら、そうは思わない、とハーシェリクは続ける。

「クレナイさんたちは、損得勘定が必要な場所で、生きてきたんですね」

その言葉に、クレナイは表情を動かさなかったが、息が詰まった。

この王子が、自分の想像以上に、人をよく見ていると理解したからだ。

クレナイの答えをハーシェリクはあえて待たなかった。

「打算が悪いとは思いません。打算は、生きていくうえで、必要なことですから」

そう言ってハーシェリクはにっこりと笑う。

「別にね、クレナイさんやアオさんのためだけに動くわけじゃないです。私がやりたいからやるだけ。だからあなたたちは、私を利用すればいいと思います」

「ですが……」

クレナイは不安になった。

かつて彼女が生きてきた場所は、親切や手助けはすべて打算の上で成り立っていたからだ。だから、それがないと逆に不安になり、彼が何を考えているのか読めないことが、さらに不安を煽(あお)る。

そんな彼女に助言をしたのは、彼の腹心たちだった。

「諦めたほうがいい」

「ハーシェは、言いだしたら聞かない頑固者だからな」

魔法士と騎士、シロとオランだと紹介された者たちは達観したように、食い下がろうとするクレナイに言った。

「損得だけで動く人間には理解できないくらい、馬鹿でお人好しなんだ、我らが主は」

「それは、褒めてるんだよね？」

オランの言葉に、ハーシェリクは苦笑した。

「ま、それに付き合う三人も、大概のお人好しだよ」

腹心たちが肩を竦めるのを見て笑い声を上げると、ハーシェリクは手を振って部屋を後にしたのだった。

クレナイは、ハーシェリクのような人物に初めて遭遇した。だから判断がつかないでいた。

「どう思いますか？」

「……嫌な感じは、しなかった」

アオは正直に答えた。

彼にとって、クレナイ以外の人間は敵だった。敵のはずだった。

だがこの国に来てから出会った者たちは皆、自分に敵意も、蔑（さげす）む視線も向けてこないことに、少なからず戸惑いを覚えたのも事実だった。

「そうですか……」

「もう遅い。眠れ」

そのまま思考の迷路に入り込もうとするクレナイに、アオは言う。

クレナイは少し迷う素振りを見せたが、大人しく頷いた。

「……手を、握っていてくれませんか？」

彼女にしては、珍しく甘えた声だった。その珍しさに驚きつつも、アオは立ち上がりベッドに腰掛ける。そして差し出されたクレナイの手を握った。

彼女の手は、女性にしては荒れている。元は令嬢だった彼女が、進み背負ってきた人生を物語っていた。

アオはそれを包み込むように手を握る。

「お前が、望むなら」

そうアオが囁くと、クレナイは微笑む。

「ありがとうございます……」

二人にしか聞こえない声で、クレナイは彼の本当の名を口にする。

クレナイが眠りに落ちる寸前、いつも幻聴だとわかっていても聞こえてくる、あの炎の燃え盛る音は聞こえず、王子が仮の名を呼ぶ声が心地よく響いた気がした。

第四章　狂王と勅命と密約

ハーシェリクは自室の書斎で、七歳の幼児が読むとは思えない分厚い本を閉じ、ため息を零す。

彼が求めていることが載っておらず、時間を無駄に費やすこととなったからだ。

クレナイとアオの二人を城に招いて三日目、ハーシェリクは書斎に籠り調べ事をしていた。

（これもだめかぁ……）

ハーシェリクは落胆し、行儀悪く本を机に投げ出した。それはグレイシス王国の法律関係をまとめた全書だ。

「目ぼしい本は全部読んだけど、成果なしか……」

そう独りごちると脱力し、背もたれに体重を預け天井を仰ぎ見る。

ハーシェリクが探しているのは、奴隷制度の廃止及び人身売買の禁止、そして他種族の入国禁止が法で定まった当時の記録だ。

残っている記録は何年に制定したなど箇条書きで、その制定された背景に関してはハーシェリクが探せる範囲では残っていない。すべて当時の国王、先々代の勅命をもって制定されたとなっている。

（なんか、引っかかるんだよなぁ……）

視線を天井から机の本に戻し、眉間に皺を寄せながら、ソファの上で胡坐をかいて唸るハーシエリク。

調べるきっかけとなったのは、やはりクレナイと獣人族のアオの存在だった。

彼らを国外に逃がすだけなら不可能ではない、という結論にハーシェリクは達した。

アオが獣人族であると発覚する前に、国外へ逃がせばいいのだ。

ハーシェリクは過去、世直しやら人助けやらをしていて、そのとき多くの伝手も手に入れた。

それは城下町だけでなく地方にもあり、時期を見計らって利用すれば、二人を国外に逃がすことは可能だ。

だが、そう考えたとき、違和感を覚えた。

なぜこの国は、奴隷制度を廃止したのか。人身売買を禁止したのか。そして頑なに他種族を拒むのか。調べれば調べるほど、疑問が浮かぶ。

歴史の教師にも聞いてみたが、言葉を濁すのみで要領を得ない回答しか返ってこない。むしろ時間があるというのに、早々と授業が切り上げられてしまう始末だ。本を読んでもハーシェリクの納得のいく答えを得ることはできなかった。

「……これは、もう聞くしかないか」

自分の調べられる範囲では手を尽くした。なら後は知る人に聞くしかない。

ハーシェリクは約束を取り付けるべく、ソファから降りて部屋を後にした。

その日の夕食のあと、ハーシェリクは後宮の一室を訪ねた。

控えめなノックをして返答を確認すると、ハーシェリクは入室し、お辞儀をした。

「父様、お疲れのところ、お時間をとっていただいて、ありがとうございます」

ハーシェリクが顔を上げると、暖炉の傍のソファにゆったりと腰掛けた青年が微笑を湛え、出迎えた。

月の光を集めたような、プラチナの長い真っ直ぐな髪に白い肌。美形揃いの兄たちよりも美しく整った顔立ちの男性だ。

彼の名はソルイエ・グレイシス。グレイシス王国の二十三代国王であり、ハーシェリクの父親である。ハーシェリクとの唯一の共通点は、翡翠のような碧眼。二十代後半くらいに見えるが、実は四十を越していて、十人近くの子どもを持つ親とは思えないほど若々しい。

現にハーシェリクの記憶がある限り、父に老化現象が起こっているようには見えなかった。

若さの秘訣を本人に聞いても、首を傾げるだけで、特別なことはしてないと言う。世の女性が聞いたら発狂するだろう、とハーシェリクは思う。

きっと父の筆頭執事であるルークが、父の若さを保っているのだろうと思うことにする。むしろそうであって欲しい。

そんな無自覚の若作りの父は、入室してきた最愛の末息子に、極上の微笑みを浮かべて手招きした。

「気にすることはないよ。こっちにおいで、ハーシェ」

ハーシェリクが言われた通りにすると、ソルイエは軽々と我が子を抱き上げて、己の膝の上に乗せた。

不意打ちの抱っこに、中身はいい年なハーシェリクは羞恥（しゅうち）から赤面したが、ソルイエは気づかずに、息子のサラサラな薄い色合いの金髪を撫でる。

「ルークからも休めと注意されているし、ハーシェに会えば疲れもなくなるよ」

そう言いつつも、ふと我が子を撫でる手を止める。

「だけど、今は少しでも民の信頼を取り戻したいんだ。皆が安寧で暮らせる国にしたいし、しなくてはいけない」

そしてソルイエは悲しげに、だが決意を込めて呟く。

「それが私にできる、罪滅ぼしだ」

「父様……」

ハーシェリクはその言葉が、とても重いものだと知っている。

父であるソルイエは、王としての過ちを犯した。国よりも己の家族を取り、暴走する大臣一派の専横を止めることができなかった。そして国は傾き、多くの人々が苦しんだ。

だからだろう、大臣がいなくなってからソルイエは、精力的に政務をこなしている。人員配置はもちろん、各地の徴収税の見直しから貴族たちが好き勝手組んだ予算の再編成、外交戦略、軍の再編など、その公務は多岐にわたる。

大臣たちが、我が物顔で国を取り仕切っていた頃も多忙であったが、それ以上ではないかと思

える仕事量を毎日こなしていた。

ソルイエが身体を壊さずにいられるのは、筆頭執事のルークのおかげだ。彼は主の性格も能力も把握(はあく)しており、食生活や休憩に注意を払い、仕事も調整している。

「大丈夫です」

また一人ですべてを抱え込もうとしている父に、ハーシェリクは言葉を紡ぐ。

「父様は、もう一人じゃないんですから」

成人している兄二人は、父の負担が少しでも減るよう、自らすすんで補佐にまわっている。ハーシェリクも、自ら過去の案件を洗い直し、父の手助けになればと思っている。他兄弟もできる範囲で手助けをしている。お妃様たちも、父を支えてくれている。

「お妃様や兄様や姉様たちがいます。

「……ありがとう、ハーシェ」

末息子の言葉に、ソルイエの表情が柔らかなものに変化し、もう一度だけ頭を撫でた。

「さてハーシェ、話というのは？」

「実は……」

ハーシェリクは口ごもる。彼にしては珍しく言葉を選んでいるようで、ソルイエはくすりと笑うと、末息子が言おうとしていることを口にした。

「それは、連れてきた二人組の、特に青年のことかな？」

ハーシェリクは目を丸くして驚く。

「知っていたのですか？」

「私にも頼りになる筆頭執事がいるからね」

城内の状況把握で、ルークの右に出る者はいない。さらにいえば、何かと問題を巻き起こすハーシェリクの行動は、詳細は知らずとも城内で噂になっていたりするのだが、ソルイエはあえて言葉にしなかった。

ハーシェリクは覚悟を決め、真っ直ぐとソルイエを見る。同じ色の瞳の視線が交わった。

「父様、なぜこの国は、他種族の入国を禁止しているのですか？　そうまでしてなぜ、多種族を排除しようとしているのですか？」

「……どこから、話そうか」

そういえば以前にも、こうやって我が子を膝に置いて話したことをソルイエは思い出した。その頃よりだいぶ成長し、体重も重くなった。

だが外見だけでなく、その存在も大きくなったように思えた。

あの草原で自分は無力だと泣く我が子に、ソルイエは言葉をかけることができなかった。貴族の傀儡で玉座に座るのみだった彼は、その言葉を持ち合わせていなかったからだ。あのときは、我が子が泣き止むまで、傍にいることしかできなかった。

だが彼はそれを乗り越えて、国を救ってくれた。無力だと立ち止まった己とは違い、無力だと諦めずに進み続けた。

本来なら、この話は彼には年齢的に時期尚早。しかしソルイエはあのときのように誤魔化しが通用しないとわかっていた。そして今は、彼に答える言葉を持っている。

「ハーシェは、この国の他種族に関することや奴隷制度、人身売買についてはどこまで知っている？」

ハーシェリクは昼間に読んだ本を思い出す。

「先々代の王……曾お爺様が、他種族の入国や人身売買を禁止、そして奴隷制度を廃止し、奴隷だった他種族の者を地方に集め処分した、とまでは勉強しました」

歴史の教師に聞いても、本を読んでも、内容は変わらなかった。ハーシェリクの答えにソルイエは頷く。

「それに違和感を覚えたんだね？」

ハーシェリクは数拍の間を置き言った。

「……なぜ、曾お爺様が、そんな思い切った勅令を出したかが、わかりませんでした。それに奴隷とはいえ労働力であり、個人の資産です。それを強制的に処分するというのは、経済的にも打撃が大きいと思います。それに奴隷を所有していたのは貴族が大半で、反発も必至だったのではないかと考えます」

ハーシェリク自身、奴隷という存在は認めたくない。それは前世の記憶があるからこその価値観だった。姿の違いが少々であっても、自分と同じように人格や感情を持つ者を、物のように扱うことに、抵抗感も嫌悪感も覚える。

しかし別の視点から見れば、奴隷とは資産である。多くの奴隷を抱えるということは、その分彼らの衣食住を保障し、対価として労働力を得る。だから裕福な人間ほど奴隷を所有し、その労働力を利益へと変える。

その労働力が、王の勅命とはいえ取り上げられれば、不満も混乱も大きかっただろうと、簡単に予想できた。

「それに、処分するにあたりわざわざ地方に集めた、というのも不自然です」

なぜ、奴隷たちを集めて処分する必要があったのか。嫌な言い方をすれば、その場で処分すれば、移動費用はかからない。なぜ殺すために、わざわざ金をかけたのかがおかしい、とハーシェリクは考える。

「うん、ハーシェの言う通りだよ」

ハーシェリクの言葉に、ソルイエは同意する。

「話は変わるが、私の父はその聡明さから慧眼(けいがん)の王と呼ばれていた」

バルバッセ大臣に暗殺されなければ、この国は周辺諸国から呼ばれる通り大国として恥じない発展を遂げていただろう、とソルイエは言う。

「そして先々代の国王は、私にとってお爺様は、狂った王……狂王(きょうおう)と呼ばれた。一部の歴史書にも、そう明記されていただろう」

「……なぜですか？」

ハーシェリクは、閲覧に許可が必要な歴史書に、そう書かれていたことを思い出す。

確かに奴隷たちを皆殺しにしたことは、狂っている。だがそのおかげで、この国は奴隷制度がなくなった。結果から見れば、必要悪ともいえるだろう。だが歴史書にまでそう記されているのはなぜか、今更ながらハーシェリクは戸惑いを覚える。

「お爺様は、本当はよく言えば穏やかな、悪く言えば気弱な人柄だったと聞く」

先々代の在位の期間は、バルバッセ大臣のような一派閥が政（まつりごと）を支配していたのではなく、いくつかの貴族の派閥が存在し、派閥間の争いは活発だった。

争いを好まぬ先々代は、貴族たちに言われるまま、日和見（ひよりみ）な政を行っていた。

「だけど、先々代は一点だけ譲らないことがあった。彼の妃は、最愛の王妃だけで側室は持たなかった」

気弱な王だったが、貴族たちが己の娘を側室に迎えるよう言っても、決して首を縦に振ることはなかった。

子は二人。兄王子と妹王女で、仲睦まじい王家だった。

しかし王家に悲劇が襲う。

「ある日、王妃が奴隷の獣人族に殺された」

ハーシェリクは息を呑む。だが口を挟まず、続きを待った。

「いや、少し事実は異なる。奴隷の子どもが、お婆様の乗った馬車の前に飛び出し、馬が驚いて馬車は横転。乗っていたお婆様は打ちどころが悪く、亡くなられた」

最愛の人を亡くした王は、そこから狂ってしまった。

最愛の王妃を奪った獣人族を排除するために、奴隷制度の廃止を強行し、国内の奴隷だった獣人族すべてを処刑。獣人族など他種族を排除し、人間以外の国内への入国を禁じたことに伴い、人身売買も禁止した。

法を犯せば漏れず極刑に処し、いざとなれば王自身が剣を持った。

「反対した貴族もいたが、先々代はその者たちも容赦なく極刑にしようとした。穏やかな国王が、妃を失って豹変し、国内から他種族は一掃された」

誰かが言った。「王よ。妃を失い、狂ってしまわれたのか」と。

王は答えた。「愛した妻を失って、狂わずにいられるか。憎い畜生どもが我が国からいなくなるならば、歴史に狂った王として名を残そうと、悔いはない」と。

「だから人々は、陰で先々代の国王を狂王と呼んだ。最愛の妃を失って、奴隷を皆殺しにした狂った王と」

それはグレイシス王家の闇の部分。だから教師は、自分にそのことを話そうとはしなかったのだとハーシェリクは理解した。そして同時に、怒りとも悲しみとも思える感情が込み上げてきた。

「そんな……」

大切な人を失った苦しみを、ハーシェリクは理解することができる。

すべてを破壊してしまいたい衝動や、目の前が闇に覆われてしまったかのような絶望、全身が焼けるような怒り……そして、手に残る彼女の血の感触を、ハーシェリクは忘れられずにいる。

己の心臓を抉りとられたかのような喪失は、今も埋まることはない。

（ジーン……）

彼女の名を、心の中で呼ぶ。

ジーンを思い出すとき、真っ先に浮かぶのは彼女の最期の微笑みだった。

ハーシェリクは、先々代の王の痛みや喪失感を、自分のことのように感じられる。だが、だからと言って、その痛みや喪失感を、他のもので埋めようとは考えられなかった。

表情が暗くなるハーシェリクを安心させるかのようにソルイエは彼の頭に手を置いた。

「というのは表向きで、本当は異なるんだ」

「へ？」

ハーシェリクは暗い表情を一変、碧眼を大きく見開き、父の顔をまじまじと見る。

「ここからは、ある程度の年齢に達した王族のみに、口頭で伝えられることだ。ハーシェに教えるのは、本当はもっと先のはずだったけど、問題が起こっているなら仕方がないね」

ソルイエは肩を竦め言葉を続ける。

「ルスティア連邦を、知っているね？」

「大陸の南、獣人族や亜人族が同盟を結ぶ国です」

グランディナル大陸には、大小の国々が存在する。その中で、四つの大国が互いを牽制しあっている。

自国である北のグレイシス王国、西のアトラード帝国、東のフェルボルク軍国、そして南のルスティア連邦。東西南北と大きな国は四方に分かれていた。

ハーシェリクの答えにソルイエは頷く。

「連邦は国土が広いが、歴史的に言えばまだ新しい国なんだ。正確に言えば連邦という形をとったのがごく最近、とはいっても先々代の国王の時代で、南はもともと獣人族や亜人族の各々の小国が多く存在していた――

それが他国と対抗するために、小さな国々が同盟を組み連邦となった、とソルイエは続ける。

「ルスティア連邦は、国を興すと同時に各国へ同族たちの解放を訴えた。人間社会で暮らす獣人族や亜人族は、奴隷が多いからね。特に大陸の三つの大国の奴隷は、獣人族や亜人族が比較的多い。王国も、当時の奴隷はほとんどが獣人族や亜人族だった」

だがその訴えは、同族の解放だけが目的ではない。できたばかりの新興国はまだ脆(もろ)く、他国から横やりを入れられては、せっかく一つとなった同盟関係も危うい。

そうならないために、他国に内側からの揺さぶりをかけることも、声明の目的だった。

連邦の狙い通り、その声明は、獣人族や亜人族を奴隷として扱っていた諸国に効果覿面(てきめん)だった。

王国の奴隷たちも、自由になれるかもしれないと浮足立った。

衣食住が保障される奴隷といっても、その待遇は主によって変わる。清潔な衣服や十分な食事や休暇を与えてくれる主もいれば、生きるための最低限のものしか与えず死ぬまで酷使するような主もいた。そしてその割合は、後者のほうが多い。

ルスティア連邦の声明は、他の国と同様、人間と他種族との衝突に繋がった。

解放されたい、一般市民のように虐(しいた)げられず、自由に生きたいと願う奴隷たちと、財産として労働力を失いたくない人間たち。争いが起こるのも必然で、王国内では時が経つにつれ、人間と奴隷とのいざこざが増えた。

「そのとき、王妃の事故が起こった」

王城へ担ぎ込まれた王妃は虫の息だった。医者も手の施しようがなかった。

最後に国王と二人きりになることを望んだ王妃は、王に願いを伝え、息を引き取った。

「……願い？」

「奴隷たちを……獣人たちを憎まず、その立場から解放して欲しい、という願いだよ」

それを聞いて、ハーシェリクは理解した。すべてを察してしまった。先々代の国王が、行ったことを。そしてなぜ自ら狂った王になったかを。

ハーシェリクが導きだした解を、ソルイエは答え合わせするかのように言う。

「無理に奴隷を解放したとしても、昨日まで所有していたモノが今日から同等の存在だと、人間はすぐに認められるわけがない」

その亀裂は、将来大きなものとなることが、火を見るよりも明らかだった。

そして隷属の魔法で縛られている奴隷たちは、主人の気持ち一つで命を奪われる。万が一、奴隷たちが結束し決起したとしても、隷属魔法により蝋燭（ろうそく）の火を吹き消すように命を奪ったであろう。

だから、そうなる前に、先々代の王は先手を打った。

「先々代は苦肉の策だが、奴隷を皆殺しにしたと公表し、信のおける臣下に命令して国外へと獣人族たちを逃した」

記録では国中すべての奴隷は、勅命で集められ処分されたとなっている。

しかし実際は、集められた獣人たちは秘密裏に国外に出され、ルスティア連邦に送られた。そしてルスティア連邦は奴隷を受け入れ、互いに国交を断った。

すべての話は、地方貴族へ降嫁した叔母から聞いた話だった。大臣たちの暗躍により幼くして王位を継いだソルイエに、王家の仕来りを教えたのは、降嫁した父の妹だった。彼女は大臣も知らない王家の裏事情もまた彼に教えた。

ソルイエはハーシェリクの様子を見る。表情を硬くした彼は、その聡明さから、そして感情の豊かさから、理解してしまったのだろう。

「……曾お爺様は、曾お婆様の願いと奴隷だった人たちのために、自ら狂った王になったんですね」

それが最善の一手だとは、ハーシェリクには思えなかった。しかし、だからと言って他に方法があったのかといえば否。

ハーシェリクの答えに、ソルイエは頷く。

「お爺様は、己が悪行の王として歴史に残り、王国を変えた。おかげで王国には、奴隷制度も人身売買も存在しない」

たとえそれが獣人族たちと距離を取る方法だったとしても、国はいい方向へ進んだといえるだろう。

最善ではない。だが最悪でもない。王と王妃のみが犠牲となり、グレイシス王国は大国として揺らぐことなく、今日まで続いてきた。

「ハーシェリクの、違和感はなくなったかい？」

ハーシェリクが頷くのを確認したソルイエは、長い前置きを終えて、本題に移ることにする。

「だがそれでも過去、獣人族が王国に足を踏み入れたことはある。個人の意思関係なくね。禁止しても、それを犯す輩はいつでも存在するから」

我が国では獣人は珍しくなってしまったからね、とソルイエは言葉を続ける。つまり非合法で奴隷として密入国し、闇で売買されることもあったと暗に言っていた。

国内で希少となってしまった彼らが、どう扱われるかは想像に難くない。

「その場合、対象を至急保護し、ルスティア連邦へ秘密裏に送り届けることが密約で定められている。とはいっても、私の代になってからはほとんどなかったけどね」

法が定められた当時は、悪徳貴族たちが奴隷売買を行っていたが、先々代と先代の時代に悪徳貴族もそれに関わった密売人も、極刑をもって根絶やしにした。

さらに周辺諸国にもその話が知れ渡り、人身売買を生業とする者は、利益と危険を天秤にかけ、結果グレイシス王国に近寄らなくなった。

もちろん獣人の血を引く者もいるが、容姿は人間のため見つかることはない。万が一見つかっても、保護され秘密裏に国外に出されるか、誰も知らない地方で暮らせるよう手配される。

その手配は、ルークの実家であり、王家に絶対的な忠誠を誓う『王家の番犬』と裏では揶揄されるフェーヴル侯爵家が秘密裏に行っていた。

「ハーシェ、獣人族の青年は、ちゃんと保護するように」

「……はい！」

ハーシェリクは部屋に入室したときとは真逆の、飛び切りの笑顔で応える。

「一応確認だが、青年と一緒にいた女性は人間だよね？」

「はい。あとたぶんですが、二人は恋人同士だと思います」

それは、ハーシェリクの勘だが。

軍国から逃れてきた、というのが本当なら彼らの関係は、主と奴隷が正しいと思われる。

軍国に住まう獣人族のほとんどは、軍国との戦に負けた、その土地に住んでいた者だ。ほとんどの者が奴隷となる。

クレナイがアオの所有者なのだろう。

だが二人は、主人と奴隷の関係には見えなかった。

クレナイはアオの命を優先し、アオはクレナイを守ろうとしている。部屋も同室でいいと言い、この三日間、二人が別行動をしたところを、ハーシェリクは見たことがない。

というか物理的にも距離が近い。まるで鳥の番（つがい）のように寄り添う二人は、主従関係というよりは、恋人関係といったほうがしっくりきた。

「逃がすなら、二人一緒ではないと難しいと思います」

「わかった。だけど今は時期が難しいね」

ソルイエの言葉に、ハーシェリクも同意する。

今は国中が豊穣祭に向けて、準備に追われている。そして他国からやってくる者も多い。その中で、逆に国から出ていく者は目立ってしまう。秘密裏にとはいっても透明になれるわけではない。できる限り目立たないように国外へ脱出させねばならなかった。

「やはり豊穣祭が終わってから、帰郷する者たちに紛れさせるのが一番ですね」

ハーシェリクの提案に、ソルイエも頷く。

「豊穣祭を終えて、商人たちが地方に戻るときに紛れさせて、国外へ送り出すこととしよう。パルチェ公国を経由し、ルスティア連邦へ行けば問題ない。連邦なら獣人族はもちろん、極わずかだが人間も住んでいる。彼女も受け入れられるだろう」

「はい……父様、ありがとうございます」

ハーシェリクは、父の膝の上から見上げつつ礼を言った。

「ハーシェが、礼を言うことじゃないよ」

他人のことなのに、まるで自分のことのように喜ぶ息子にソルイエは苦笑を漏らす。

「だけど、ありがとうございます」

それでもお礼を口にする息子に、ソルイエは何も言わず淡い色の金髪が揺れる頭を撫でると、彼を膝から降ろした。

「さて、今日はもう遅い。休みなさい」

「はい。おやすみなさい」

ハーシェリクは一礼をすると踵を返し、扉へと向かう。

その遠ざかっていく小さな背中に、ソルイエは声をかけた。

「ハーシェリク」

ハーシェリクは立ち上まり振り返ると、首を傾げる。その動作が愛らしくて、ソルイエは微笑みながらも言った。

「私を、信頼して話してくれてありがとう」

父からの礼に、ハーシェリクは少しばかり目を見開く。だがすぐに微笑みに変わった。

密約を知らなかったハーシェリクにとって、ソルイエの話を聞くまでは己がやろうとしていることは、法が間違っているとしても法を破る行為だった。王族の身だとしても死刑になる可能性もあった。

それに他に方法がなかったとはいえ、父にこの話をしてもいいのか、獣人族の話を聞いてもいいのかと迷ったのも事実だ。

しかしこの優しい父が理不尽なことをするわけがない、とも信じていた。

「……父様、最後に一つだけ、質問があります」

ハーシェリクは、聞こうか迷っていた問いを口にする。

「父様は、この国がこのままでいいと、思っていますか？」

他種族に排他的なこの国。今まではそれでもよかったかもしれない。しかしこれからはどうだろうか。おりしも陰で牛耳っていた大臣がいなくなり、国は岐路に立っている。

不変か、変化か。

ハーシェリクは父に問う。

「……この国も変わるべきだろう。月日が経ち、人々の意識も変化した。なら進むべきだと私は考える」

ソルイエは一度目を閉じ開くと、そうはっきりと答える。その瞳に迷いはなかった。

「ありがとうございます、父様」

ハーシェリクは再度父に礼を言うと、部屋を後にした。


閉じた扉を目の前に、ハーシェリクは一度深く息を吸うと吐き出す。

父との話は、ハーシェリクが期待した以上のものだった。獣人族のことも、この国の裏事情も、そして父のことも。

（とりあえず、二人のことはなんとかなりそう）

己の伝手を駆使しなくても、問題なく二人を国外へ脱出させることは可能だと確信することができ、ハーシェリクは安堵を覚える。しかし今度は別の疑問が浮かんだ。

（二人を脱出させることが、本当に二人を助け出すことになるのかな？）

命を助けることにはなる。

だがそれは、本当の意味で二人を助けることになるのだろうか。

そもそも、なぜ二人は軍国から逃げてきたのか。

（人間と獣人族の恋人同士……駆け落ち？　だから二人は国から逃げてきた？）

物腰や雰囲気から、クレナイはそれなりの家柄の者だろうと予想がつく。そしてアオは獣人族だから奴隷だ。

そんな二人が恋に落ち、国を捨てて駆け落ちしてきた。まるでロマンス小説のような展開だ。

（筋書きとしては違和感ないけど、不自然なんだよな……）

ハーシェリクの中で何かが引っかかった。愛の逃避行なら、二人はなぜ王国へとやってきたのか。北ではなく南へと、ルスティア連邦へと向かうはずだ。

そこに引っかかり、ハーシェリクの嫌な予感を刺激する。

彼の予感は、残念なことに悪いことほどよく当たるのだ。

（二人は、軍国の密偵(みってい)？）

だがその可能性は限りなく低い、とハーシェリクは考える。

彼らがハーシェリクのところに辿りつくまでに、奇跡に近い偶然が重なりすぎていた。

ハーシェリクが果物屋の夫妻と仲がいいというのは周知の事実だが、それを短期間で軍国が調べ上げ、仕込むのは難しいだろう。旦那さんが国境近くの町へ果物を届けるのも、数か月に一度の不定期。有名人でもない一般人の情報を手に入れるのは、クロであっても難しい。

さらにいえば、対外的には王国は他種族入国不可であり、排除される。そんな国に、密偵として獣人族を送り込むことはしないだろう。

ということから、彼らが密偵であるという可能性はほぼ皆無だとハーシェリクは結論を出す。だからといって、彼らが愛の逃避行をする恋人同士という、わかりやすい存在とは思えなかった。

初めて会ったとき、柔らかく微笑みながらも射貫くような闇色の瞳を向けてきた、動じた様子の欠片もない落ち着いた雰囲気のクレナイ。その彼女を守る獣人族のアオは、その身の運び方から何かしら武芸を身に付けている、とオランから耳打ちされ、ハーシェリクの予想を裏付けた。

彼らの纏う雰囲気は、常人とは異なっていた。

彼らが逃亡者なのは確実だろう。だが、なぜ軍国から逃げてきたのか。何に追われているのか。なぜ逃亡先が王国だったのか。そこが問題だった。

「うーん……」

ハーシェリクは唸る。

気になるのは二人だけではない。すぐ上の兄、テッセリの意味深な言葉が、頭の中にいつまでも残っているのだ。

テッセリは何か情報を掴んでいるのか、もしくは予想しているのかもしれない。

『今日連れてきた二人、気をつけないとだめだよ』

その言葉には、ハーシェリクは同意せざるを得ない。

二人が何か隠し事をしているのも確実だ。密偵でも、愛の逃避行をする恋人同士でもなければ、もっと大きい問題を抱えているのかもしれない。

最悪を想定するなら、それは何かしら王国に不利益をもたらす可能性がある。

(……だけど私は、二人を助けたい。力になりたい)

彼らを助けない、という選択肢はハーシェリクにはない。

ハーシェリクは大きく息を吸う。腹の底に空気を溜めこむかのように深く息を吸い、そして勢いよく吐き出した。

ハーシェリクは腹を決めた。

「ハーシェ？」

「へぁっ⁉」

背後からいきなり話しかけられ、ハーシェリクはビクリと肩を震わせ変な声を上げる。振り返れば、訝しげに己を見下ろすクロがいた。

(さすがは元凄腕の密偵。びっくりした)

心臓がこんにちはするかと思った……いや、時間的にこんばんはか？　とハーシェリクは心の中でノリツッコミしながら、腹心のクロを見る。

「クロ……」

恨みがましく名を呼ぶ主に、クロは首を傾げてみせ、さも当然のように言った。

「で、俺は何をすればいい？」

その言葉に、ハーシェリクは一瞬呆けたあと笑う。

この執事は本当に自分の本心を理解してくれている。自分が何をしたいのか、言わなくても察してくれる。

（今まで通り、私は私ができることをするだけだ）

困っている人がいたら、それが誰であろうと手を差し伸べる。

家族も国も民も皆大切だが、他国の者だからと、他種族だからと彼らを蔑ろにする気は、ハーシェリクには毛頭ない。

自分が今、何をしたいのか。それが重要だ。

彼らを助けたい自分のために、行動するだけだ。

結局、自分がやりたいからやる。たとえ誰が何を言おうと、己の信じた道を進む。それが自分だ。

（助けるからには、とことん助ける）

彼らは悪い人間ではない、とハーシェリクは感じていた。

それも嫌な予感同様、根拠も何もない己の勘だが。

ただ己がやりたいこと、すべきことをするだけだ。

だからハーシェリクは、クロにいつも通りお願いをする。

「クロ、お願いがあるんだけど」

そうハーシェリクは、にこりと忠実な執事に笑ってみせた。

第五章　リョーコとクレナイとアオ

豊穣祭を数日後に控えた王国の城下町。

祭り前で人々が活気づき賑わう大通りを金糸で刺繍（ししゅう）を施された緑青色のポンチョという、いつものお忍びの恰好で、ハーシェリクは進む。

町の人たちに手を振りながら挨拶を交わし、ふとハーシェリクは空を見上げた。

「今日もいい天気。祭りの日も晴れればいいなぁ」

高く青い秋空は澄みきっている。これでもし、祭りの日が雨天だったら、皆が落ち込んでしまうだろう。

「大丈夫だと思いますよ」

そんなハーシェリクに、温和な微笑みを向けるのは、紅葉した葉のように紅い髪をゆるく縛ったクレナイだ。ハーシェリクに出会って十日ほど過ぎ、王城でアオとともに保護されているクレナイは、出会った当初と比べると顔色もよくなった。

大丈夫だと言うクレナイに、ハーシェリクは首を傾げる。

「祭りなどが催されるときは、過去の天候なども考慮（こうりょ）されることが多いのです」

もちろん確実ではないですが、とクレナイは付け加えた。

「クレナイさんは、本当に博識だね」

ハーシェリクは感心しつつ、ご機嫌で進む。

そんな王子のすぐ後ろを歩くクレナイは、微笑みながらも少々困惑した表情を向けた。

「ありがとうございます。ですが、よろしかったのですか？　王子」

「うん？」

ハーシェリクは肩越しに振り返り、クレナイを見る。

「その、お一人でお出かけになって……」

「一人じゃないよ、クレナイさんがいるじゃない」

ハーシェリクはさも当然のように答える。そういう意味ではない、とクレナイは言おうとしたが、ハーシェリクの表情を見て、わかっていてはぐらかしているのだと理解した。

そんな彼女に、ハーシェリクは微笑みながら言葉を続ける。

「大丈夫、大丈夫！　それに今日は、クレナイさんへのお礼も兼ねているしね」

時を遡ること一週間ほど前、クレナイたちの国外脱出の問題解決の目途が立ち、密約に関する部分のことを除き二人に伝えたハーシェリク。

とりあえずは豊穣祭が終わるまではすることがない二人は、城内で過ごすこととなった。外宮の与えられた部屋とハーシェリクの自室以外を出歩くときは、自分か筆頭たちの誰かを連れることを約束し、ハーシェリクは通常の生活に戻ったのだ。

通常の生活とは勉学や訓練、そして山積みにされた書類との格闘のことである。

「……王子、何をなさっているのですか？」

それはハーシェリクの書斎に本を借りに来たクレナイから出た、戸惑いを含む問いだった。

だがそれも仕方がないだろう。まだ学院にも入学してない幼子が、大人顔負けの仕事量をこなしているのだから。

返しに来た本を片手に、いつもの微笑みではなく、垂れた瞳を少々見開いて驚く彼女に、ハーシェリクは曖昧な笑みを浮かべる。

「あ、クレナイさん。えーっと、仕事的な？」

「……出過ぎたことを申しました。お仕事中、申し訳ありませんでした」

いつも快活な喋りをする王子が口ごもると、クレナイは察して本を返し退出しようとする。しかしハーシェリクは退室しようとする彼女を、片手を振って制止すると苦笑を漏らした。

「言えない、というよりは情けないことなんです」

そしてことのあらましを説明し、積み上げられている書類をつつきながら、深いため息を吐いて締めくくる。

「ということで、私が精査しているんです」

既に王国の内部事情については、他国にも知れ渡っているため、隠す必要がないのだ。

苦笑を漏らしながら、ハーシェリクが書類に手を伸ばす。だがクレナイのほうを見ていたため、山を崩してしまい、書類が床に広がった。

「……やっちゃった」

ハーシェリクが項垂れながら、ソファから降りて、散らばった書類を集めだす。

「あー、時系列で並べといたのにぐっちゃぐちゃだぁ……」

今にも泣き出しそうな声でハーシェリクが呻き、クレナイは足元に広がっていた書類を手に取った。

その書類には、色つきインクでいくつも線が引かれ、書き付けがされている。

反射的に書類の字面を追ってしまい、クレナイはすぐに視線を背けた。

だが数瞬迷ったあとクレナイは、ハーシェリクに書類を差し出しながら言った。

「勝手に見て申し訳ないのですが……この部分、少々不自然ではないですか？」

「え？」

クレナイが差し出したのは、既に問題なしとハーシェリクが一回チェックし終わった書類の束だった。

ハーシェリクは前世の癖で、一つの案件を三度確認する。さらに時間があるのなら、少し時間を置いて内容を再チェックする。時間を置くことで、先入観がリセットされ、新たなミスを発見することができるからだ。

クレナイから渡されたのは、とある地方領主からの、申請履歴の一覧が表紙となっている申請書類の一式だった。

「ここと、ここの申請の内容が二重ではありませんか？」

クレナイの指摘箇所に、ハーシェリクは目を通す。

内容は、橋を新設するための補助金申請だった。

だが数か月と間を置かず、同じ場所の橋の申請が幾度か上がっており、申請金額も増えている。ハーシェリクは、個別案件として予算内容を確認し問題なしと判断したが、クレナイの指摘通り、短期に同じ申請が上がり、決済が通っているのは不自然だった。

さらに申請書式が定まっておらず、予算も複数枚に跨（またが）って報告されているため、同じ案件だと気がつかなかったのだ。

すぐに担当部署に確認すると、当初の予定より橋の建設費用が増えたための、追加申請であったと判明した。金額は前回の申請金額を含めていたため、金額が多く記載されていた。

財務局で補助金の出資額を確認したが、いわゆる二重取りはされておらず、ハーシェリクはほっと胸を撫で下ろした。

（報告書式を統一したほうがいいな）

各部が、各々の書式で報告を上げるため、内容は問題なくともわかりにくく、理解に時間がかかる報告書もある。書式を統一すれば効率も上がるし、管理もしやすくなる。

前世の職場でも、提出する書類は猿でもわかるようにする、と後輩に教えていた。もちろん猿は字が読めないので例えではあるが、それくらいわかりやすければ、効率が格段に上がるのだ。

（今度、父様たちに提案してみるか。というか、パソコンが本当に欲しい……と）

「手伝ってくれてありがとう、クレナイさん」

内心の愚痴は置いておき、最後まで調べ事に付き合ってくれたクレナイに、ハーシェリクはお礼を言った。

クレナイは垂れた瞳の目じりをさらに下げ、苦笑のように見える微笑みを浮かべながら首を横に振った。

「いえ、口出しして申し訳ございませんでした」

「いやいや、本当に助かったよ」

クレナイの謙遜を、ハーシェリクは即座に否定する。

「クロには資料集めを頼んでいるし、オランとシロはこういう事務的なことは得意じゃないから……」

自分の腹心の中で、こういった仕事に長けているのはクロだ。彼はハーシェリクが細かく指示せずとも、主が求める資料を集めてくれてとても優秀である。しかし彼は筆頭執事としての仕事もあるため、内容を精査するのは自分一人となる。

オランもシロも、事務仕事ができないわけではない。ただハーシェリクとクロに比べれば能力は劣り、さらに彼らはそれぞれ豊穣祭の催しの準備と打ち合わせで、そちらに出向いている。

結果、残るのはハーシェリクだけで、書斎には資料が山積み状態になったのだ。

(人手が足りないんだよなぁ……だからといって、官吏から人員を補充するわけにもいかないし……ハッ！)

ハーシェリクは、天啓を受けたように閃いた。

目の前にいるではないか。事務能力に長け、暇を持て余している人材が！　と。

「……クレナイさん、本当に申し訳ないんだけど、ここにいる間だけでいいから手伝ってもらえないかな?」

お給料も出すから、とハーシェリクは、上目使いでそう願い出た。

やはり一人ですべてを完璧に監査するには限界があり、ミスだって出てしまう。調べた書類や結果報告は父や兄も見るが、できることなら完璧な資料を渡したいという気持ちもあった。

仕事に関しては、前世同様完璧主義者なハーシェリクである。

それにクレナイは軍国から逃亡してきた者。なら情報が流出するとも考えにくいし、資料も古い案件や重要度などを選んで渡せば、問題ない。

それに逃亡するなら金は必要だろう、とハーシェリクは考えた。

クレナイは少し迷ったあと、引き受けた。部屋に引き籠るしかないアオも加わり、それからしばらくの間、ハーシェリクの書斎では紙の擦れる音や万年筆が書類の上を走る複数の音、そしてしばし雑談する声が聞こえてきたのだった。

ハーシェリクが予想した通り、否、予想した以上に彼女は優秀だった。理解も早く作業の段取りも的確、正確さも申し分なく、書類の山は当初予定していたよりも早く標高を下げ、目途もたったのだった。

豊穣祭を数日後に控え活気づく町に、ハーシェリクはお礼を兼ねてクレナイと散策に出かけたのだった。もちろんハーシェリクの気分転換も兼ねている。

「クレナイさんは、やはり書類仕事もしていたんですね」

慌ただしく祭りの準備を進める城下町の人々を眺めつつ歩みを進め、ハーシェリクは言う。

その言葉にクレナイの肩が不自然に跳ねたが、彼女の前を歩くハーシェリクは気がつかなかった。

「……やはり、ですか？　なぜそう思われたのです？」

「だって握手したとき、かなり固いペンダコがありましたから」

探る声音のクレナイに、ハーシェリクは簡潔に答える。クレナイははっとして己の指……利き手の中指を見ると、確かに長年ペンを持っていたためにできたペンダコが、その存在を主張していた。

「クレナイさんの中指のペンダコ、常時筆を持つような人でないとできないものですし、あのミスもそういう仕事を日頃やってなければ見つけられないですから」

それは経験則というもので、ハーシェリクも前世の経験から、書類を見て不備があるとなんとなく違和感を覚える。とはいっても所詮はなんとなくなので、絶対ではない。

ハーシェリクの答えに沈黙するクレナイ。そんな彼女にハーシェリクは残念そうに話しかけた。

「アオさんも来られればよかったんだけど……」

思い浮かべるは城に残してきた背の高い獣人族の青年。散々手伝ってもらったのに、彼を外に連れ出すことはできなかった。

（お小遣いでお土産を買って帰ろう）

ハーシェリクはそう心に誓う。ちなみにそのお小遣いは、日ごろ頑張っているハーシェリクに働いている上の兄二人がくれたものだった。

金額は平民の子どもがもらえるくらいだが、必要なものはすべて税金で用意される王子のハーシェリクにとって、気兼ねなく使えるお金である。

最初はお小遣いを渡そうとする兄二人に断っていた。しかし仕事をしても給金がもらえないハーシェリクに負い目を感じている二人――というよりは、可愛い末の弟にお小遣いをあげたくて仕方がない二人にいろいろ説き伏せられ、ハーシェリクはお小遣いをもらうようになったのだ。

だが町を歩けばお菓子や食べものをもらえるので、今まで使う機会がなく、やっとその機会が巡ってきたのである。

「王子は、彼とどんな話をするのですか？」

王城に滞在し始めた当初は、アオは警戒して一時もクレナイから離れなかった。だが時が経ち王子や筆頭たちに害されるどころか親切にされて戸惑い、さらに仕事に切羽つまっている王子に拍子抜けしたのか、警戒心が薄れていった。

そして何度か、王子と彼が二人で出かけることがあったことをクレナイは思い出す。

その間クレナイは、クロやオランが護衛か、もしくは見張り役として傍にいる。

戻ったアオに聞いても、もともと口数が少ない彼は「話をしていた」という簡潔な答えしか返さなかったため、どんな話だったかクレナイは知らない。

「獣人族の人たちの話とかかな。彼の話は貴重だし、とても興味深くて」

クレナイの言葉にハーシェリクは満足そうに答える。

ハーシェリクは、城内の生活で息苦しさを感じているであろうアオを外へと連れ出した。とはいっても城下町ではなく、王城の背後に聳(そび)える北の大地だ。北の大地は王の許しを得た者しか踏み入れることができないため、アオが翼を広げて飛んでも問題はない。

否、それは建前で、正直に言えば、ハーシェリクは大空を飛ぶアオを見てみたかったのだ。

そんな下心満載で、お気に入りの王城と城下町を一望できる丘に彼を連れてきたハーシェリクだったが、彼は翼を隠していた外套を脱ぎ捨てても、何度か髪色と同じ深い青色の翼を動かしただけで、飛ぶことはなかった。

「アオさん、飛ばないのですか？　ここなら飛んでも大丈夫ですよ」

むしろ飛ぶ姿を見たい、とハーシェリクが期待を込めて彼を見上げる。しかしそんな王子にアオは眉間に皺を寄せたあと、ハーシェリクの視線から逃れるように顔を背け、ぼそりと呟いた。

「翼を傷めた。もう飛べない」

落ち着いた低い声で、事実を簡潔に要点のみを伝えるアオ。その言葉に抑揚(よくよう)はなく、感情も読み取り難い。

しかしハーシェリクは、その言葉を理解するとまるで己のことかのように絶望的な表情を浮かべ、そしてすぐに頭を下げた。

「……ごめんなさい！」

獣人族で鳥人(トリビト)、翼を持っているのだから飛ぶのが当たり前で、きっと飛べないことが苦痛だろうと思ったのだ。この場所なら気兼ねなく飛べるだろうと連れてきたのが、裏目に出た。

飛びたいのに飛べない、それを己で口にすることとなったアオの心情を考えると、ハーシェリクは頭を下げる以外に思いつかなかった。

頭を下げたまま動こうとしない王子に、アオは無表情ながらも目を白黒させる。

一国の王子が、なんの躊躇いもなく頭を下げているのだ。驚かないほうがおかしい。

「……頭を上げてくれ」

辛うじて出た言葉に、ハーシェリクは顔をそろそろと上げる。そしてお互い無言のまま、視線を転じ、風景を眺める。

沈黙が二人の間を支配する。先に口を開いたのはハーシェリクだった。

「アオさん、もしよかったら獣人族の話を……アオさんのことを、話せる範囲で聞かせてくれませんか？」

「……なぜだ？」

問うアオの瞳を真っ直ぐ見て、口を開く。

「私は、知りたいんです」

今までは国のことで手がいっぱいだった。しかし巣くっていた国の闇を取り除いた今、国内は慌ただしくもいい方向へと進んでいる。父も兄たちも、家族という贔屓目(ひいきめ)があったとしても、為政者としての能力は高い。

ならば、自分にできることは何か。国や家族のために、できることがないか考えた。

そして今まで大臣打倒という目標があったからこそ、自分は行動できていたのだと、思い知った。

目標を達成し、そして目標を見失った。

やることはある。国を良くしたい。だがそれは曖昧な目標だ。

そして自分が、己の身の回りのことしか知らないことに気がついた。

だが、知らないならば、知ればいいのだ。

「王国以外の場所はどんななのか、世界はどれくらい広いのか、そこに住むのはどんな人たちなのか……王国の外のことも、知りたいんです」

もちろん書物も読んでいる。しかし書物だけで、世界を知ることはできない。

せっかく生まれ変わって、文字通り第二の人生を歩んでいるのだ。もともと知識欲は人より強い自覚はある。知りたいことは山ほどある。

知ることで己の道を知り、総じて家族を守り、国を守ることに繋がると思えた。

「だから、お願いします」

再度頭を下げるハーシェリクに、無表情だが瞳を少し開いて驚くアオ。

秋風が二人の間を通り過ぎた。沈黙が永遠に続くかのように錯覚する短い時間、根負けしたのはアオだった。

「……俺は、得意ではない」

「得意？」

頭を上げて首を傾げるハーシェリクに、アオは言葉を続けた。

「喋ることが」

そしてアオは己の開襟(かいきん)シャツのボタンを外しだす。

「え、え?」

前置きなく始まった行動に、ハーシェリクは度肝を抜かれ、酸欠の金魚のように口を開閉させる。

ハーシェリクがどう反応していいかわからず、所在無げに手を上げたり下げたり彷徨わせている間に、アオはボタンを外し終えてシャツの前を開き、地肌を顕わにした。

身長差からまずハーシェリクの目に入ったのは、見事に六つに割れた腹筋。もし前世の涼子だったら、痴女の如く黄色い悲鳴を上げていたかもしれない。それほど、ほどよく筋肉が引き締まった体躯だった。

だがハーシェリクは視線を上げると、その体躯の胸筋部分の中央に、拳大の入れ墨のような紋があった。

アオはそれをなぞるように触り、一段低い声で言う。

「俺は奴隷……戦闘奴隷だ」

ハーシェリクは、アオの言葉を理解して息を呑む。

戦闘奴隷とは言葉通り、戦闘に用いられる奴隷だ。戦場に立ち、敵を倒すことは兵士と変わらない。

ただその待遇は、兵士とは天と地ほどの差があった。

奴隷だから給金が支払われるはずもない。常に危険な戦地へと送られ、いざというときは捨て

駒とされる。負傷して使えなくなれば、そのほとんどが処分される。

彼らに権利はなく、モノとして扱われる。

そして奴隷には、所有者の印が刻まれる。所有者の意思により、その命を容易く刈り取れる魔法を施された印『隷属の紋』だ。

だから奴隷は所有者に決して逆らうことはできない。

「口を開けば棒で殴られた……話さずとも殴られたが」

年月を重ねるごとに口数は減っていき、極力話しもせず、感情も表に出なくなった。

だから話すことが得意ではないと、その言葉がアオのこれまでの人生を暗に語っていた。

よく見れば、薄くはなっているが地肌には無数の傷の痕が残っている。斬られた傷や刺し傷だけでなく、棒や鞭で打たれた痕もあった。

彼が今までどんな扱いを受けてきたのか、一目瞭然だった。

ハーシェリクは、いつの間にか拳を強く握っている自分に気がつく。

不意打ちで突きつけられる、前世と今の世界の差異。前世の世界がいかに恵まれていたのか。

そしてこの世界は、どうしてこんなにも非道なことができるのか……しかし、それ自体が、前世の平和な世界の平和な国で生きてきたからこそ、生まれる考え方だ。

（父様から話を聞いたときは、冷静に割り切れていたんだけど、な）

父から話を聞いたときも、この世界はそういうものだと割り切っていたはずだった。

それに嫌悪を覚えていても。

だが実際に、その立場の者を前にして割り切れるほど、ハーシェリクは器用ではない。

「……殴らないのは、彼女だけだった」

何と声をかけていいかわからないハーシェリクに、アオはぼそりと付け加える。その声音から彼女とは誰かは聞かずともわかった。

「俺が話すことは、いい話ばかりではない」

それでもいいか、という彼にハーシェリクは頷く。

元より聞こえのいい話ばかり知りたいわけではない。

「ありがとうございます、アオさん」

お礼を言うハーシェリクに、アオはコクリと頷きつつ、シャツのボタンを閉めた。

それからハーシェリクは、時間を見つけてはアオとお喋りをした。そのほとんどはハーシェリクが質問し、アオが言葉数少なくも答えるというものだったが。

「アオさんの話、とても興味深いです」

アオとの会話を思い出しつつ、ハーシェリクは言う。

一番驚いたのは、彼が見た目は二十代だが実際は六十歳を超えているということだ。獣人族は人間よりも長寿で、年の取り方も成人するまでは人間と同じだが、それ以後は非常に緩やかになる。

他にも空を飛ぶときは、無意識で使う風魔法によって飛ぶなど、人間と獣人族の違いを聞けてハーシェリクの知識欲は、日に日に満たされている。

「……王子は、不思議な方ですね」

嬉々として話すハーシェリクに、クレナイはついそう言ってしまう。

クレナイも、アオの微妙な変化を感じ取っていた。

もともと表情の乏しい彼だったが、この国に入ってからは緊張感で張り詰め、表情は硬くなっていた。しかし、ハーシェリクと接しているうちに、その表情が本人の自覚なしに和らいでいる。

（これを無自覚でやってしまうとは……）

むしろ意図的にやっていないからこそ、できてしまう賜物とも言える。

クレナイは王城で過ごすようになって、ハーシェリクはもちろん、彼の周りの人物も観察していた。特に彼の直属の臣下だという三人は、たった数日の観察だけでも一人一人が優秀な人物だとわかった。

騎士と魔法士は、先の帝国との戦いでの活躍を噂で聞いたことがあったが、それが噂ではなく真実だとわかった。そつなく仕事をこなす執事は、情報収集能力に抜き出ていた。それは裏に通じてもいるのだろうと予想に難くない。

抜きん出た人材は、その個性も我も強い。そんな人物たちを、この王子は難なく手中に収めている。

そんな無自覚な張本人は、クレナイの言葉に首を傾げるだけだ。

「不思議？　変わっているとはよく言われるけど……」

その言葉にクレナイはつい笑みが零れる。無自覚だからこそ、それを手助けしたくなり、守りたくなる。

　彼らはなんやかんや言いつつも、結局は王子のすべてを受け入れているのだ。

（こんな不思議な方、初めてです）

　ふと馬の嘶(いなな)きが聞こえ、クレナイは視線を動かす。すると馬車が通りを過ぎていくところだった。そしてその馬車の紋章を見て、彼女は歩みを止める。

　ハーシェリクも歩みを止め振り返る。

「クレナイさん、馬車がどうかしました？」

　ハーシェリクが声をかけると、クレナイは肩を震わせた。しかしハーシェリクは馬車を見ていたため、その反応に気がつかなかった。

「あれは他国の馬車かな？　豊穣祭には他国の賓客(ひんきゃく)も招くと兄様たちが……クレナイさん？」

　国内では見たことがなかった紋章だったため、ハーシェリクはあたりをつける。しかし反応のないクレナイにハーシェリクが声をかけると、そこにはいつも通りの微笑みを浮かべた彼女がいた。

「いえ、少々暑かったのでぼーっとしてしまいました」

「え、大丈夫？　どこかで休みます？」

　心配そうな視線を向けるハーシェリクに、クレナイは微笑みを崩さぬまま続けた。

「ええ、問題ありません。ところで王子、本日はどちらまで？」

「……今日は旦那さんたちのところに行きます。二人とも心配していましたから」

さりげない話題変更。それに少々違和感を覚えつつも、ハーシェリクはなぜ彼女がそうしなければならなかったのかわからず、目的地を口にしたのだった。

第六章　祭りの準備と誘拐と不思議な王子

本日も果物屋は繁盛していた。ハーシェリクは離れたところで様子を窺いつつ、客足が途切れたときを狙って、クレナイを引き連れ果物屋夫妻に話しかけた。

二人のことはなんとかなりそうだと聞いた旦那さんは、いつも通り表情は無愛想だったが安堵したようで、ハーシェリクの目の錯覚でなければ口の端が少し持ち上がったようだった。

話を聞いていたのであろうルイも、我がことのように喜んだ。

そして話題は、間近に迫った豊穣祭へと移る。

「ルイさんたちは、豊穣祭で出店するんですか？」

「もちろん。稼ぎ時だからね。だけどせっかくの豊穣祭なのに、いつもと代わり映えしないのよねぇ」

リーシェをあやしながら、ため息を漏らすルイの言葉に、ハーシェは店頭を見る。店頭には林檎や葡萄のような、瑞々しい果物が並んでいた。

ハーシェリクは赤い実を手に取ると、ふむと考える。

「豊穣祭では、いつも通り売るんですか？」

頷くルイに、ハーシェリクは果物を戻しながら言った。

「例えば、その場で食べられるように切って、串に刺して売るのはどうでしょうか？　あと一口に切り分けて、容器に入れたりとか……」

思い出されるは、前世のテレビで見た光景。

夕暮れどきの帰宅を急ぐ人で溢れる商店街の一角、その果物屋の主人が値段の高いメロンやパイナップルを店頭で切り分け、ワンコインで販売するという場面を取材した番組だった。

鼻孔を擽る果実の甘い香りに、夕飯前の帰宅途中の人々はつい足を止め、ワンコインならと買い、その場で食す。それを見た他の人たちもワンコインの果物を買い求める。そしてそのうち何人かは、他の果物も購入していき、結果、果物屋には利益となる。

果物のカットサービスは、手間とコストが増え、単価は下がる。しかしただ果物を買うよりは、豊穣祭で賑わう町を見ながら食べ歩くのはありだと考えられたし、店の宣伝にもなると思われた。

ふむふむ、と頷くルイにハーシェリクは言葉を続ける。

「あとは、果物に飴を絡めるとかいかがですか？」

前世で祭りのときに食べた林檎飴。子どもの頃は、大きな赤い林檎飴が、とても特別なもののような気がして、食べきれないとわかっていても、親に強請って買ってもらった。「しょうがないわね」と頭を撫でながら買ってくれて、林檎飴を手渡してくれた前世の母の顔を思い出し、ハーシェリクは少し切なくなる。

「リョーコちゃん？」

急に黙りこくったハーシェリクの名をルイが呼ぶ。ハーシェリクははっとして笑顔を作った。

「チョコレートとか、絡めてもいいと思います」

林檎飴同様、チョコバナナも前世では大好物だった。ついだらしなく表情が緩むのも仕方がない。

　ハーシェリクの提案に、ルイは思案する。とはいってもそれは一瞬のことで、主人に店番を任せると、材料や串、容器が仕入れられるかどうか確認するために、知り合いの店に出かけていった。

　そのあとすぐ、果物の卸し先でトラブルがあり、旦那さんも店を空けなくてはならなくなった。迷う主人に、ハーシェリクは留守番と子守を申し出る。

　ハーシェリクとクレナイは、店番とリーシェの子守をして、二人の帰りを待つこととなった。もともと店先に立つことに慣れているハーシェリクは、リーシェの面倒を見つつクレナイとともに客を捌く。

　王子であるにもかかわらず客対応に慣れたハーシェリクに驚きながら釣銭を渡すクレナイ。ある程度客を捌いたが、なかなか夫妻は戻らず、日も傾き始め人が少なくなってきたところで、クレナイは一度王子に断り手洗いに席を外した。

　近くの店で手洗いを借りたあと、店へと戻るとハーシェリクが見るからに柄の悪い男二人と対峙していた。

「王子？」

　距離があったのと風下だったため、クレナイの声はハーシェリクには届かなかった。しかし、風上から風に乗って届いた会話は、不穏な雰囲気を孕んでいた。

「何が目的だ?」

その声は今までに聞いたことのない、冷めたものだった。あの柔らかい雰囲気を醸し出す彼が、どこからそんな声を出しているのか、クレナイは想像できない。

ただその声を聞き、反射的に建物の陰に身を隠す。

「ついてくればわかる。来ないのなら……」

クレナイが建物の陰から覗けば、柄の悪い男のうちの一人が果物屋夫妻の娘リーシェの傍にいた。そしてその手には、光を反射するもの……それがナイフだとわかると、クレナイの背中に氷のような冷たいものが落ちる。

柄の悪い二人が、人目を阻むように店先に陣取っているため、この異常事態に気がついているのはハーシェリクを除くとクレナイのみだった。

(誰かを呼んでこないと……)

しかし誰を呼んでくればいいのか、クレナイは迷う。警邏を呼びに行っても、クレナイは王子に極秘裏に保護されているといっても不法入国者で、事情を知らない者に王子との関係や、己の身分を問われても、答えられない。逆に不審人物と思われ捕縛される可能性もある。この国で王子以外に頼れるのは、彼の腹心たちだが、ここから城までは距離がある。

「子どもに刃物を向けるな」

クレナイが、どう対処しようか考えあぐねて動けずにいると、ハーシェリクの声が届いた。

彼はため息を漏らし、肩を竦めてみせる。

「……わかった。子どもに手を出さないなら、一緒に行く」

そう諦めたようにハーシェリクが言うと、異様な雰囲気を察した籠の中のリーシェがぐずりだした。

ハーシェリクはすぐに己のポンチョを脱ぎ、リーシェに握らせると、彼の香りを感じてか、赤子は落ち着いた。

ハーシェリクは、そんな彼女に男たちに向けるものとは打って変わって、優しげな声をかける。

「リーシェちゃん、大丈夫。すぐにお母さんたちが来るからね……私も大丈夫だから」

ハーシェリクは視線を一瞬だけクレナイに向け、男たちとともに歩き出した。

クレナイは建物の陰から出ると、リーシェの入った籠に駆け寄る。赤子はハーシェリクのポンチョをおしゃぶり代わりに口に含み、ご機嫌そうに笑っていた。危害を加えられていなかったことに安堵しつつ、今にも人に紛れていなくなりそうな男たちの姿を凝視する。

(王子は、私に気がついていた)

ならなぜ、助けを求めなかったのか。

王子の噂はクレナイが祖国にいたときも、この国に来てからも多く聞いている。あの王子からは考えられないような、おとぎ話のようなものだったが。

もしそれが事実なら、彼は今、命を狙われている可能性もある。

クレナイの思考は一瞬で、すぐに己のやるべきことを判断する。

リーシェの籠を掴むと、中に今日の売上の硬貨が入った袋を投げ入れ、向かいの店の女将に預ける。そして男たちのあとを追った。幸いにもハーシェリクの歩幅に合わせて移動していたため、見失うことはなかった。

そのまま尾行し、大通りから貴族の邸宅が建ち並ぶ区画の、さらに奥にある屋敷に入っていくところを確認し、クレナイは身を翻し王城へと走る。

顔見知りとなったが、いい顔はしない門番に会釈だけで通してもらい、クレナイは咎められないほどの速さで廊下を進む。周囲の好奇の目に晒されたが、今はそれに構っている余裕はなかった。

向かう場所はクレナイが滞在している居城の外宮、ではなく訓練場のある西の区画。目当ての人物が、今日は武闘大会の打ち合わせで、訓練場に出向いていると知っていたからだ。

だが幸運なことに、目的地に着く前に、クレナイは目的の人物に出会うことができた。

「クレナイさん？」

王城勤めとは考えられない、簡素な服装の青年が彼女に気がつき声をかける。

「オクタヴィアン様」

オランに出会えてクレナイはほっとしたが、呼ばれた青年、オランは苦笑を浮かべた。

「様なんてつけなくていいですよ」

もともと気さくなオランは、様付けされるのを好まない。それは彼の主にもいえることだ。もちろん時と場合によるが。

そう言いつつも年上に対して、自然と敬語で話すあたり、彼が良家の出であることを思わせた。

苦笑を浮かべていたオランが、ふと一人でいる彼女に眉を顰める。

「そういえばハーシェと出かけたのでは？」

朝、今日はクレナイと城下町へ出かけると言っていたことを思い出す。護衛としてついていこうと思ったが、今日は豊穣祭の初日に行われる武闘大会の御前試合の打ち合わせのため、それは叶わなかったのだ。

ハーシェリクのことだから、クロにばれないよう出かけたのだろうと想像がつき、苦笑を深める。

「それが……」

クレナイは起こったことを簡潔に説明する。もちろん周りには聞こえない声音で。話を聞くにつれオランの表情が厳しいものになり、聞き終えたときには、まるでこれから戦場に行くといっても過言ではないものとなった。

「わかりました。一度王子の部屋へ」

すぐさまオランは、ハーシェリクの自室がある外宮へと向かう。居城へと続く門の前に立つ騎士がオランの異様な雰囲気を感じ取り引きとめようとしたが、オランは片手を上げただけで静止し、すれ違う侍女たちに言伝を頼む。

十分も経たないうちに、彼の主の部屋には腹心たちとクレナイ、アオが顔を揃えた。

「どうする？」

そう切り出したのはオランだった。ハーシェリクがいない場合の進行役は、彼になることが多い。

「すぐに向かうに決まっているだろう」

　苛立たしげなクロは、吐き捨てるように言う。いつもの冷静な彼から考えられないほど、頭に血が上っているようだった。

「だいたい、ハーシェもハーシェだ。わかっているくせに……」

「それは今言っても仕方がない。それにハーシェは言ったって聞かないことくらい、わかっているだろう?」

　クロの言葉を、オランが遮り宥める。

　大臣がいなくなった今、ハーシェリクに危害を加えようとする人物は減ったが、皆無ではない。ハーシェリクは人助けもしているが、逆に後ろ暗い連中からは、多くの恨みを買っているからだ。それは本人も自覚しているが、それでもハーシェリクはお忍びをやめない。

「ごめん……だけどこればっかりは、何を言われてもやめない」

　最初に迷惑をかけることを謝りつつも、本人は絶対に意見を曲げなかった。ならせめてナイフでもなんでもいいから、身を守るものを持って欲しいと言えば、それも首を横に振る。

「私が持ったって意味ないでしょ?　逆に怪我するのが落ちだよ」

　ハーシェリクは、自分に剣術などの才能が皆無だとわかっている。だから護身用のものでも、刃物を身につけようとはしない。

　ただそれには、別の理由があるような気がしているオランだが、本人に問いただしても、何も言わないだろうと諦めている。

「大丈夫だって、逃げ足は速いから」

彼らの主は、自信満々にそう答えた。

現にハーシェリクは、筆頭たちを連れないときに、何度か攫われかけたりもしたが、機転と小柄な体躯を生かし隠れたりして、逃げおおせている。もちろん筆頭たちには秘密にしているが。

「どうやって助ける？　場所はクレナイさんのおかげでわかってはいるが、人数が把握できていない。それに下手にハーシェを人質に取られたら厄介だし、派手に暴れたら祭りにも影響が出る」

ハーシェリクの命が一番だが、大事になって、豊穣祭の開催に支障をきたしてはまずい。既に他国の使者も王都に滞在しており、この騒ぎが広がれば、今後の外交に不利に働く可能性もある。なら警邏や騎士たちを大っぴらに動かすことはできず、内々に処理しなければならない。

（戦力的には問題ないんだが……）

慢心ではなく、オランを含め筆頭たちの実力は問題ない。

「場所がわかっているなら、私がやろう」

どうするかと悩むオランに、シロが言った。

「どうやって……いや、言わなくていい。そしてやるな」

彼にしてはとても協力的な申し出に、オランは耳を疑い、すぐに察して却下する。

シロはきっと、ハーシェリク以外を、その家もろとも魔法で吹っ飛ばすという荒業を行うに違いないとわかったからだ。

オランが却下すると、シロはその秀麗な顔を歪め、忌々しそうに舌打ちする。オランの想像通りだった。

「俺が忍び込む—」

「相手の規模が把握できていないのに、大丈夫なのか、黒犬」

問題ない、と答えるクロ。ただこちらも瞳には危険な色が混ざっていて、オランには不安要素があった。

クロは普段は冷静だが、ことハーシェリクに関してはタガが外れる。なんとなく名は呼ばないが、オランはクロと二年の付き合いで、軽口を言いあうくらいには信用しているし信頼もしていて、お互いの実力も把握している。ただ彼はハーシェリクに依存した危うさがあるのも確かだった。

（これはハーシェもわかってはいるようだが……）

以前オランは、クロについてハーシェリクに忠告したことがある。それは忠告というよりは、同僚が心配だったというのもあった。

ハーシェリクも心当たりがあるのか、オランの言葉に頷くだけだったが。

（とりあえず、今はハーシェの救出が先決か）

オランはクロのことは横に置いておき、すぐ目の前の問題に意識を戻す。

自分たちなら、敵の制圧は難なくできるだろう。だがそれだけではだめだった。

（今後のことも考えて、内密に動かなければいけない）

取り逃がせば、また同じことが起こるのは予想に難くない。やるからには漏れなく徹底的にしなければならない。それはハーシェリクも望むことだとオランは考える。

子どもを人質にするような輩（やから）を、自分の主は決して許しはしない。

しかしすべてを一切漏れなく、秘密裏に処理しなくてはいけない。

相手の人数と戦力は不明。外部に漏れてもいけない。力押しだけではいけない状況と、暴走しそうな同僚たちを抑えなければいけないことに、オランは頭を抱える。

「私たちに、王子救出のお手伝いをさせてください」

いい案が浮かばないオランに助け舟を出すかのように、クレナイが口を開いた。

その横で、アオが驚きと困惑が混ざった表情を微かに浮かべていた。


部屋の外で怒鳴り声が響いたかと思うと、複数の人が慌ただしく駆けていく足音が聞こえ、ハーシェリクは椅子に座ったまま眉を顰めた。

それからすぐに部屋の扉が勢いよく開かれ、憤怒に顔を染めた身形（みなり）のいい男が一人、部屋に入室した。そのけたたましい音に、ハーシェリクがさらに眉を顰めると男は慌てて取り繕（つくろ）い、作り笑いを顔面に張り付けた。

「ハーシェリク殿下、中座して申し訳ありませんでした。また慌ただしく重ね重ね申し訳ありません。どうやら近所の餓鬼が悪さをしたようで、庭でボヤ騒ぎが……」

男は背筋を曲げお辞儀をしつつも、媚びた視線をハーシェリクに向ける。その視線を受けたハーシェリクはいつもの愛想のよさの欠片もなく、不愉快げな表情をつくる。

場所は王都貴族居住区の、とある屋敷の薄暗い照明が灯された一室。室内にはその男を含め四人の男がいた。

家具は売りに出される予定なのか、埃が被らないよう布がかけられていたが、ハーシェリクが座っている椅子と目の前のテーブルには布はなく、代わりに一枚の書類が置かれていた。

（数がそれなりにいるな……）

ここに連れてこられるまでも、五人以上はすれ違っていたことを思い出し、ハーシェリクは内心ため息を漏らす。逃げ出す隙を窺ってはいるが、この部屋からうまく抜け出せたとしても、外に出る前に捕まってしまうことは明らかだった。

そんなハーシェリクの心情を無視し、男は机の上にある書類を指す。

「さて殿下、先ほどの話の続きです。殿下にはこの書類に署名をしていただくだけでいいのです」

「断る」

愛想よく笑う彼に、ハーシェリクは鋭い視線と短い言葉で拒絶する。

男が指した書類は、普通のものではなかった。

まず書き記された内容が、おかしかった。彼が冤罪であることと、今後国の重要職につくことを確約するというもの。さらにその書類は、怪しく薄い紫色に仄かに輝いている。それは操作系魔法の一つである呪法が施されている証だった。

(魔力がないから、魔法にかかったら終わりだ)

魔力がなくとも、シロという魔法オタクな教師から魔法を教わっているハーシェリクは、その書類に署名してはいけないとすぐにわかった。

操作系魔法のうち、他人の精神に作用するものは軒並み成功率が低い。理由は単純で、本人の持つ魔力が、精神操作の魔法を退ける鎧の役目を果たすからだ。それに通常時なら、本人の強い意志があれば、操作系魔法は滅多にかからない。

しかし物を介して行われる呪法は、比較的に成功率が高い。それに書類に署名をすることが、呪法を受け入れると同義になり、ハーシェリクはすぐに彼の支配下に置かれてしまうだろう。

いざというときのために、シロが結界魔法を書き込んだ銀古美の懐中時計もあるが、物理的な魔法ならともかく、こういった呪法には役に立たない。

だからハーシェリクは、拒否をし続けるしかなかった。

既にこのやりとりだけで一時間以上経っている。男は愛想笑いを浮かべていたが、まったく署名する気を起こさないハーシェリクに対して、ついに化けの皮がはがれ、眉を吊り上げて机を勢いよく叩いた。

「殿下は、臣下が苦しんでいるというのに、お見捨てになるのですかッ!?」

「苦しむ？　見捨てる？」

あまりにも身勝手な言いように、ハーシェリクの口角が皮肉げに上がる。

「己の欲から借金し、それを国庫から金をくすねて返済していた者を、私は臣下だと思わない。あなたが横領したせいで、どれほどの民が苦しんだと思っているのか、ゴールトン子爵？」

突き放すように、ハーシェリクは言った。

ゴールトン子爵は、罪が発覚するまで財務局に勤めていた。帳簿をいいように改竄し、差額を懐に入れていたのだ。その金の一部は、バルバッセ大臣へも流れていた。

もちろんハーシェリクは、有無を言わさず、彼を司法の場に引きずりだした。

王子の氷のような視線を受けた子爵は一瞬だけ口を閉じたが、負けじとハーシェリクに詰め寄った。

「微々たるものです！　私以外にやった者もいるし、金額が多い者もいます！　それなのに……」

「ゴールトン子爵、これは他の者もやっていたことや、金額の多い少ない、という問題ではない」

聞き分けのない子どもに諭すように、ハーシェリクは言葉を続ける。

「今更、私があなたを庇っても、冤罪だったと言ったとしても、既に証拠は揃っているし、あなたは司法で裁かれた。その事実は、覆らない」

刑も確定しており、ゴールトン子爵は横領した国庫の返済と数か月の謹慎、降格処分となった。

この屋敷を見れば、国庫の返済が賄いきれず、私財を強制的に没収されたのだと、察することができた。

ハーシェリクは視線を動かし、部屋の隅から自分たちを観察する男を見る。

眼鏡をかけ痩せた陰気な男で、見覚えがあった。

「まさか、金貸したちと手を組むとは、ね」

その男は、暴利を貪る金貸しだった。貧困に喘ぎ、金に困った人に金を貸して、法外な利息を要求するヤクザのような、闇組織の幹部だった男。

その組織を訴えようにも、警邏局の役人の一部が買収されていたため、被害者たちは金を借りる前よりも苦しい生活を送らねばならなかった。

「懲りたと思ったんだけどねぇ……」

そうハーシェリクが言うと、男が眉を顰める。

ハーシェリクは以前、大臣を嵌めるために行っていた虎穴にいらずんば虎児を得ず作戦、略して虎穴作戦で、この男が運営していた表向きは優良貿易商、裏は高利貸しの闇組織を潰したのだ。

その組織も、いくつかの役人や貴族を経由して、間接的にバルバッセと繋がっていた。

裏の高利貸し業を再起不能にまで追い込んだが、どうやら甘かったらしい。バルバッセがいなくなり有力な後ろ盾がなくなった奴らは、次の寄生先をこの男にしたようだった。

「お仕置きが足りなかったかな?」

そうハーシェリクが不敵に笑ってみせると、男は眉間の皺を深めた。

「生意気なことばかり言っていると、痛い目見ることになるぞ」

「前回も、そう言って痛い目見たのは、どっちだったっけ？」

男の脅しも、ハーシェリクには通じなかった。

男は奥歯が鳴るほど噛みしめ、表情を歪めたが、ハーシェリクは鼻で笑った。

「……ならなぜ、王族はそのまま変わらず、贅を尽くした暮らしをしているッ!?」

男との会話を遮るように、ゴールトン子爵が雄叫びを上げた。

「王族が贅沢をしている？　おかしなことを言うね」

ハーシェリクは可愛らしく首を傾げてみせる。

「あなたが思うほど、王族は贅沢な暮らしをしていない」

確かに一般人と比べれば、贅沢はしているかもしれない。だが毎晩、一瓶で金貨五枚の価値がある酒を何本も空けたり、高レートの賭け事に興じたり、そのせいで借金して国庫から横領したりはしていない。

「ここは王が統べる国。王家は、国とすべての国民の命を預かり、守る存在……あなたは、国の頂点を蔑ろにする気？」

行きすぎた贅沢は慎むべきだろう。

しかし、王家とは国の顔でもある。国の顔がボロを纏っていたら、国民はどう思うだろうか。諸国から侮られないか。そうなれば、国民が害されるかもしれない。

だから王家には、ある程度の見栄も必要なのだ。

確かに国王である父は過去、国民よりも家族を取り、道を過った。だが今は、それを償うために、必死に行動を起こしている。

父だけでなく、王家の誰もが過ちを償おうとしている。そして国民に感謝し、守ることが義務だと思っている。

そんな王家を、大切な家族を、この男に己の欲望と同等のように言われ、ハーシェリクは笑みを浮かべる。そうしながらも、静かに怒りを覚えていた。

「逆に問おう」

笑みから零れた声は、周りの温度を氷点下にするような冷めた声だった。

七歳の王子に、この場にいる誰もが支配された。

「あなたは己が贅を得るために、国に何をしてきた?」

父が無理やり玉座に座らされ、その父や兄、娘を奪われ、家族を人質にとられ、苦しみ耐えるしかなかったとき、この男は何をしていたというのか。

「バルバッセの陰に隠れて、贅を貪る以外に、何をしてきた?」

それは問いかけだったが、断罪でもあった。

「国民の血税をくすねて媚びていただけの人間が、どんな理由で父を、王家を貶める?」

ハーシェリクの言葉に、ゴールトン子爵は顔を真っ赤にした。そしてハーシェリクに歩み寄ると、腕を振り上げる。

反射的にハーシェリクが顔を庇うよう腕を上げると衝撃が走り、床へと投げ出された。椅子が倒れるのと、彼が床に叩きつけられるのは同時だった。

「この餓鬼が！　下手に出れば、つけあがりおって……おい、魔法士を呼んでこい！」

倒れたハーシェリクを見下ろし、ゴールトン子爵が金貸しの男に叫ぶ。

「そうだな。第七王子は、魔力なしの出来損ないだ。魔法のかかりもいいだろう。意識など奪ってしまえばいい」

金貸しの男が残忍な嗤い（わら）を浮かべる。それにつられ、ゴールトン子爵も嗤った。

「この王子さえいれば、私も……」

「バルバッセのように、陰から国を支配できる？」

ゴールトン子爵の言葉を遮るように、ハーシェリクは腕をさすりながらも上体を起こした。

「あなたに、バルバッセの後釜は無理だよ。少なくとも彼は……」

ハーシェリクはにっこりと、天の御使いのような極上の微笑みを浮かべた。

「あなたよりもずっと優秀で、有能で、狡猾（こうかつ）だった。金貸しの甘言に唆（そそのか）されて、子どもを脅して攫うことしかできないあなたじゃ、天地がひっくり返っても無理だね」

次の瞬間、ハーシェリクは床に伏せる。それと同時に扉が開け放たれ、室内に暴風が巻き起こった。

ゴールトン子爵は腕で顔を庇う。そして暴風が止んだとき、室内の様子を見回して愕然とした。

金貸しの男たちが皆、呻き声を上げ、その場に倒れていた。意識がなくピクリとも動かない者もいる。

それだけではない。金貸しの男の傍には、身長ほどの長い棒を持った青い髪の青年が、そしてゴールトン子爵と王子の間には、黒装束を着た黒髪の青年が立っていたのだ。

「だ、誰だッ⁉」

「ハーシェ、怪我はないか？」

ゴールトン子爵の問いは、清々しいほど青年に無視される。

「ちょっと打っただけだから大丈夫。ありがとう。思ったより早かったね。アオさんもありがとう」

黒装束の青年——クロに助け起こされながらハーシェリクはお礼を言う。アオも頷いた。

「どうやって侵入したッ⁉　見張りの者は……」

「全員ボヤ騒ぎに駆り出され、今頃は庭で伸びているのではないでしょうか？」

ゴールトン子爵の問いに答えたのは女性の声だった。その声の主は開けたままの扉から入室する。

「クレナイさん」

「王子、ご無事でなによりです」

名を呼ばれ、いつもの微笑みのままクレナイは礼をする。

いろいろと聞きたいことがあったが、とりあえず今はこの事態を収拾するのが先だと思い、ハーシェリクはクロに指示をする。

「クロ、子爵を捕えて……殺しちゃだめだよ。殺して楽にしてあげるなんて、しなくていいから」

　彼を殺さんばかりに暗い赤い瞳で見据えていたクロに、ハーシェリクは言う。

「……御意（ぎょい）」

　やや間の空いた短い返事のあと、クロは怯えるゴールトン子爵を即行縛り上げたのはいうまでもない。うっかり腹に蹴（け）りを入れていたが、ハーシェリクは見なかったことにした。

「お慈悲を……どうかお慈悲を！」

　縄で拘束されたゴールトン子爵が、椅子に座ったハーシェリクに、土下座をしていた。

　騒ぎにならぬよう、秘密裏に手配された警邏局の者が金貸しや一味を回収し、残されたのはこの男一人だった。

「あのねぇ……」

　顔を涙と鼻水でぐちゃぐちゃにしながらも、命乞いする中年男にハーシェリクはげんなりする。

「一度は、機会を与えたはずだけど？」

　彼が横領した金額は、彼の私財をすべて没収したとしても足りたわけではない。だがそれでもすべて没収はせず、最低限の生活はできるようにした。爵位もそのまま、謹慎後は返済も生活もできるよう、部署の変更にはなるが職を奪うこともしなかった。

　バルバッセに肩入れした人間には、自ら進んで行ったわけではない者もいた。バルバッセに恐怖し従うしかなかった人間もいた。だがそれでも、罪は罪だ。

　ゴールトン子爵も、そういった人間も、最低限の生活はできるように配慮し、心を入れ替え努力し、罪を償えば、そこから抜け出せるよう取り計らった。

もちろん極刑に処された者もいる。だが大臣や臣下を御しきれなかった王家にも罪がある。だからハーシェリクは、自分が甘いと自覚しつつも、悪に手を染めてしまった人間に、罪を償い、未来へと進む機会を与えた。

だがそのことを、この男は少しも理解をしていなかった。しようともしなかった。

「どうか、お優しい殿下、お願いします、お慈悲を！」

改心する人間もいる。だが、残念なことにできない人間もいる。目の前で這いつくばる人間は後者だった。

それが現実だと、ハーシェリクはやるせない気持ちになる。

「私は、優しくなんてない。だってそうでしょう？」

ハーシェリクは淡々と、己の感情を殺したような声音で続けた。

「あなたの言う、都合のいい慈悲深い王子だったら、あなたたちを追い詰めることはしなかったのだから」

それはゴールトン子爵には、死刑宣告と同義だった。

「あなたは、与えられた猶予を、自分で捨てたんだ」

子爵はその言葉に、己の頭を打ち付けるかのように伏すと、気が狂ったかのように絶叫した。

ハーシェリクはその様子をただ静かに、だが泣くのを我慢するような表情で、目を逸らさずに見ていた。

そしてその王子を、クレナイとアオは無言のまま、離れた場所から見ていた。


ハーシェリクが事後処理を終え、長兄と次兄にお小言をもらい、執事にもネチネチと説教をもらい、脱力気味に窓際のお気に入りのソファに深く腰掛けたのは、深夜に近い時刻だった。

（ああ、長かった……）

好きで攫われたわけではないのに、とつい内心愚痴ってしまうハーシェリク。

（次はもっと気をつけないとな。反省反省っと）

クロが聞いたら「反省する部分が違うだろ」と説教の追加がきそうなことを思いつつ、ハーシェリクは力を抜くように、深呼吸を繰り返す。

窓の外へ視線を向ければ空には星が輝いていた。その視点を一転させ、本日最大の功労者にハーシェリクは笑いかける。

「助けに来てくれて、ありがとうございました。クレナイさん」

ハーシェリクの言葉に、立ったままクレナイは大したことではないと首を横に振った。

今、ハーシェリクの自室には、クレナイしかいない。オランは今回の件について警邏局に報告のあと帰宅、シロも自室へと戻った。アオは自身の正体がばれる前に、用意されている部屋に戻り、クロには念のため、闇組織の残党がいないか調べに出てもらっている。

「でも、クレナイさんが尾行してくれたうえ、作戦を提案してくれるなんて、思ってもみませんでした」

感嘆の声を漏らしつつハーシェリクは、クレナイから聞いた作戦の全容を思い出す。

まずクレナイは一行を屋敷に案内したあと、アオの探索魔法で屋敷内の人数や位置を把握した。風魔法を得意とするアオは、探索魔法も得意だ。

屋敷内の人数を把握すると、オランとシロ、クロとクレナイとアオの二手へと分かれる。

オランとシロは屋敷の裏手に回り、シロの魔法で敷地を囲むように、防音と侵入不可の結界を張ったあと、ボヤ騒ぎを起こした。鎮火させようと集まってきた者たちを、シロが遮音性のある結界に閉じ込め、オランが叩きのめした。そして訝しみ様子を見にくる者を、順次捕縛していった。

クロ、クレナイ、アオの三人は、ボヤ騒ぎで注意力が散漫になった屋敷に侵入し、見回りを各個撃破しつつ、ハーシェリクが捕えられている部屋に辿りついた。途中、幸いにも魔法士を見つけられたので、クロが速攻無力化した。

そしてアオの風魔法で、まずハーシェリクだけに声を届け、作戦を伝える。

ハーシェリクは言われた通り、挑発し地面に伏せても違和感のない状況をつくった。そしてハーシェリクが倒れた瞬間、アオが風魔法を発動させ彼らの視界を奪い、アオとクロで金貸し三人を無力化したのだった。

おかげで誰一人逃すことなく、そして殺すことなく捕縛することができた。自分の筆頭たちだけでは人員も足りず、うまく物事を運ぶことはできなかっただろう。

騒ぎも最小限で、豊穣祭にも影響せずに済んだ。

ハーシェリクは、クレナイが自分を助けるために行動を起こしてくれるとは思っていなかった。

筆頭たちに自分が攫われたことを伝えてくれれば、あとは時間を稼いでいる間に筆頭たちがどうにかして助けに来てくれるだろうと思っていた。

感心するハーシェリクに、クレナイは口を開いた。

「王子、質問をお許し願えますか？」

「ん？　私の答えられることだったら」

いつもの微笑みではなく、真剣な眼差しのクレナイに、ハーシェリクは首を縦に振る。

「王子はなぜ、大人しく彼らに従ったのですか？　連れ去られそうなとき、声を出せば自分の身を守れたのではないですか？」

「でもそれだと、リーシェちゃんや町の人に、危害が加えられたかもしれないです」

クレナイのもっともな意見に、ハーシェリクは苦笑しながら答える。

「私も油断していたというか、落ち度があったんです。さすがにこの時期に、町中で仕掛けてくる馬鹿はいないと思ったんですけど……」

いくら金貸しに唆されたとはいえ、まさか豊穣祭前のまだ明るい時間に仕掛けてくるとは思っていなかった、とハーシェリクは言い訳をする。

「王子は、自分の身が可愛くないのですか？」

クレナイの知る身分の高い者は皆、己の保身が一番だった。そのためなら、他者を利用しようが、傷つけようが気にも留めない者ばかりだった。

しかし目の前の王子は、それらと異なった。

「うん？　うーん……」

ハーシェリクは首を捻る。

「正直に言えば、怖いし、痛いのも嫌です。自分で言うのもアレですけど、私は非力だし、身を守る術を持たないですし」

自分で言っていて情けなくなり、ハーシェリクは苦笑を漏らす。

「なら、なぜあのように、町の散策をするのですか？」

クレナイは、この王子が年齢にそぐわない思考の持ち主であることを知っている。そして己が、危険に晒されるはずがない、という楽天的な考え方でもないことを知っている。

それなのに、なぜ町へと出かけるのか、クレナイは問わずにはいられなかった。

ハーシェリクは苦笑のまま答える。

「外に出るのは、私がやっていることが、無意味じゃなかったって実感するためなんです」

城下町の人々の笑顔を見るだけで、実感することができた。自分がやってきたことも、自分の力が及ばず犠牲となった彼らも、無駄ではなかったのだと確信することができた。

それは一時だが、己の心に空いた穴を埋めてくれた。

「クロたちには怒られるんだけど、やめられないんですよね。私は皆がいてくれるから、頑張ることができるんです」

自己満足だけど、それが私の原動力なんです、とハーシェリクは屈託なく笑う。

「……他にも、理由はありますね？」

自分のためだと言い切る彼に、少々引っ掛かりを覚えたクレナイはさらに問う。

ハーシェリクは少々目を見開くが、すぐに眉を下げた。

「クレナイさんには、隠し事ができないですね」

ハーシェリクは肩を竦めると言葉を続ける。

「私が普通に外を歩いていれば、みんな安心するでしょ？」

何の力もない幼い王子が、供を連れず、武器も持たず、たった一人で出歩く。それはこの国が子ども一人で出歩けるほど安全だと言っているのと同義で、城下町の人々に安心感を与えられるのでは、とハーシェリクは考えた。たったそれだけのことで、彼らに安心感を与えられるのなら、己の危険など些細なことだった。

「私は、皆が笑っていられるこの国が好きだし、守りたいんです」

先ほどの苦笑とは違う、穏やかな笑みを浮かべ、ハーシェリクは言葉を紡ぐ。

「クレナイさん、この国は少し前まで、皆の表情が暗かったんです」

バルバッセが裏で支配していたとき、皆が暗い表情で明日が来ることを恐怖していた。

しかし彼が斃れた今、この国は変わってきたのだ。

「やっと、明るい表情が見られるようになったんです。皆が明日に希望を持てるようになったんだと、私は思っています」

脳裏には、すぐに人々の笑顔を思い出すことができる。その顔を思い浮かべながら、ハーシェリクは、さらに言葉を続けた。

「自分が傷つくことよりも、その笑顔が見られなくなるほうが、私は怖いんです。皆が傷つくほうがずっと怖い。だから私は、全力ですべてを守りたい……ま、私がそう考えているだけで、これも全部自己満足なんですけどね」

答えになったかな、と首を傾げるハーシェリクに、クレナイは返答できずにいた。

王子は自己満足だと言う。だがクレナイは今日一日、王子と一緒に城下町を歩いただけで、彼の行動が自己満足だけではないということを知っていた。

彼が町の人に挨拶(あいさつ)したり、話しかけたり、手を振ったりすると、町の人たちは皆、笑顔になった。そこに不安は微塵もなかった。

(自分のためと言いながら、人のために身を削る……それがこの方の本質なんですね)

自分の中で答えを導き出し、クレナイは自分の肩の力も抜けることを感じた。そしていつも通り、否、いつもより柔らかい微笑みを浮かべる。

「……王子は、不思議ですね」

「それ、今日二回目ですよ」

いつもの人好きする微笑みに戻ったクレナイの言葉に、ハーシェリクはおかしそうに笑う。

そんな王子を見ながら、クレナイは聞き取れないほどの声で呟く。

「うん？」

ハーシェリクが首を傾げてみせると、クレナイは首を横に振った。

「いえ。お話ありがとうございました。では失礼いたします」

そう一礼し踵を返す彼女を、ハーシェリクは首を傾げたまま見送った。

クレナイはハーシェリクの自室を後にし、一人暗い廊下を進む。そして王子の自室から距離をとったところで足を止め、己の思考を巡らせた。

「この方なら……」

呟きの続きは、廊下の暗闇に吸い込まれて消えた。

第七章

豊穣祭と御前試合と秋夜の宴

今年のグレイシス王国の秋の豊穣祭は、他国からの賓客を迎え、国を挙げて一週間催される。特に王都の豊穣祭は、初日から大いに盛り上がりを見せていた。大通りには様々な店が並び、祭りで財布の紐が緩んだ客を狙う商売人の呼び声が響く。

特に商人たちが推しているのは、友好国のパルチェ公国から輸入された品だ。豊穣祭に限り関税が引き下げられ、珍しい品が普段より安く店頭に並んでおり、祭りで気分が高揚している客たちは、商人の狙い通り金を落としていく。

ハーシェリクも、とある工芸品に魅入られた。

輪の中に綺麗に染めあげられた紐が網状に組まれ、鳥の羽や細やかなレース編み、鈴や硝子(ガラス)で飾られた天井から吊るす工芸品だ。値は上がるが宝石や水晶などで飾られたものもある。作りも丁寧で、王国内では見たことがない、珍しいものだった。

商人曰く、窓の傍に吊るしておけば、持ち主に幸運を招く『幸福の風飾り(かざかざり)』という品。

ハーシェリクは店頭に並べられた品のうち、紅と青の羽が施されたそれに魅了され、即決で購入し、自室に飾ることにした。

あとで微妙な表情のアオから、獣人族の中でも鳥人が作る工芸品だ、と聞くことになる。

他種族と断交している王国だが、公国を介しての交易の抜け道があるんだ、とハーシェリクは感心したのであった。

　他にも大通りや広場などのいたるところでは、大道芸人が芸を披露しており、老若男女問わず笑い声を響かせた。異国の踊り子が、軽やかなリズムの音楽に合わせて舞を披露し、広場の石造りの舞台では、旅をする一座が今流行の演目を演じる。

　皆が皆、思い思いに楽しい一時を過ごしていた。

　そして、初日に一番の盛り上がりを見せたのは、王城内にある訓練場で開催される武闘大会だ。客席には一般人から貴族、他国からの賓客、そして王族が集まり、今か今かと開会宣言を待ちわびる。

　正午を過ぎると、音楽隊のファンファーレが鳴り響き、国王ソルイエが開会の宣言をする。

　風魔法で拡張された父の挨拶を聞きながら、ハーシェリクは会場を見回した。一年のうち、春と秋の二回行われる武闘大会。兵士や騎士たちが鍛錬を積み、磨き上げてきた武技を、大衆に披露する大会は、普段は立ち入り禁止の王城に一般人も入城できるため、大いに賑わう。

　しかも今年は豊穣祭の初日であり、他国の賓客も招かれた。さらに先の戦で活躍した『黄昏の騎士』を御前試合で見ることができるという前評判で、例年以上の人が押し寄せた。

　ハーシェリクを含めた王族は会場の中央の見晴らしのいい席が用意されている。すぐ隣には他国の賓客の席が設けられた。しかし他はすべて自由席となっていて、現在は満員御礼状態である。

　ちなみに武闘大会恒例の極秘裏に行われている賭博は、今回は上からのお達しにより、規制されていた。もちろん他国からの賓客を意識してである。

（暑いから、熱中症にならなければいいけど……）

ハーシェリクは営業スマイルを作りつつ、じわじわと感じる暑さに不快感を覚える。以前、クレナイが言った通り快晴となったため気温が高い。さらに人の密集具合では、倒れる人間が出るのではないかと心配してしまう。

だがその懸念も、武闘大会前の前座で意味のないこととなる。

国王の開会の挨拶が終わり、司会進行役により、四人の人物が試合の舞台へと進み出た。うち三人は、鬘を被れば見分けがつかなくなるほど顔の造形が似ている。もちろん彼らはグレイシス王国の王家の三つ子たちだ。

そして残る一人は、主より性別詐欺師と呼ばれるほどの美貌を持つ魔法士ヴァイス。

（うわ、シロがとっても不機嫌だ）

一目見て彼の機嫌がわかり、ハーシェリクは苦笑を漏らす。

彼は人嫌いをこじらせている。ハーシェリクに言わせれば人嫌いではなく、人が怖いから先制で威嚇する猫と同じなのだが、そんな彼が女神のような美貌を歪ませても、やはり美人なため観客席からは見惚れたため息が漏れている。それがさらに彼の機嫌を悪化させるのだが。

見世物の状態になるとわかっていたため、ハーシェリクはシロが嫌がるようなら兄たちには断るつもりだった。しかしシロは、少し考えて了承をしたので、ハーシェリクは驚いた。了承しつつも、愛想笑いさえ浮かべないのが、彼らしいが。

三つ子が、舞台で正三角形の頂点の位置に各々陣取る。三人の間は二十歩ほどの距離だった。

そしてその中央で、シロが魔言（まごん）を唱え始めた。

シロの純白の長い髪が波打ち、淡い水色に輝きだし、同時に彼の周囲には魔法式である複数の光の帯が浮かび、躍るように周囲を回り始めた。

人々が、その神秘的な光景に息を呑む。

誰かが『白虹の魔法士』と二つ名を呼んだ。小声だったが、静まりかえった会場には、よく響いた。

その観衆の中、シロが一人魔法を発動させると、訓練場を覆う大規模な結界が展開される。

それと同時に、舞台の上空に巨大な水球が現れた。

大規模な魔法が同時に行使され、観客がどよめいたが、前座はまだまだ続く。

次にセシリー、アーリア、レネットの三人が声を合わせて魔言を唱える。腕に嵌めた揃いの腕輪――魔法具が魔言に反応し、淡く緑色の魔法式が、三人を囲うように一つの帯となる。

魔言詠唱を終えると同時に、魔法が発動され、彼らを中心に風が巻き起こった。

その風が水球にぶつかると、水が躍るかのように宙を舞う。

観客の頭上に水の粒が飛散し、光を反射させて虹を作り、幻想的な風景を生み出した。

観客たちは感嘆のため息を漏らす。しかし魔法は終わらなかった。

シロがさらに魔言を唱え、手を横に一文字に切ると、水は一瞬にして氷の蝶へと変わり、観客席の間を飛翔し、霧散（むさん）して消える。おかげで暑苦しかった観客席は気温が何度か下がり、快適なものとなった。会場全体を結界で覆っているため、当分の間はこの状態が続くだろう。

水と光の競演と、氷の蝶が舞う神秘的な光景を目にした観客は一瞬呆けたあと、大地を割らんばかりの歓声を巻き起こした。

四人は観衆へ優雅に礼をすると舞台から降りたが、歓声はなかなか止まなかった。

舞台から去る四人を見送る観衆には、大きく分けて三種類いた。

純粋に驚き賞賛する者、事前にこの舞台を知っていて成功に安堵した者、そして目の前で起こった魔法に驚きを隠せない者だ。

少しでも魔法の知識がある者なら、この前座に驚きと恐れを覚えたであろう。

訓練場ほどの広さの結界と巨大な水球、さらに他者の魔法の影響を受けてから氷の蝶へと変化させる緻密な魔法式が組まれた魔法を、たった一人で易々と行使した魔法士の存在。そして三人の魔法士が行った合体魔法。しかもそれは、通常より何倍もの威力があるものだったのだから。

合体魔法は各国で研究されているが、成功率が低い。感応能力を持つ、魔力の性質が近い三つ子でさえも、以前は一割ほどの成功率だったが、シロが研究に加わってから、ここ最近三割を超えつつあった。

今回の成功は、三人の能力と相性のいい風魔法、そしてシロの補助があったからだった。

さらにいうなら、失敗しても、シロが合体魔法を成功したように見せる手筈となっていた。

（ウィル兄様も、なかなかえげつない）

ハーシェリクがちらりと兄に視線を投げれば、周りが家族しかいないため気が抜けているのか、表情の乏しい次兄が、素知らぬ顔で舞台を見下ろしている。

何も知らない観客からしたら、素晴らしい前座という認識だっただろう。

だが王国の現状を探りに来ている他国の賓客方にしたら、先制攻撃を喰らった気分になっているに違いない、とハーシェリクは予想する。

この前座はシロと三つ子だからこそできた魔法だ。しかし言わなければわからないこと。各国の賓客は、シロほどの魔法士が、王国に何人もいるとは思わないだろう。

しかし、三つ子が行った合体魔法の、魔法具については別だ。

魔法技術は、程度の差はあれ国家機密だ。重要なことほど外部への漏えいを恐れる。だというのにわざわざ他国の要人を招いた席で、国家機密をお披露目するとは誰が思うか。

つまり王国にとって、お披露目しても問題ない程度の魔法具だと彼らは考え、さらにこの魔法具が実際の戦場で行使されると考えを巡らせれば……いわずもがな。

もちろん客席と舞台の間は距離があり、遠目で見た程度で魔法具の技術が盗まれるわけもない。シロのことだから、初めに張った結界魔法にも妨害する魔法式を、抜け目なく組み込んでいるだろう。

各国の要人たちが悪い方向に想像し、勝手に牽制されてくれれば、王国側としては儲けものだ。

それに王国の魔法技術は、日々進歩している。むしろ魔法オタクのシロが加わったことで、加速している。近い将来、合体魔法の魔法具も王国の魔法士に、普通に支給されるようになるかもしれない。

そこまで読んで手を打った兄に、心中で拍手を送ったハーシェリクだった。

しばらくしてシロが王家の客席に現れる。ハーシェリクが労わり、お礼を言うと彼はぷいと視線を動かして「別に苦労もしていない」と呟くだけだったが、それが彼の照れ隠しだとハーシェリクは知っていた。

武闘大会は前座の魔法を終えて、御前試合に移る。

「ハーシェリク、二人が出てきたよ」

「テッセリ兄様」

隣に座っていたテッセリが、ハーシェリクに話しかける。

テッセリの言葉通り、舞台には司会進行役と二人の騎士が姿を現した。

ハーシェリクとテッセリは起立する。

オランは白色を基調とした騎士服を着ている。白い騎士服に黄昏色の髪が良く映え、彼が現れた瞬間、観客席から黄色い声援が飛んだ。

オランとともに舞台に上がったのは、対戦者となるテッセリの筆頭騎士だ。三十代半ばの壮年の男で、長身で黒く長い髪を一つにまとめ、精悍(せいかん)な顔つきをしている。こちらも騎士服を着ているが白色ではなく、黒色に近い藍色を基調としていた。

（二人並ぶと、オランが貧弱に見えるなぁ……）

ハーシェリクがついそんなことを思ってしまうのも、仕方がないことだった。

毎日鍛錬を欠かさないオランは、前世風にいえば細マッチョだ。対してテッセリの筆頭騎士は、がっしりとした体つきをしている。その対比で、オランが貧弱に見えてしまったのだ。

それにテッセリの筆頭騎士は、雰囲気がこの国の人物と異なる。そういえばグレイシス王国の東方、海を越えた先の島国、陽国の出だという兄の言葉を思い出した。

「テッセリ兄様は、あの方とどこで出会われたのですか？」

己の筆頭騎士からの礼を受け、手を振りながらもハーシェリクは兄に問う。

「ん？　タツのこと？」

テッセリも己の筆頭騎士に手を振りながら、ハーシェリクに答えた。

「タツさん？」

「うん、本名は確か、タツノジョウ。だからタツって呼んでるんだ」

（タツノジョウ？　……漢字なら龍之丞（たつのじょう）かな？　なんという、古風な日本的名前）

もしかしたら陽国とは、日本の江戸時代みたいな国かもしれない、とハーシェリクは考える。

（確かに和服が似合いそうな顔だ）

勝手に脳内で想像し、うんうんと納得するハーシェリク。前世で乙女ゲームをするときは、メイン攻略キャラよりも、サブ攻略キャラのナイスミドル枠を落としていたりした。

そんなハーシェリクに、席につきながらテッセリは口を開く。

「タツはね、拾ったんだ」

「え？」

まるで捨て犬を拾ったような軽い口調に、ハーシェリクは座ろうとした中腰姿勢のまま停止し、兄の顔を見る。そんなハーシェリクにテッセリは肩を竦めた。

「寄った港町でね？　なんかでっかくて、雰囲気ある人がいるなーと思って眺めていたら、目の前で倒れて。放置することもできないし、空腹だっていうから食事を奢って話を聞いたら無職だって言うから、一時的に護衛として雇って、そのままズルズルと……」

いい拾い物をした、と朗らかに笑う兄にハーシェリクは脱力するように席につく。少々兄について心配になったが、よくよく考えれば自分も、クロに出会ったのは、彼が密偵として城に潜りこんできたときだったと思い出し、人のことは言えないと考え直した。

「あ、そろそろ始まるみたいだよ」

その言葉に、ハーシェリクは舞台へと視線を戻したのだった。

司会進行役が舞台から降り、オランとタツは対峙する。

「タツさん、よろしくお願いします」

そう言ってオランは頭を下げると、剣を鞘から引き抜いた。剣といっても真剣ではない。刃は潰されており、斬れることはない。だがまともに攻撃を受ければ、骨が砕かれるくらいの殺傷能力はある。

「こちらこそ、いい試合をしましょうぞ、おくた殿」

少々喋りに違和感があるのは、彼がこの大陸の者ではないからだ。

この世界は、英雄であり聖人でもあるフェリスが世界統一を果たしたとき、言語も統一された。だが陽国はフェリス亡きあと、何代か後の神子姫の勅命により、鎖国してしまう。

そのため、言語も独自な進化を遂げたのだ。共通部分も多いものの、発音や意味に誤差があり、大陸に渡ってきた当初は言葉に苦労した、とオランはタツから聞いていた。

特に名前も発音が難しいらしく、オランの名を呼ぼうと挑戦したが、どうしてもオクタヴィアンの「ヴィ」の発音ができず、断念した。

タツは「まことに申し訳ない……」と肩を落としていた。

彼のそんな人柄に、好印象を覚えるオランだが、彼の剣技や実力にも興味があった。今日までに、打ち合わせがてら何度か剣を交えたが、本気にならずとも彼が実力者だとはっきりとわかった。

剣を構えると隙がなく静かだが、糸を張り詰めたような緊張感があった。一度動き出せば、荒ぶる炎の如く、怒涛の攻めが襲いかかる。

打ち合わせでは、両者本気を出していないのは重々承知している。

タツが礼をして構える。剣を鞘から抜かないのは、彼が居合術を基本としているからだ。

お互い開始の合図があっても動かない。正確にいえば、動けないが正しい。

二人の緊張感が周囲に感染し、ひしめき合う観客席も静寂が支配する。

オランは、ゾクゾクとした感覚とともに、高揚感を覚えていた。

目の前にいる人物は強い。強者と戦えることは、武人として喜ばしいことだ。

オランは、何度か死線を潜り抜けてきた。

薬により狂ってしまった、聖騎士たちとの乱戦。帝国との戦いでの、大軍への突撃。そのときの高揚感と緊張感は、今でも思い出せる。

そしてそのとき以上の期待が、今、目の前の武人に集まっていた。

先に動いたのは、オランだった。剣を構え、タツに正面から突っ込む。

タツは、オランが間合いに入った瞬間、抜刀した。しかしそれが、オランを捕えることはなかった。

オランは、タツが抜刀したとみると急停止し、その斬撃を紙一重で躱す。そして再度間合いを詰めた。

だがタツも、抜刀した剣を返し、彼の頭に狙いを定め、振り下ろす。

オランは、それを己の剣の腹で受け流し、そのまま無防備となった胴を狙った。

だがタツは、慌てずに背後に飛んで躱し、間合いをとる。

一瞬の息をつく間も与えない、攻防と駆け引き。観客たちは一拍置くと歓声を上げた。

だが二人には、周りの雑音は聞こえていない。すぐにタツが次の攻撃を仕掛け、オランが迎え撃つ。

剣と剣が重なり音を上げ、火花を散らした。

何度か攻守が入れ替わり、舞台の上を縦横無尽に駆ける。延々と続くと思われた試合は、突如終わりを告げた。

オランがミスを装って攻撃を誘い、タツもそれを承知の上で剣を一閃する。

二人がぴたりと動きを止めた。

オランの剣は、タツの頭上で停止し、タツの剣は突くようにオランの胴の寸前で止まっていた。

勝敗条件は、相手の武器を弾くなどして戦闘続行不可にするか、致命傷となる攻撃を対戦者が躱せないと審判が判断するかだ。もちろん故意に怪我をさせることは、失格になる。

この場合、どちらも致命傷となる攻撃であり、そしてお互いに躱すことはできない。

「この試合、引き分けとするッ‼」

審判の宣言により二人は剣を引き、礼をした。それと同時に観客席から歓声が注がれ、二人の健闘に大喝采が送られた。

御前試合として、最高の試合だった。

二人は一度己の主に向かって礼をすると、舞台から降りる。しばらくして、王家の観覧席へと現れた。

「お疲れ様、オラン。すごかったよ！」

ハーシェリクの労いの言葉に、頷きながらもオランはちらりと視線を向ける。

その先は、主であるテッセリと話しているタツだ。

「オラン、どうしたの？　怪我した？」

反応の薄いオランに、ハーシェリクは心配げに声をかける。そんな主に、オランは慌てて首を振った。

「いや、大丈夫だ。なんでもない」

心配させないよう笑みを作りながらも、オランは先ほどの試合を振り返る。

お互い実力は拮抗していた。ただ実践経験でいえば、相手に軍配があがり、試合の後半は攻めあぐねていた。だからこそ最後はわざと隙を見せ、相手を誘ったが、結果は引き分けだった。

だがそれは試合だからだ。

（真剣なら、負けていた）

試合で使った剣は用意されたものだが、オランが普段使っている『戦女神に祝福されし神器』との刀身や重量の差はさほどない。

しかしタツの普段使っている『太刀(たち)』という陽国の武器は、試合で使った剣よりも刀身が細く長い。

もし真剣だったら、自分の剣が彼の頭に届く前に、胴を貫かれていた。

慣れない得物で引き分けなら、真剣であれば敗北していただろう。

「……俺もまだまだだな」

慢心していたわけではない。だが『黄昏の騎士』と呼ばれ、知らず知らずのうちに浮かれていたのかもしれない。己は若輩者で経験も技量も足りない。そして自分が負ければ、主が危険に晒される。最悪ハーシェリクが死ぬこととなる。

（俺は、負けることは許されない）

オランは拳を強く握る。爪が掌に食い込み痛みを覚えたが、それでも構わず握る。

その痛みを今日の戒(いまし)めとするために。

初日を無事に終え、そのあとの豊穣祭も特に問題は起こらなかった。

豊穣祭の間、王族は他国の賓客をもてなし、さりげなく大国の力を見せつけつつ、当初の予定通りの日程を滞りなく進めた。

特に第六王子テッセリは多くの国を放蕩……もとい留学していたため顔も広く、昼間は賓客を招待してお茶会を開き、夜は貴族たちの夜会へと出席する。疲れた顔も見せずに、朗らかに笑い客人たちの相手をするテッセリに、ハーシェリクは賞賛を送った。

そんなハーシェリクは、兄たちとは対照的に豊穣祭を満喫していた。

昼間はクレナイとアオ、そして兄たちの言いつけ通り護衛のクロかオランを引き連れて、城下町へ降り、店を覗いたり、大道芸を見たり、演劇を観覧したりと楽しむ。人ごみのおかげで、アオも連れ出せたのは僥倖だった。基本無表情なアオだが、初めて見るであろう祭りに目を見開くなど、微かに表情が動いていた。

途中夫婦の果物屋に寄り、提案した林檎飴を食べて満足すると、そのまま店番をしたりして祭りを楽しんだ。

夜は外見が子どもなので、夜会に参加することもなく、残念なことに夜店を見ることも許されず、部屋で大人しくしていた。

何度か他国の要人が会いたいと、面会の約束を取り付けに来たが、すべて兄たちが断りをいれている。理由を聞けば「ハーシェリクは、頑張りすぎだから休むように」という御達しだった。

父や兄たちが外交を頑張っているのに、遊んでばかりいる自分に少々罪悪感が募ったが、ハーシェリクは言葉に甘え、楽しい豊穣祭を過ごすことができた。

そして豊穣祭の最終日の夜、貴族や高官、その家族、他国の要人を迎えての夜会が開催される。三家主催ではない夜会は、建前上年齢を理由に招待を断っていたハーシェリクも、こればかりは出席しなければならなかった。

王宮の広間。王城で宴が開かれるときに使われるその場所は、煌びやかな衣装を纏った人たちで溢れていた。

立食形式のため、テーブルには様々な料理が並べられ、給仕係が飲み物を運ぶ。楽団が緩やかな音楽を奏で、場を和ませていた。

そしてその音楽が止むと、男の声が広間に響いた。

「グレイシス王国第二十三代国王、ソルイエ・グレイシス陛下、ご入場！」

それを合図に広間の奥、螺旋階段上の扉が開け放たれる。

現れた人物に、誰かが感嘆のため息を零した。

代々国王に受け継がれる王冠の下には、プラチナのような流れる髪。四十を超えてもなお衰えぬ憂いのある色気を醸し出す美貌に、優しげで儚げな極上の翡翠のような瞳。

白を基調とした衣装に、赤き王者のマントを羽織った出で立ちで、ソルイエが微笑む。

「続いて……」

国王の次に現れたのは、王太子マルクスとその母、正妃のペルラ。

陰で薔薇王子と呼ばれるマルクスは、母ペルラをエスコートし進み出る。両者とも、極上の紅玉のような瞳と艶やかな赤毛が印象的だった。

それから次々と王族が呼ばれ、姿を現し、螺旋階段を降りる。

別人だと疑いたくなるほどの微笑みを顔面に張り付けたウィリアムと、腹の黒さをまったく感じさせないユーテルが、母である第一位の側妃とともに現れた。

次に三つ子たちと、その母親である第二位の側妃が続き、さらにテッセリが第三位の側妃で元公爵家令嬢の母とともに入場した。

テッセリの母は、先代国王の妹の孫である。ちなみに第四位の側妃と、その娘メノウは療養で王都にいないため、欠席である。

そしてついに、各国の要人が待ちわびた人物の番となった。

「第七王子、ハーシェリク殿下、ご入場！」

その言葉と同時に現れたのは、四つの影。

まず目を引いたのは、中心の人物から右に立つ純白の長い髪を揺らした美貌の魔法士。白と薄い水色の上級魔法士の法衣を着ていた。彼が微笑めば、老若男女関係なく誰もが虜になるだろうが、今は眉を顰め見るからに不機嫌だった。だが不作法だと咎められるような行動も、彼の美貌の前では些細なことだ。誰もが許容してしまうほど、傾国の美貌である。

左に控えるは、黄昏色の髪をうなじで一つに縛り、白い騎士服を着た青年だ。やや垂れ気味の青い瞳に、人当たりのよい朗らかな表情をしている。だが彼は、その印象通りの人物ではない。

先の武闘大会では実力を遺憾なく発揮し、その腰に佩いている片手剣が、この場で警備の者以外で、武器を所持することを許された存在だと示している。

　また、剣に目が利く者がいれば、彼の剣がこの世界に十しか存在しないものだと見抜いたであろう。

　そして彼らの背後には、黒髪を丁寧に撫でつけ、髪と同じ黒の執事服を身に纏い、ひっそりと佇む執事がいた。まるで影のように目立たぬ彼は、暗く紅い瞳で周囲をそれとなく警戒している。

　その三者三様、只者ではない気配を纏った者を引き連れたのは、先の戦でアトラード帝国相手に、十万対二万という圧倒的な戦力差を覆して勝利し、さらに王国を陰から牛耳っていた大臣を排した『光の王子』や『光の英雄』と呼ばれている人物だった。

　光を集め紡いだような淡い色の金髪に、父親譲りの碧眼、マントを翻し上等な青地の夜会用の衣装を纏った末王子だった。

「あの方が、先の戦いで帝国を打ち破ったという？」

「あれが光の英雄だと？　本当に子ども……いや、幼子ではないか」

「王家の方々は、皆がため息を漏らすほど美しい方だというが……」

　ハーシェリクの姿を見た瞬間、招かれた要人たちが口々に思ったことを言ったため、広間にざわめきが広がった。

　小さな囁き声も、静まり返った会場ではよく聞こえる。特に自分の陰口となればなおさらだ。

（ハハハ……）

ハーシェリクは、心の内で乾いた笑いを漏らす。

今日まで、ハーシェリクは各国の要人と顔を合わせていない。そのため、彼らの中でハーシェリクの存在は、過大に評価されていたのだろうと想像ができた。

帝国を破り、国を救った弱冠七歳の王子。まるでおとぎ話のような存在だが、起こったことは事実であり、彼らの中では「才気溢れる、美形揃いの王家の中でも、王の寵愛を受ける末の王子」だ。父や兄たちと、茶会や夜会などで対面し、王家の美貌を間近で見た者なら、その期待は大きいだろう。

だが実際は、思ったよりも普通な子どもで、期待外れで落胆したのだろうと、想像するには難くない。

(まあ、それが普通の反応だよね)

勝手に期待されて、落胆されたが、特にハーシェリクは気にしない。家族に比べて容姿に華がないことは、今に始まったことではないし、重々承知している。特出した才能はないことも、自分が一番理解している。もともと他人からの評価など興味もない。

ハーシェリクにとって自慢となるのは、自分には勿体ないほど優秀で頼りになる筆頭たちがいることだ。

ただ今日の衣装は、クロと兄姉たち、そしてお妃様たちが率先して用意してくれたもので、いつも以上に煌びやかだ。とはいっても派手というわけではない。

ぱっと見、衣装自体は落ち着いた色合いだが、マントや上着やブラウス、ズボンから靴まで身に着けている衣装は、最高級の素材が使用され、国一番の職人が手掛けたものだ。光の加減で、刺繍された金糸や銀糸が煌めき、職人の拘り(こだわ)を感じさせる。見る者が見れば、その衣装の総額に眩暈(めまい)を起こしただろう。

馬子にも衣装だろうが、めかしこんだので、少しは期待していたのだ。

不発に終わったことを残念に思いつつ、頼りになる仲間たちの様子を、ちらりと横目で窺い、そして固まった。

最悪にまで不機嫌そうなシロ。彼にしては珍しく眉を顰めているオラン。猫の皮を何重にも被って作られた笑顔が、いつも以上に怖いクロ……自分の腹心たちが、いつにもなく怖くなっていた。たぶん、陰口や雰囲気でハーシェリクが貶められたとわかったのだろう。

(こうなる気がしたから、一人でいいって言ったんだけどなぁ……)

予想通りになり、ハーシェリクは内心ため息を漏らす。

なぜ、王族ではない彼らが、ハーシェリクとともに入場することになったのかは、二つ理由がある。

一つ目の理由は、ハーシェリクとともに入場する者がいなかったからだ。王は一人でも問題ないし、兄姉たちはお妃様をエスコートするが、ハーシェリクの母親は彼を産んだときに他界している。

そのため一人になってしまうが、たった七歳の子どもを、一人で入場させるには格好がつかない、ということだった。だからといって、王太子のマルクスを差し置いて、ハーシェリクが父と並んで入場すると、いろいろと面倒なことになる。

そこで、場が華やかになるだろうと、イケメンな筆頭たちを引き連れての入場となったのである。

二つ目は、牽制だ。

「先の戦でも、武闘大会でも活躍した腹心たちを連れていれば、下手なちょっかいは出されないだろう」

マルクスは、筆頭たちを連れての入場を渋るハーシェリクに言った。

他国からハーシェリクがどう見えるか、皆が理解していた。幼く後ろ盾のない王子は、他国から見ても、付け入りやすく思える。王の寵愛も厚く、国民からの人気も高くなった王子。

ハーシェリクの前世の世界でいうところの、鴨が葱を背負ってきたような存在なのだ。ただしハーシェリクの性格を考慮せず、利用しようとする者の浅慮でしかない。

そういう邪な気持ちで近づく者は、骨の髄まで利用する気満々なハーシェリクだったが、己の危険度も上げる。それは家族が望むことではない。

だから兄たちは、あえて今回の豊穣祭の外交からハーシェリクを遠ざけた。もちろん彼の筆頭騎士と筆頭魔法士を公の場で活躍させたのも、他国への牽制という意味でいらぬ気を起こさせないという伏線も張っている。

(三人とも、キレないでよ……)

そう視線で懇願しつつ、ハーシェリクは腹心たちを引き連れて螺旋階段を降り、王を中心に並ぶ王家の列の端に加わった。

「今宵は、よく集まってくれた。客人たちも、遥々我が国に来訪してもらい、感謝する」

ソルイエが口上を始める。それは決して威圧的ではない。皆への感謝と労わり、そして今後の王国の発展への願いが込められた言葉だった。

「今宵は豊穣祭を飾る、最後の夜会だ。気兼ねなく楽しんでもらいたい」

そうソルイエが口上を締めると、音楽が流れだす。

ソルイエは広間の上座、玉座が用意された場所で貴族や賓客たちと挨拶を交わし、長兄マルクスと次兄ウィリアムもそれに付き添う。他王族たちも接待に繰り出されるだろう。

ただし、ハーシェリクは除く。

(私は子どもだし、用事が済んだら戻るか)

堅苦しい席が苦手なハーシェリクは、用事が済み次第、言い訳できる程度にとどまって早々に退散する予定だ。もともと個人として、この場で交友を深めるつもりはない。下手に口出すよりも、兄たちに任せておけば問題ない……あと少し、面倒に思っていたりもする。

しかしハーシェリクがそう思っていたとしても、彼と懇意になりたい、利用したい者は大勢いる。今もどう話しかけようか、時機を見計らう者が周囲にいるのだ。

そのギラギラとした視線に、気がつかないわけがない。

「ハーシェ、食事でもするか?」

オランがハーシェリクに話しかける。さりげなく彼らの視界から、ハーシェリクを庇うように位置を調整し、腰に佩いた剣に手をかけた。その行動にハーシェリクは気がついたが触れず、頷く。

「そうだね。お肉とか食べたいな」

「俺が持ってこよう」

「ありがとう、クロ。あ、ケーキもお願いね！」

ハーシェリクの言葉にクロは頷くと、その場を後にする。残ったハーシェリクとオラン、シロは、早々に会場の隅に設けられたテーブルへと移動した。

これ幸いにとハーシェリクに近づこうとする者もいたが、それはオランの一睨みとシロの絶対零度の一瞥（いちべつ）で、話しかけるまでに至らず、退散することとなった。

綺麗に盛り付けされた食事を手に戻ったクロに、甲斐甲斐しく世話されつつ、宴の晩餐（ばんさん）を楽しむハーシェリク。筆頭たちが、葱を背負った鴨な王子に群がろうとする輩（やから）を牽制してくれているため、ハーシェリクは快適な空間で、食事をすることができた。

しかしそんな筆頭たちのバリケードを、ものともしない者もいる。

「殿下、ご機嫌麗しく」

クロが持ってきてくれた肉料理やサラダ、パンやケーキを満面の笑みで頬張るハーシェリクに、オランの父でありオルディス侯爵家の当主であるローランドが話しかけた。

父の空気を読まない行動について、オランは諦めているらしく、肩を落としている。

燃えるような赤髪に、将軍職を辞してもなお着飾った服装からでもわかる逞しい体躯のローランド・オルディスは、右手を胸の前に置き、略式だが臣下の礼をとる。すぐ傍には妻であるアンヌが淑女の礼をし、さらに横ではオランの妹のリリアーヌが母に倣（なら）った。

　妻のアンヌは、実った稲穂を連想させる金髪を後頭部で一つにまとめた髪型と華美ではないが上質な布であつらえたドレスを纏っていた。貴族の婦人の鑑（かがみ）のように、上品な微笑を湛えている。

　妹リリアーヌは、父親と同じ赤毛だが真っ直ぐ癖がなく、背の中ほどまで伸ばしている。ドレスも同世代の娘が着るには少し地味に見えるが、それでも質は上等なものであろう。小ぶりな装飾品と相まって、年齢よりも大人びた印象を与えた。

　ちなみにオランの二人の兄たちは騎士であるため、本日は職務に当たっており、宴には参加していなかった。

　ハーシェリクは椅子から立ち上がると、ローランドに礼を返した。

「オルディス侯、本日はお越しいただき、ありがとうございます。侯爵夫人もリリアーヌさんも。いつもオラン……オクタヴィアンには、助けられています」

「愚息が役に立っているようなら、幸いです。これは騎士の他に使いようがないですからな。こき使ってやってください」

「父上……」

　じと目で睨む息子を、ローランドは無視する。そのやり取りが微笑ましく、ハーシェリクがつい噴き出してしまうと、オランの視線がこちらに向いた。

　彼の非難の矛先が自分に向きそうだったので、ハーシェリクは話題を変えることとする。

「オルディス侯、孤児院のほうはいかがですか？」

「問題はありません。予定通り、来年には間に合うでしょう」

ローランドの言葉に、ハーシェリクはほっと胸を撫で下ろす。

城下町にあるアルミン孤児院。もとはアルミン男爵が運営をしていたが、教会の陰謀に巻き込まれ彼が身罷ったあと、ハーシェリクの依頼によりオルディス侯爵家が庇護し、運営をしていた。

その孤児院で暮らす子どもは身寄りがないか、もしくはわけあって親と暮らせない者がほとんどだ。

孤児院は、一定の年齢に達すると出なければいけない。しかし身よりも学もない子どもが、世間に放り出されても、その先に待つのは人並み以上の苦労だ。孤児だからと足元を見られ、生活が苦しくなるのは必然だ。その生活に耐えられなくなった者は、犯罪に走ることとなる。

そこでハーシェリクは、ローランドに孤児院の子どもたちの教育を頼んだ。文字の読み書きや算数や一般常識。彼らが希望するなら、礼儀作法や剣術など武術、より高度な勉学を。

もともと孤児たちは、同世代の子供たちよりも、自分の置かれた状況をわかっていた。そのため、生きるためには何をしたらいいのか、どうすればいいのかをよく考え、努力と協力が必要だということも理解していた。

彼らの勉学に対する意欲は高く、吸収も早いため、ローランドも妻のアンヌも彼らが望むまま、出し惜しみはしなかった。必要であれば、教師を雇い、本や備品の購入など金も惜しまなかった。

そうやっていくつかの季節が巡ると、ハーシェリクはローランドに相談を持ちかけられた。

子どもたちに、もっと勉学に励む場を与えてやりたい、と。

そこでハーシェリクは、孤児院で希望する者に、国立の学院の受験をさせてみてはと持ちかけた。

もともと奨学制度のある学院だ。成績優秀者には、将来役人となることを条件に学費が免除される場合もある。役人にならずとも、学院の卒業生となれば、就職先は数多となり、学費の返済も問題ない。

だが貴族以外の者が受験するには、まず試験に受かる学力の他に、爵位を持つ者の推薦状を必要とした。

また学院内では、身分なく平等という規則はあるが建前で、身分による差別も存在する。受験に合格し晴れて生徒となっても、貴族でなければ苦労する。孤児ならなおさらだ。

ハーシェリクは、身分制度を全否定する気はない。だがそれに拘り、身分が低いというだけで差別し虐げ、優秀な人材を失うことは国家的損害だと考える。

来年は、平民の血を引くハーシェリクが入学する。それは契機になりえると考えた。自分という特異な存在を利用し、子どもの世代から意識改革を図る。

そのためには孤児院の誰かが、進んで学院へ入学する必要があった。そこでオルディス侯爵家が孤児の後見人となり、希望者に受験の勉学を教えている。

それが来年、間に合いそうだという話だった。

「希望者は？」

ハーシェリクの問いに、ローランドが名前を上げる。

そして複数上げられた中に、知った名前があって目を見張った。

「ヴィオ……彼女が？」

『私、守られるのではなく、ハーシェリク様も守れるようになります！』

彼女が令嬢という地位を捨てたときの言葉。

彼女は、約束を守ろうとしてくれているのだろう。

だが彼女は、親子の縁を断っていても、大罪を犯したヴォルフ・バルバッセの娘であることに、変わりはない。世間の風当たりは、普通の孤児たちよりも、辛いものとなるだろう。

それがわからない彼女ではない。先に待つのが茨の道だとわかっていても、彼女は言葉を違えず、その道を進むために努力をしている。

沈黙するハーシェリクに、ローランドは目を細めたが、それ以上は何も言わず家族を連れて、その場を辞した。

ハーシェリクはそのあと、会場の雰囲気を眺めつつ食事をし終え、クロの入れた紅茶を楽しむ。

そんな彼に、ローランドのように空気を読まず、一人の男が近づいてきた。その姿を認め、ハーシェリクがちらりと背後に控えるクロを見る。

彼が頷くのを確認し、ハーシェリクは席から立ち上がった。

「初めまして、ご足労ありがとうございます」

そうハーシェリクが言うと、その者は恭しく頭を垂れる。

「こちらこそ、初めまして。『光の英雄』殿のご尊顔が拝見できるうえ、お話もできるとは光栄の極みでございます」

日に焼けた浅黒い肌のおかげで、海の男という言葉がいやというほど似合うその人物は、にやりと笑って答えた。


夜が更け空に星が瞬く時間。その男は、酒で酔って上気した頬を冷やすべく、広間から繋がる庭園へと出た。

男は供も付けず、ふらりと庭園の道を歩く。彼の名はトーマス・ローゼホーム。フェルボルク軍国で力を持つ十家の一つ、ローゼホーム家の次男である。名家出身であり、士官学校を次席で卒業し、そのまま軍へと入隊。

軍人として出世街道を進む彼は、この度大国の内情を探るべく、国を代表し大国を訪れた。

（酔ったか……飲みすぎた）

鈍く痛む頭を抱え、眉間を揉みつつも男は足を進める。もともと酒に強くないのは承知していたが、今回この場に招待してくれた第六王子の勧めで断れず、極上の果実酒を呷（あお）ったのが原因だと自覚していた。あの王子は酒を勧めるのがうまく、また飲みやすい果実酒は度数が高く、酒の回りが早かった。

一度頭を冷やしたほうがいいと思い、一人庭園へと出たのだった。

淡い外灯に照らされた、白い石を敷き詰めた小道を進み、適当なベンチに腰を下ろしてため息を漏らす。

それは、頭痛に悩まされて出ただけのものではなかった。

（……さすがは大国といったところか。少しは揺らぐかと思えば、その様子を一切外に見せない。腐っていたといっても大国、ということか）

諸国から『憂いの大国』と呼ばれていた王国は、既に過去のもののように見えた。

陰で支配していた大臣はいなくなり、政（まつりごと）は王家の手に戻った。

その王家は、無能ではなかった。

初日の武闘大会の前座として行われた魔法。武闘大会での兵士や騎士の質。そして一週間祭りを続けても揺るがない財力に、結束する王家とそれに従う臣下。

対外的なもので、一時的だったとしても、それを実行可能とする時点で、大国は大国たるということとトーマスは考える。

（下手に手を出せば、こちらが痛い目を見る可能性が高い、か）

トーマスの目的は、大国の内情を探ることだった。そしてできたら、王国内の不穏分子と繋がりをつくり、大国を内部から腐らせようと画策することだった。

しかしその画策は、祭りの最終日となった今日でも、実行することは叶わなかった。

（このままでは私は……）

トーマスは、音が鳴るほど奥歯を噛みしめる。なんの成果もなく祖国に戻ることとなるのは避けたかった。この訪問は昇進の機会だったのだ。

　そんな男の思考を遮るかのように、風が吹いていないのに、葉の擦れる音が響く。視線を向ければ、木の陰で誰かが動いた。

「……誰だ？」

　反射的に服の中に隠したナイフを握る。本来武器の所持は認められていないが、招待された賓客の所持品は検められない。剣など目立つものは持てずとも、服の中に隠す程度なら、持ち込むことはできた。

　人影がゆらりと揺れ、彼に近づく。外灯がその人物をぼんやりと照らした。

「……お前はッ」

　トーマスがその人物を見て、目を大きく開いた。

　その人物は、人差し指を唇に当て、トーマスに沈黙を促し、にこりと微笑んだ。


　宴を抜け出したタツは、人の気配のない暗い廊下を歩く。

　彼の主であるテッセリより、今日は休んでいいと言われたからだ。最初は主君を置いて休むわけにはいかぬと言い張ったが、時間が経つにつれ会場内に充満していく酒気に当てられ、下戸の彼はどんどん顔色を悪くした。

　そんな彼を見かねたテッセリは、休むよう命令したのである。

一度自室に戻ったタツは、騎士服から私服の和装に着替えると、部屋を出る。寝る前に鍛錬でもして、酒気を汗で流そうと思ったのだ。

タツは、会場に一人残った主のことはさほど心配はしていなかった。ここは他国ではなく主の国、しかも王城。頭のついている人間なら、テッセリを害そうと考えることは皆無だ。

それにテッセリは、人のあしらい方がうまい。どんなに気難しい人間でも、彼の朗らかな容姿と話術で、手玉にとられ、気分よく秘密の話を漏らしてしまう。気がついたときは既に後の祭りなのである。

(しかし、世界とは広いものだ)

祖国と比較し、タツは苦笑を浮かべる。

祖国ではあんなに大人数が一堂に集まり、王と直接会話したりなどなかった。それに主君から直接言葉を頂けるなど、各家の当主でも滅多にないことだった。

(それに世界は広く、強者も多い。あの若者も)

思い浮かべるのは、御前試合で手合わせした黄昏色の髪を持つ青年。若く実戦経験も乏しいと聞いていたが、数多の戦場を経験し死線を乗り越えてきたタツに、本気を出させるほどの実力者だった。

「できたらまた手合わせを……いえ、手ほどきをお願いします」

試合後、躊躇いなく頭を下げる彼の、才能だけでなく努力も厭(いと)わない姿勢に、タツは好感を覚えた。そのあと、時間を見つけては何度か鍛錬をともにしたが、かの青年は驚くべき速さで技術を吸収していった。

(これは将来が楽しみよ)

強者と戦うことは、武人としての華。しかし己の技術を誰かに残すことも、重要だ。あの青年がこのまま鍛錬に励み、経験を積み、どこまで強くなるのか興味が湧いた。

自然と口角が上がるタツ。ふと前方に気配を感じ視線を向けると、黒髪の青年がいた。主へ運ぶのであろう持った盆には、水の入った瓶とグラスが置かれている。

(あれはたしか、主の弟君の……)

金髪で愛らしい表情をしつつ、底知れなさを感じる主の弟王子。そしてその弟王子の配下もまた、戦った青年を含め一般人とは一線を画す人物たちだった。

特に目の前の黒髪の青年は、目を引いた。この大陸で純粋な黒い髪というのは珍しいからだ。

「そなたは……」

そう声をかけると黒髪の青年――クロが視線を向ける。タツはその顔に見覚えがあった。そして暗い紅玉のような瞳を見て、彼の正体を確信した。

「そなたは……月の、影の者か」

クロから表情が消えた。

人形のように無表情のまま、手にはいつの間にかナイフが持たれ、音を立てずタツとの間合いを詰める。

クロの背後で、硝子が砕ける音が響き、盆が転がった。

だがクロは意に介さず、無表情のままナイフでタツの顔面を突く。しかしタツはそれを紙一重で躱すと、突き出された手を掴み、クロを宥めるように言った。

「拙者も、彼の国より追放された身。そなたを害すことも、出自を言いふらすこともしない。我が刀と魂に賭(か)けて誓おう」

タツの言葉に、クロは吟味するかのように沈黙したあと力を抜く。それを確認し、タツはクロを解放した。

「だが気をつけられよ。そなたの主は、あの童(わらべ)だな」

ビクリとクロの肩が揺れる。その様子に、タツは言葉を続けた。

「その瞳は稀有なモノ。瞳を持つ者を、奴らが易々と手放すとも考えられない。奴らは己の目的のためなら、手段を選ばない」

子どもの命だろうと、他国の王族だろうと関係ない。

「それに……」

タツはそのままクロの耳元に口を寄せる。タツの言葉を聞いた瞬間、クロの瞳が大きく見開かれた。

「……では御免」

立ち尽くすクロを置いたまま、タツはその場を去った。

第八章　裏切りと天才と復讐

豊穣祭を、つつがなく終えたグレイシス王国。王都に集まっていた人々は帰郷すべく帰途につき、王都は祭りとは違う賑わいを見せる。

そしてハーシェリクが保護していた二人も、これに乗じて王都を出立しようとしていた。

「王子、大変お世話になりました。ありがとうございました」

旅支度を終えたクレナイが深々と頭を下げ、ハーシェリクは笑顔で応じた。

「いえ、こちらこそ助かりました。ありがとうございました、クレナイさん」

彼女のおかげで、過去の案件調査も捗り、各部の来期以降の計画立案準備も、滞りなくできそうだ。時間の余裕は心の余裕である。そして余力になる。余力があれば、計画の精密さや精査もできる。問題が発生しても対処できる。いいこと尽くめだ。

それに現場で実務にあたる者たちは、先の戦から起こった人員の減少や配置変更で、ただでさえ余裕がない。張り詰めた状況は心身ともに負担が大きい。少しでも彼らの負担が減ればいいと思って始めたことでもあったため、ハーシェリクはわずかでも貢献できたことが嬉しかった。

そんなご機嫌なハーシェリクに、クレナイはいつも通り微笑んでみせた。

「じゃ、先にクレナイさんを送ってくるから」

和やかな雰囲気の二人に、簡素な普段着のオランが言った。

「うん、よろしくね。オラン」

ハーシェリクが頷く。

予定ではクレナイとアオは別々に出発し、王都の外でハーシェリクが手配した商人と落ち合うこととなっていた。なぜ二人が別行動なのかというと、問題が起こったときに人数が多いと、対処しきれない場合も考えられるからだ。

アオは時間を置いて、クロとともに人通りの少ない裏道を選び、合流することとなっている。

「大丈夫だろうけど、気をつけてね、オラン」

「任せとけ」

ハーシェリクの言葉にオランは笑って答える。

そんな彼らを見守るクレナイに、アオが近づき、彼女の手を取った。

「また、会えるな？」

彼女の手を握りながら、アオが確認をする。感情が乏しい彼にしては、不安が滲み出た声音だった。

そんな彼に、クレナイはいつもと変わらない微笑みで頷く。

「いい雰囲気のところ悪いが、そろそろ……」

少々目のやり場に困っているオランに促され、クレナイはアオから離れる。

そして再度、ハーシェリクに頭を深々と下げた。

「王子、彼をよろしくお願いします」

ハーシェリクは力強く頷く。

このとき、ハーシェリクはその言葉の意味を、深く考えなかった。言葉の真意を知るのは、あとのことだった。

二人はハーシェリクの自室を辞したあと、王城を裏門から出て、人でごった返す大通りを進む。

周囲に注意を払いつつ進むオランは、ふと腕を取られ歩みを止めた。振り返れば、顔を隠すために、目深(まぶか)にフードを被ったクレナイが俯いている。

「クレナイさん、どうかしましたか？」

「オクタヴィアン様、ごめんなさい。暑さと人に酔ったみたいで……」

クレナイは弱々しい声で答えた。

彼女の顔色は悪く、吐き気を堪えるかのように眉間に皺を寄せ、口元に手を当てていた。

確かに今日は雲一つない快晴で、夏のように暑い。その中、顔を隠すためとはいえフードつきの外套を着ていたら、普段から鍛えているオランならともかく、女性には辛いだろうと思えた。

「日陰の脇道を通っていきましょうか」

オランは彼女を促し、すぐに脇道に入る。

人通りのほとんどない脇道は、建物で日光が遮られ、大通りよりは幾分か涼しい。入って数分歩いたとき、背後でどさりと音がした。オランが振り返ると、クレナイが建物の壁に寄り掛かるように、ずるずると倒れていくところだった。

「クレナイさん⁉」

慌ててオランが駆け寄り、膝をついて彼女を支えようと手を差し伸べる。

だが次の瞬間、クレナイの掌が、オランの目の前にかざされた。その掌に隠されていた紫色の宝石の首飾りが揺れるのを見た瞬間、オランは己の失態を悟る。

オランが距離を取るよりも早く、宝石が煇きを放つ。その輝きから目を庇うように腕をかざしたが、急な眠気に襲われて身体のバランスを崩し、肩を壁に打ち付けた。

普通なら、その痛みで目が覚めそうなものなのに、より深い眠りに誘われるかのように瞼が重く、眠気に抗いがたい。

（やら、れた……）

内心オランは毒づきつつ、己が操作系魔法にかかったのを自覚する。

もともとオランは、魔力が高くない。ハーシェリクのように皆無ではないため、簡単な初歩魔法なら使えるが、操作系魔法に抵抗するには心もとない程度の魔力だ。

しかし魔法が不得手でも、騎士であるオランは、魔法士が魔法を行使するよりも早く相手を戦闘不能にすることができる。操作系魔法は、対象者の精神力によって成功率が大幅に左右するため、致命的な弱点とも言えない。並みの魔法なら、オランでも己の精神で抵抗できたはずだ。

だが今回は、少なからず信用していたクレナイから完全に不意を突かれたのと、自分のなけなしの魔力を無視するほどの強力な操作系魔法が行使された。

「クレ、ナイ……さ……」

襲いくる眠気。遠くなる意識。重くなる瞼を気合いで抗い、名を呼ぶ。クレナイはまだ意識のあるオランに驚きつつも、膝をついたままの姿勢で彼に話しかけた。

「申し訳ありません、オクタヴィアン様。これは対象者を眠らせるだけの催眠の魔法です。身体に害はありませんし、後遺症もありませんのでご心配なさらず」

「なに……を……」

考えている、という問いは最後まで口にすることはできなかった。

しかし彼女はそれを察して、困ったように微笑む。

「彼を……ゲイルを、よろしくお願いします。私にはやるべきことがあります」

初めて聞く名に、オランは疑問が浮かんだが、それよりも手を伸ばし彼女を捕まえようとする。

しかしオランの手が届く前に、クレナイは立ち上がり離れたため、伸ばされた手は空を切った。

「ま……」

「私も……」

それでも引きとめようとするオランの言葉を、遮るようにクレナイは言葉を紡ぐ。その彼女の表情はいつもの柔らかな笑みでも、困った表情でもなく、今にも泣きそうな微笑だった。

背中を向け足早に去っていくクレナイを、オランは歪む視界で見送ることしかできなかった。

思うように動かない身体と、まるで押さえつけられるかのように圧迫される意識――瞼を閉じれば、楽になることはわかっていた。

オランは唇を噛む。痛みが一瞬だけ意識を鮮明にし、口内に血の味が広がった。だがすぐにその意識を奪おうと、眠気が襲いくる。

オランは躊躇わなかった。即座に携帯していたナイフを抜くと、己の腕を切りつけた。


オランを路地裏に残し、クレナイは目立たぬよう裏道を進む。

そして約束の場所にあった馬車に乗り込むとフードを外した。

「お待たせいたしました」

そう対面して座る人物に、クレナイは微笑みつつ話しかける。

「ああ、かなり待った。追っ手は？」

話しかけられた人物、トーマス・ローゼホームは大仰に頷いて問う。クレナイは気分を害した様子もなく、微笑みのまま首を横に振る。

「問題ありません」

「……では行こうか」

表情を崩さない彼女に、トーマスは不気味だと思いつつも、馬車を発進させた。


その知らせを受けたとき、ハーシェリクは自分の血が音を立てて引いた気がした。

兵士たちに支えられ、部屋に戻ってきた己の筆頭騎士に、ハーシェリクは駆け寄る。

彼の片腕には布が巻かれていたが、赤がその面積を時間とともに広げていた。その赤が彼の体液だということは一目瞭然だった。

「オランッ⁉」

「悪い、油断、した……人払いを……」

駆け寄ってきた自分の主に、オランは弱々しく答える。

オランの言葉に、ハーシェが指示するよりも先にクロが動く。クロはオランを運んできた兵士たちに他言無用と言い聞かせつつ追い出し、すぐに救急箱を手にオランの傍に膝をついた。

「すぐに怪我の手当てをしないと……」

血の気が失せ青くなったハーシェリクの言葉を聞きつつ、クロは真っ赤に染まった布をはぎ取る。そして切り口を見て、顔を上げた。

「自分でやったのか」

切り口が綺麗だったこと、重要な血管は避けられていたこと、さらに利き腕ではなかったことからクロが断じた。

「痛みがないと、意識が……」

そう言いつつ、オランは浅い呼吸を小刻みに繰り返す。その様子に今度はシロが近寄った。

「催眠の魔法か」

手をかざしオランにかけられた魔法を探ったシロに、ハーシェリクはやや慌てた声で問う。

「シロ、解除はできない？」

「既に精神に作用している魔法を、強制的に解除することは危険を伴う。それに私は、精神操作系の魔法は……」

秀麗な顔を歪めて、シロはその先の言葉を濁した。ハーシェリクはシロが言い淀んだことを察する。

シロにとって、精神操作系の魔法はトラウマなのだ。過去、信頼していた者から長期的に記憶を改竄され、支配されかけたのだから。そのためシロは、自ら好んで精神操作系魔法を使用することはない。

「……だが、魔法効果を一時的に軽くすることは可能だ」

まるで自分が殴られたかのように顔を歪めるハーシェリクの様子に、シロは小さくため息を漏らすと、オランの額に手を置き、魔言を唱え始める。純白な髪が淡く紫色に輝きだすと同時に、オランの荒い呼吸が幾分か穏やかになった。

「手当てをする。我慢しろ」

「……遠慮、なくやれ。痛みがないと、意識を保てない……」

クロが止血用の布を取り出し、オランの腕に巻き始める。

「オラン、私の手を強く握っていいから」

ハーシェリクが、オランの利き手を掴む。

クロが血管を圧迫するように、腕の付け根部分を縛り、そのまま手当てを行う。シロは魔言を唱え続けているが、眉間の皺はいつもより多い。

ハーシェリクは、オランが己の手を強く握る痛みに耐えながらも、ただ見守るしかできなかった。

「ハーシェ……」

シロの魔法が効いていても辛いのだろう、擦れた声を出すオランに、ハーシェリクは自分の存在を示すかのように、彼の手を握り返す。

「オラン、手短でいい。状況説明を」

クロの手当ては、あくまで応急処置にすぎない。本来ならすぐにでも医者を呼んで治療をし、休ませたい。だがそれはまだ許されない。己を傷つけてまで魔法に抵抗し、報せに来た彼の行動が、無駄になってしまうからだ。

「クレナイ、さんが……」

途中何度か、催眠の魔法に抗うかのように眉間に皺を寄せるオランは、途切れ途切れながらもあったことをすべて報告する。

クレナイが己に魔法をかけたこと。そしてそのまま姿をくらませたこと。別れ際、彼女が普通ではなかったことを。

「……すまない」

四人の様子を、距離を取って見ていた……見ていることしかできなかったアオが言った。

「アオさん」

オランの手を握ったまま、ハーシェリクは彼に視線を向ける。

アオはそれから逃れるように、己の視線を伏せつつ言葉を続けた。

「その魔法は、眠りに抗えなくなるだけで、身体に害はないと聞いている」

それは過去、魔法が得意な仲間が、護身用に彼女に持たせたものだった。魔力を注ぐだけで発動でき、その発動の速さと即効性が売りだと仲間は言っていた。

「……ゲイルとは、やはり、あんた、か」

オランはクレナイが発した名を口にする。アオは否定しなかった。

「本当に、すまない」

それだけ言ってアオはその場に立ち尽くす。

「……アオさん、そのすまないという言葉は、やはり彼女が『軍国の至宝』だからですか」

オランの手を離し、ハーシェリクは立ち上がる。

そしてアオはハーシェリクから出た言葉に、はっと顔を上げた。

「知って、いたのか？」

「すみません、調べさせてもらいました。あなたたち二人には、不自然な点が多かったので」

二人に感じていた違和感。ハーシェリクはそれがどうしても気になり、クロに調べてもらった。

そして軍国で内紛があり、『軍国の至宝』と呼ばれるほどの天才軍師が指揮する部隊が壊滅。

その天才軍師は行方知れずとなっている、との裏情報をクロは手に入れてきた。

彼らが現れた時期と合致したし、もし彼女が軍師という職にあったのなら、彼女の能力の高さも納得できた。それに偶然だが、自分の誘拐事件で、彼女の軍師としての才の片鱗も見た。

二人はなんらかの事情で軍国から逃れ、王国に逃げ込んだのだろう。

『軍国の至宝』という二つ名を持つ軍師を、軍国がそう易々と出奔させるとも考えられない。獣人族を連れているなら、逃亡先は連邦だと安易に想像がつき、軍国は連邦との国境に待ち構えるだろう。

そして天才と呼ばれる軍師なら、そのことを予測するのは簡単だ。

彼らに残された選択肢は、軍国の予想を裏切り、王国へ向かうしかない。

「この国を出て、何事もなく連邦へ向かうのなら、何かを言うつもりも、追及するつもりもありませんでした」

彼らが言いださないのなら、沈黙していようと思っていた。

それが互いのためだと思ったからだ。

「だけど、こうなった以上話してくれますね？」

静かな、だが有無を言わせないハーシェリクの言葉に、アオは瞳を閉じ数拍沈黙する。そして覚悟を決め、瞳と口を開いた。

「俺の名はゲイル。軍国の戦闘奴隷部隊の隊長だった。そして彼女は奴隷部隊の軍師、アルテリゼ・ダンヴィル……『軍国の至宝』と呼ばれた天才軍師。王子の言う通り、俺たちは軍国から逃亡してきた」

アオ――ゲイルがのちに『軍国の至宝』と呼ばれることとなる天才軍師と出会ったのは、彼女が十四のときだった。

「初めまして、皆さん。今日からこの部隊を指揮します、アルテリゼ・ダンヴィルです。よろしくお願いします」

そう深紅の髪と、闇色の瞳を持つ少女が微笑み、自分より年齢も体格も倍以上ある者たちに、お辞儀をした。

ここは戦闘奴隷部隊の宿舎――建物というのもおこがましい、ボロの平屋にたった一人で訪れた少女は、殺気を放つ戦闘奴隷たちの敵意をものともせず、微笑んだまま言ってのけた。

「今日からあなたたちの命は、私が預かります」

もともと奴隷たちは隷属の紋により、命を握られている。戦えと命令されれば戦い、死ねといわれれば死ぬしかない。隷属の紋を胸に刻まれたとき、獣人族の誇りは失われた。

幼い軍師と、彼女を取り囲み敵意を向ける仲間たちの様子を、離れた位置からゲイルは見ていた。

（あれが、次の指揮官か）

前の指揮官は、先の戦いの失態で更迭（こうてつ）された。その戦で仲間を大勢失い、負傷者も多く出た。自棄（やけ）を起こしていた前指揮官は、自分の失態は奴隷たちのせいだと言い、次に来る指揮官について、嬉々として語っていった。

本来なら八年で卒業する士官学校を、その半分の年月で卒業した、実戦経験のない、没落したダンヴィル家の令嬢。

ダンヴィル家は過去優秀な軍師を輩出する名門だった。しかし当主が、大きな戦で失態を犯し、軍を大敗させ、そして己は戦死した。その責と男の継嗣なきダンヴィル家は、そのまま取り潰された。

その没落した元名門の令嬢で、若いどころか年端もいかぬ、厄介事でしかない子どもを軍本部は、自分たちに押し付けたのだとゲイルは理解した。

しかし期待も落胆もない。感情の起伏もない。

(どうせ、何も変わらない)

自分たちは、死ぬまで戦う物でしかないのだから。

だが、ゲイルの予想は裏切られた。

彼女が発した命令は二つ。

自分の命令は絶対に従うこと。

そして生きることを諦めないこと。

彼女の策は、最初から定められていたかのように、ありとあらゆる戦場で勝利をもたらした。しかも、今までの指揮官とは比べることが馬鹿馬鹿しくなるほど、戦死者を出さずに。

半年も経てば、部隊の中で彼女を馬鹿にする者も、敵意を見せる者もいなくなった。そして代わりに、得体の知れない者を見るような視線を、彼女に送るようになった。

「では、今回の作戦ですが……」

彼女は現在の戦況から敵軍の位置と数、さらにどう動くかを予測し、それを元に作戦を話す。毎回数的に劣勢な戦場で、彼女は奇襲や罠など奇策ともとれる作戦を展開し、数の劣勢を覆し、連戦連勝だった。

「……ここで伏せている分隊は、合図と同時に敵軍の背後を攻めてください。質問は？」

そう彼女はいつも通り微笑む。誰もが顔を見合わせ、そして視線は部隊長に集まった。彼らの視線に促され、ゲイルは重い口を開く。

「……なぜ毎回、こんな回りくどいことを？」

「回りくどい、ですか？」

ゲイルの問いに微笑みを崩さぬまま、アルテリゼは首を傾げる。

「今までの奴らは、俺たちを敵前に送るだけだった」

説明もなしに戦場に放りこまれ、目の前の敵を葬る。おかげで敵軍の数もわからず、ただひたすらに、目の前の敵を殺すだけだった。

しかし軍師が替わってから、事前情報があり、作戦通り小隊が連携をとることができるため、戦死者どころか、重傷者も出さずに済んでいる。

「歴代の司令官は無能ですね。愚の骨頂です」

アルテリゼは微笑みのまま、ばっさりと言葉の刃で斬り捨てる。

「あなた方は、戦闘奴隷です」

はっきりと口にした言葉に、鳴りを潜めていた奴隷たちの敵意が膨らむ。だが敵意を向けられながらも、アルテリゼは微笑みを崩さず続けた。

「もう一度言います。あなた方は戦闘奴隷。戦いにおいて、最強の戦力です。これほど頼りになるものはありません」

「頼り、だと？」

　誰かがその言葉に反応し、アルテリゼは頷く。

「あなたたちの部隊は、一小隊でも正規軍の一中隊に匹敵する、と私は確信しています」

　もともと獣人族は、人間よりも身体能力に長けている。それに魔法に長けた者もいる。

　ただ人間に比べれば、短所長所の差が大きいのが欠点だ。だが策を弄すれば、正規軍相手だったとしても引けを取らない、とアルテリゼは微笑みを絶やさず言った。

　そして表情を一転させ、鋭い目つきになった彼女は言葉を続ける。

「私は、この国でやるべきことがあります。そのために、どうしても実績が必要です。だからあなたたちを利用します」

　だがその目つきは一瞬のことだった。目の錯覚だったかのように、にっこりと微笑みを作った彼女は、黙ってしまった周囲を見回してからゲイルに視点を定めると、彼を真っ直ぐと見据えた。

「貴重な戦力を、この程度の戦で減らすなんて、ありえませんね」

　彼女は戦を軽んじているわけではない。だが彼女にとって、目の前の戦など「この程度」と言ってのけるものなのだ。

「では、他に質問は？」

そう再度首を傾げて質問を促すが、返事はない。アルテリゼは頷き、机に広げた書類を片付けながら、指示を出す。

「ないようでしたら出撃の準備を。ああ、この時期の戦場は雨が酷いといいます。必ず防寒具を用意するように」

だが皆から色よい返事が届かず、アルテリゼは首を傾げつつ問うと、物資は十分には用意されないと奴隷たちは言った。

「申請しても届かない、ですか。他の備品も……わかりました。お任せください」

アルテリゼは少しだけ考えるとそう言い、その場を去った。

それから数日後、部隊に十分な防寒具だけでなく、食料や薬などの医療用品、備品が届けられた。

「部隊を万全な状態に整えるのが、私の役目です。お気にせずに」

ゲイルが何かしたのかと問えば、アルテリゼはいつものように微笑んで、そう答えただけだった。


それからさらに時が過ぎた。

アルテリゼが指揮をとるようになってから三年が経ち、奴隷部隊はあれから一戦も敗北することなく功績を重ねていた。奴隷部隊の存在も、彼らの指揮官であるアルテリゼの存在も、軍内では有名になってきた。

「この没落した家の女がッ」

その怒鳴り声に、ゲイルは足を止める。建物の陰から覗けば、軍服を着た男二人がアルテリゼの行く手を阻み、建物の壁へと追い込んでいた。

「少しばかり武功を上げたくらいでいい気になりやがって……女のくせにッ」

男は彼女の持っていた本を奪い、地面に叩きつける。だが彼女は、怯えた様子もなく、慌てることもない。淡々と本を拾い上げると、男たちに微笑むだけだった。

「お話はそれだけですか？」

いつもなら人好きする穏やかな微笑みも、今は相手にとって挑発行為に等しい。一瞬で頭に血が上った男が手を振り上げる。

「この女ッ！」

だがその手は、別の長身の男の固い胸板を叩き、己の手を痛めるだけだった。

アルテリゼが殴られると思った瞬間、ゲイルは後先を考えず、彼女と男の間に割って入ったのだ。

「……ゲイルさん？」

「この奴隷がッ‼」

アルテリゼの言葉が、男の怒声にかき消される。男は腰に佩いていた軍刀を、鞘のままゲイルの肩を打ち据えた。容赦のない一撃に、ゲイルは眉を顰めたが、声を漏らすことはなかった。

アルテリゼを背後に庇ったまま、男の暴力に耐えるゲイル。

飽きれば終わる。それが奴隷である彼に残されている唯一の選択だった。しかしそれを庇われたアルテリゼが壊した。

「やめてくださいッ！　これ以上彼を傷つけるなら、監査官へ訴えます！」

ゲイルの背後から飛び出したアルテリゼは、いつもの微笑みを捨て、真正面から男たちを見据える。

奴隷とはいっても、ゲイルは自分の部下である。直属の上司でもない彼らが、意味もなく他部隊の隊員に手を出したとなれば、監査官も咎めずにいることはできない。

男たちはアルテリゼの言葉に舌打ちすると、悪態をつきながらその場から去った。彼らがいなくなったことを確認したアルテリゼは、殴られた痕が残るゲイルの頬に手を当てる。

「なぜ、割って入ったのですか、ゲイルさん」

「わからない」

今にも泣きそうな顔をする彼女に、ゲイルは思ったままのことを口にする。

アルテリゼが殴られると思った瞬間、身体が勝手に動いていた。そして自分の頬に添える彼女の細い手を掴み、問い返した。

「なぜ、そうまでして、俺たちを庇う？」

今日だけではない。彼女はことあるごとに、奴隷部隊の扱いの改善を軍に求めていた。戦に勝って出た戦功報酬も、自分の分は最低限にし、残りはすべて部隊宿舎の環境改善の費用や、戦死者の遺族への生活費に充てていた。

おかげで奴隷たちの暮らしは、彼女が配属される前より、だいぶまともになった。

ゲイルの真っ直ぐな視線から逃れるよう、アルテリゼは顔を逸らす。

「……部下を守るのは、上官の務めです」

そう彼女は言う。だがどこか説得力の欠ける言葉だった。

「俺たちは奴隷だ。軍師もそう言っただろう」

「……ごめん、なさい」

ゲイルの言葉にアルテリゼははっとして、彼を見たあと俯いてしまった。


それからも時を重ねるごとに、勝利も重ね、気がつけばアルテリゼは二十歳となっていた。

十四歳の頃から戦場に立ち、一度も敗戦をしない彼女は、軍内で二つ名をつけられるまでになっていた。

圧倒的不利な状況も、すべて神の如く覆す、戦女神に愛されたし『軍国の至宝』と。

またその頃には、部隊では彼女を軽視する者は存在せず、種族は違えど仲間であり、戦友であり、そして勝利をもたらす軍師として受け入れられていた。

とある戦の野営のとき、誰かが彼女がいないことに気がついた。皆、口々に心配するが、その視線は自ずと自分に集まることをゲイルは知っている。

彼らに視線で追い立てられ、ゲイルは野営地を後にし、彼女を捜した。

彼女は一人、小高い丘に登り、星空を見上げていた。初めて会った当初は十四歳の少女だったが、歳月は少女を大人の女性へと変えた。

ゲイルは自分の上着を脱ぎ、音を立てずにアルテリゼに近づくと、彼女の肩にそれをかけた。

「ゲイルさん」

振り返ったアルテリゼは、ふわりと微笑んだ。垂れた瞳が女性特有の色気を増加させる。

ここ最近、彼女に見合い話がきていることは、部隊の誰もが知っていた。若くして才能ある彼女を、軍国で力を持つ十家は、どの家も手中に収めたがっている。

しかし彼女は決して首を縦に振ることはなく、それにゲイルはなぜか安堵を覚えていた。

「……夜風は冷える」

短くそう伝えると、彼女は嬉しそうに顔を綻ばせる。それが自分にだけ向ける微笑みかどうか判断できず、ゲイルはもやもやとした気分となった。だが、そんな彼の心情を知りもしないアルテリゼは、ゲイルの上着を抱きしめるように寄せてお礼を言った。

「ありがとうございます……ゲイルさん、私、決めました」

アルテリゼは星に誓うかのように、空を見上げる。

「この国を、変えます」

そうはっきりと口にした。

「私は最初、皆さんを利用して、出世するのが目的でした」

嫌なやつですよね、と苦笑しつつアルテリゼは続ける。

「だけど今は、そんなことよりも、皆さんと一緒にいたいです。私は皆さんが大好きです。家族を亡くした私にできた、新しい家族です。だから、皆さんが奴隷のまま、虐げられるのをただ見ていることはできません」

アルテリゼは、視線を空からゲイルに戻す。

「だからこの国に、あなたたちを認めさせます。必ず」

彼女は柔らかい微笑みからは想像がつかないほど、固い決意を胸に抱いた。

そんな彼女が、ゲイルのことをさん付けせずに呼ぶようになるのと、ゲイルが軍師ではなく名を呼ぶようになるのに、時間はかからなかった。

そして彼女が軍内部だけでなく、国内でも『軍国の至宝』と呼ばれるようになるのも、時間はさほどかからなかった。

「アルテは軍に入隊してから十年、戦い続け、勝ち続けた」

戦だけではない。彼女は功績を上げると同時に、軍内でも発言力を高めていった。戦女神に愛された天才軍師の存在は、国内での人気もあり、それが後押しにもなった。

彼女には絶えず十家からの誘いもあったが断り、軍上層部からの命令も押しのけて、戦闘奴隷の部隊に残った。

普通ならば、上層部の命令に否を唱えることはできないだろう。

だが『軍国の至宝』と呼ばれる天才軍師の発言力は、無視できないものとなっていた。

もちろんアルテリゼが、そうなるように仕組んだことでもあった。戦で十家や軍上層部に功績を譲ったり、彼らの弱味を握ったりもしていた。

彼女の才能は、戦場だけでなく、別の場所でも発揮されていたのだ。

彼女はそれらを私利私欲のためではなく、仲間たちや、ひいては国のために用いた。

軍上層部も、薄々と彼女が何をしようとしているのか、わかったのだろう。そしてそれは国を根本から揺るがす事態になることが、予測できたのであろう。

そうなる前に軍上層部は、アルテリゼを奴隷部隊から引き離すよう画策したが、彼女はすべてを撥(はの)ね退けた。

そこまで言って、ゲイルは一度口を閉じ言い淀む。だが意を決し言葉を続けた。

「俺たちの部隊も、軍内での地位を上げ、無視できない存在となっていった。そして次の内乱の平定で功績を残せば、俺たちは奴隷から解放され、国民として軍国に受け入れられるはずだった。あのことが起こらなければ」


王都を出て、流れゆく景色をクレナイ――アルテリゼ・ダンヴィルは眺めていた。

馬車は軍国十家が用意した上等なもので、振動も騒音も少ない。王都に来るときに乗った、果物屋の主人の馬車とは、天地の差があった。

外を眺める彼女に、対面するように座っていたトーマス・ローゼホームは話しかける。

「まさかお前から来るとはな。奴隷たちを手厚く扱っていただろう」

若干皮肉の混じった言葉を、アルテリゼはいつも通りの微笑みで受け止めた。

「あら、私も目が覚めたのですよ」

くすりと上品に微笑み、言葉を続ける。

「所詮、彼らは獣。私たちより劣った存在です。彼から逃げ出すことができず、この国に連れてこられて……ここであなたに出会えてよかったです。だから……」

そう人好きする微笑みを一転させ、アルテリゼは妖艶な女の顔を見せた。

「恩返しをしたいのです。あなた様の願うこと、お手伝いさせてください」

己の本性を、微笑みという仮面の下に隠し、睦言のように囁いた。男はその言葉に満足したのか、にやりと口の端を持ち上げた。

（なんとも、容易い）

微笑みを張り付けたまま、アルテリゼは内心この男の器を測り終え、その小ささに失笑を堪える。

この男は、アルテリゼが士官学校を卒業したときの次席であり、元見合い相手でもあった。会ったときの彼の印象は、才能と野心が釣り合わない小さな男だった。

彼は、軍国十家の一つ、ローゼホーム家の次男である。優秀な跡取りである長兄と日々比べられて育った彼は、自分は本来こんなものではないという自尊心と、兄に対する劣等感の塊だった。

そしてそれを覆い隠すような、肥大した野心。兄を超え、自分がローゼホーム家の跡取りとなり、さらには国家元帥となり、軍国を主導していくという大層な、アルテリゼにしたらどうでもいい野心だ。

だがこういう男ほど、扱いやすいのも事実だった。野心で視野の狭くなった者は、目の前に望むものを差し出せばそれに飛びつき、都合の悪いことはすべて失念する。

今のアルテリゼには、とても都合の良い人物だった。そして、この程度の器の男を御しきれていないローゼホーム家に、アルテリゼは内心呆れる。

（この程度の男の家に、父が嵌められるなんて……）

軍師輩出の名家と称えられたダンヴィル家が潰されるとは、とアルテリゼは心の中で嘆いた。

アルテリゼが軍師になると決めたのは、七歳の誕生日を迎えたときだった。

「お父様、私も軍師になります」

なぜ年端もいかぬ彼女がそう言いだしたかというと、自分のために開かれた誕生日の宴の席で、招いた父の友人たちの会話が原因だった。

ダンヴィル家は、昔は多くの有能な軍師を輩出する家系だった。だが今は父しかおらず、一人娘しかいないこの現状を嘆いていたことを、こっそりと聞いてしまったからだった。

もともと父が、どんな仕事をしているか興味を持っていたこともある。

「アルテリゼ？」

暖炉の前で本を読んでいた父が驚き、愛娘を見る。アルテリゼは決意を込めた目で、父を見つめ返した。

「私、お父様みたいな軍師になります！」

「……それは、楽しみだな。だが努力しないとだめだぞ」

父は愛娘の言葉を、適当に受け流した。それが引き金になるとも知らずに。

翌日から、アルテリゼは猛勉強を始めた。一般教養科目だけでなく、軍事関連の書物も読み漁る。そしてわからないことがあれば、家庭教師や父に昼夜問わず指導を願った。

だが質問内容が、日を追うごとに難しくなっていった。

「——年の戦いについてですが、やはり私は伏兵を使っての……」

そのうち飽きるだろう、と思っていた父は、飽きるどころか幼いながらも才能を開花していく愛娘に、額を手で押さえた。まさか学校にも入学していない娘から、過去のダンヴィル家が参戦した戦のダメだしをされるとは思わなかったのだ。

家庭教師は、既に自分では手におえないと匙を投げている状態。

アルテリゼの父は、ダンヴィル家の当主として覚悟を決めるしかなかった。

「いいか、アルテリゼ。まず軍師は、決して感情の揺らめきを、表に出してはいけない」

父は、軍師となる心構えを、アルテリゼに教えることとした。知識など、あとでどうとでもなる。まずは軍師としての、素質があるかが問題だった。

「軍師が兵士の前で動揺したら、軍の士気にかかわる。どんなに不利な状況でも、笑っていられるような、心の余裕や強靭な精神力が必要だ。お前にできるか？」

この父の言葉を、アルテリゼは心に刻んだ。

そのあとも勉学に励み、知識を詰め込んだ。そして十歳となり、女の身でありながら士官学校の入学試験を首席で突破した。

父が戦に出る前日、アルテリゼはいつものように、父と軍略についての話に花を咲かせていた。

アルテリゼはこの頃にはもう、子どもらしい表情よりも、大人びた微笑みをするようになっていた。

「……アルテリゼ、お前はこの国の軍師に向かないかもしれないな」

「お父様？」

アルテリゼは首を傾げる。

「お前は、軍国の軍師になるには情が厚く、理想が高すぎる。私はそれが心配だよ」

父の真意が読み取れず、アルテリゼは再度首を傾げたが、父は笑って頭を撫でただけだった。

そしてアルテリゼの父は、戦に出たまま帰らなかった。

父の失策が敗北を招き、戦場で散ったと知らされた。それを聞いた母もすぐ倒れ、父を追うようにこの世を去り、残されたのは士官学校へ入学したばかりの、アルテリゼだけだった。

敗戦により、ダンヴィル家はその地位から没落した。名前も微かにしか知らない親族たちは父と母の葬儀で呆然とするアルテリゼを尻目に、国へ没収されなかったダンヴィル家の少ない資産を取り上げ、絶縁状を叩きつけていった。

アルテリゼは士官学校の寮にいるため、卒業までは困らないだろう。

だが、国と親族たちは、父と母の思い出の品を、彼女から根こそぎ奪っていった。

アルテリゼは茫然自失のまま、明日には退去せねばならない屋敷を、父と母の面影を探して彷徨う。

そして、事実を知ることとなった。

アルテリゼが、その話を聞いてしまったのは、偶然だった。葬儀に来たローゼホーム家の当主が、廊下の角の陰にいたアルテリゼに気がつかず、部下の男に話していた。

「死人に口なし、とはよく言ったものだな」

「ええ、正軍師殿が、殿軍を買って出てくれたため、助かりました」

「おかげで、すべての責任を奴に押しつけることができた。家も没落し、後腐れもない。娘は士官学校にいたか？　まあ器量がいいなら、我が家で迎えて恩返しするのも、悪くはないな」

そう言って笑いながら去る男たち。彼らに悟られぬよう、アルテリゼは声が漏れぬよう手で口を押さえる。

『軍師は決して、感情の揺らめきを表に出してはいけない』

（はい、お父様。軍師は決して、感情を外に出しません）

溢れる涙は止まらずとも、口を微笑む形に持っていくことはできる。

（絶対に、許さない）

それからアルテリゼは、寝る間を惜しんで勉学に励み、常に成績は首席を保持した。さらには飛び級で、学校の歴代の記録を次々と塗り替えた。本来なら八年で卒業する士官学校を、たった四年という最年少記録で卒業し、軍国の軍師となった。

だがいくら優秀だといっても、男性優位の軍国で女という性別。そのうえ戦で大敗の原因となったダンヴィル家の元令嬢という彼女の存在は、軍では煙たがられた。

しかしその才を惜しむ声もあった。そのため、生かさず殺さず、戦闘奴隷部隊の指揮官へと配属したのだが、それが軍上層部の判断の間違いとなった。

アルテリゼは、劣悪な環境でも戦功を上げていった。むしろその環境だからこそ、好き放題やりたい放題だった。

命令を無視しつつ勝利を上げ、功績を残し、窮地（きゅうち）の上官を助けて恩を売り、弱味に付け込む。

上品な微笑みと丁寧な口調ながらも容赦のない毒舌で相手の心を抉るなど、朝飯前だった。

様々な策を駆使して、あっという間に功績を積んだアルテリゼ。同時に奴隷部隊も軽視できぬ存在へとなっていった。

そして彼女が無視できない存在となったとき、彼女は国を揺るがす要求をしてきた。

「また奴隷部隊が戦功を上げただと……」

「次の戦功を上げれば、奴隷から解放し市民権を得るという……」

それは奴隷制度という、国の礎の根本を揺るがすことだった。軍国は戦争で勝つことにより領土を広げてきた国家だ。そのため絶えず内乱があり、その不満を外に向けるために周辺に侵攻を進める国である。

支配された国の住民は、多額の税を納めねばならない。獣人族の場合は、人間よりもさらに多い。

一度でも払えなければ、獣人族は奴隷にされる。それは能力の高い彼らを、奴隷として支配するだけの口実でしかなかった。

アルテリゼはその事情を知ったうえで、己の部隊の奴隷解放を上申したのである。

市民権を得た獣人族は……隷属の紋から解放され抑止がなくなった獣人族は、その牙をどこへ向けるか。国を奪われ、家族を殺され、尊厳を踏みにじられた彼らは……。

上層部――軍国十家は、彼女の存在を消すことに決定した。


それはいつも通りの、内乱の平定のはずだった。

上層部の命令により、アルテリゼが率いる奴隷部隊は出撃し、隊を複数に分け夜の森に伏せていた。だが目の前が紅く染まったかと思うと、爆発音が響き、あたり一面が炎の海と化した。

「軍師！　各隊との連絡はとれません！　指示を！」

「周囲に敵影多数！　囲まれている！　軍師どうすればッ!?」

次々と入ってくる仲間たちの報告が、耳を素通りする。アルテリゼは呆然としていた。

（なぜ？　情報がどこから漏れたというの？）

情報がなければ、暗いこの森のどこに伏兵がいるかなど、全知全能の神でなければわかるはずがない。しかし敵は、伏兵の位置を把握し、攻撃をしてきた。

自分たちの他に配置を知るのは、ローゼホーム家の当主が率いる本隊だけのはずだ。

（……まさか）

そうとしか考えられなかった。だが考えたくなかった。まさか味方が情報を漏らすとは。

しかしそうでなければ、この状況を説明できなかった。

もともと奴隷部隊は戦闘能力が高いが、人数は正規軍と比べて少ない。さらに伏兵のため、人員を分散させている。位置を知られ、敵に囲まれれば、個別に殲滅されるのは時間の問題だ。

「……なぜ」

部下たちの報告を聞きながらも、アルテリゼは己に問う。どこで間違ってしまったのかと。

この戦が終われば、自分も仲間たちも、国に認められるはずだった。

国が変わるはずだった。

それなのに、どこで間違ったというのか。

「なのに、どうして……！」

『軍師は決して、感情の揺らめきを表に出してはいけない』

そう言った父の言葉が脳裏に蘇る。

『アルテリゼ、お前はこの国の軍師に、向かないかもしれないな』

父はわかっていたのかもしれない。

この国は、アルテリゼが求めるものを、決して差し出しはしないと。

どんなに努力しても、尽くしても、願い続けても……。

「これがッ！　これがッ‼　国（あなたたち）の答えだというのッ⁉」

アルテリゼの絶叫が、炎で紅く染まる夜空に響き渡った。


「どうした？」

トーマスに話しかけられ、アルテリゼは意識を戻す。そして誤魔化すように苦笑を浮かべた。

「いえ、昔を……忘れられない昔を、思い出していたのです」

あの炎の海に囲まれた日が、遠いように思えた。

あの炎の中、仲間たちは自分とゲイルを必死に逃がしてくれた。そして自分の死体が確認できなかった軍は、連邦側に検問を置くことが、予想できた。

だから軍国から逃れるには、意表をついて王国へ逃げるしかなかった。ゲイルだけでも、逃がしたかった。

遠い目をするアルテリゼを、トーマスは馬鹿にするように鼻で笑う。

「感傷的になるなよ。これからだ」

「そうですね」

トーマスの言葉を右から左に受け流し、微笑みの仮面をつけたまま、アルテリゼは手を己の胸へと持っていく。

そこには、彼からもらった首飾りが服の下に隠されていた。

(そう、これからです。私を、私たちを裏切った者たちに復讐するのは)

父の無念を、そして仲間たちの無念を晴らすのは、これからなのだとアルテリゼは誓う。

(たとえそれが、彼を裏切ることとなっても)

脳裏に浮かぶのは、感情の乏しい愛おしい彼の顔が、悲しそうに歪むところだった。

(大丈夫、あの方なら絶対ゲイルを助けてくれる)

あの心優しく、そして信念のある王子なら絶対に、とアルテリゼは確信を持つことができた。

「……ごめんなさい、ゲイル」

小さな声は、馬車の騒音に紛れて、トーマスに届くことはなかった。

自分たちが王国に辿りついた経緯を話し終えたアオは、一度深呼吸すると決心し口を開く。

「アルテは、軍国に復讐をする気だ。軍国を滅ぼそうとしている。それ以外考えられない」

「軍国を？」

個人で遂行するには、壮大な復讐にハーシェリクはつい問う。

「以前、アルテは言っていた。軍国を滅ぼすことは、簡単だと」

酒の勢いか、戦勝祝いで気持ちが高揚しているのか、彼女は酒の肴にそう語った。

「この国は、つぎはぎだらけ。早く手を打たなければ、そこからほつれます。でもこの国の上層部も、十家も己のことしか考えてないのです」

アルテリゼは、クスクスと声を上げて笑う。

「やろうと思えば、この国を滅ぼすことは簡単です。上層部と十家を互いに争わせて、内紛を多発させ、弱体化させて……あとは周辺諸国に情報を流せば、勝手に食い荒らしてくれるでしょう？」

口で言うほど簡単ではない。だが彼の天才軍師は、冗談でもできないことは口にしない。

だから、と彼女は続けた。

「この国は、まとまらなければいけません。軍事力で周辺諸国を飲み込み、不満を抑えるのも限界がきます。国を存続させたいなら、国が変わらねばなりません」

その先駆者になるために、彼女は努力を惜しまなかった。

だが裏切られた今、彼女が軍国に復讐するとしたら、それ以外に考えられないとゲイルは締めくくる。話を聞き終えたハーシェリクは黙ってしまった。

そんな彼に、オランはクロから応急処置を受けながらも口を開いた。

「ハーシェ、クレナイさんは、最後、俺に言ったんだ」

クレナイはオランから離れる直前、今にも泣きそうな微笑みでこう言った。

「私も、あなたのように、あの方にお仕えしたかった」

その言葉を、オランは己を傷つけてでも、主に伝えるべきだと考えた。

ハーシェリクは瞳を閉じ、拳を握る。そして再度碧色の瞳が開かれると、そこに迷いの色はなかった。

「ありがとう、オラン。あとは私に任せて」

オランはその言葉に、重い瞼をやっと閉じる。シロが魔法をやめ、クロが手早く手当てを施すと、ハーシェリクの指示で、彼の寝室にオランを運んだ。

そしてハーシェリクが、今後について指示を出そうとしたとき、突然の来訪者が訪れた。

第九章
真意と本心と青き翼

扉を叩く音が響いた。ハーシェリクは視線をクロに向けると、執事は主の言葉を聞かずとも対応するために、扉へと向かう。

そして扉を開き確認すると、来訪者を招き入れた。

姿を現したのは、厳しい表情をしたテッセリと、彼の筆頭騎士タッツだった。

「ハーシェリク」

愛称ではなく名を呼ばれ、ハーシェリクの背筋が自然と伸び、真っ直ぐと兄に向き合った。

「テッセリ兄様、なぜこちらに？」

その理由について見当はついていたが、それでもとぼけるようにハーシェリクは問う。弟の言葉に、テッセリは普段の温和な表情とは真逆の、射るような視線を向けた。

「なぜ、じゃない。君の筆頭騎士が血まみれで戻ってきたんだ。城内は大騒ぎだよ」

先ほどの兵士は口止めしたが、その前の時点で騒ぎになっていたのなら、口止めも無駄骨だろう。

表情が強張るハーシェリクに、テッセリは深いため息をついたあと、呆れかえった口調で続ける。

「まったく、だから俺は、気をつけないとだめだって言ったんだ」

「……兄様は、二人のことをご存じだったんですか？」

まるで予見していたかのような言いように、ついハーシェリクは恨みがましい声を上げてしまう。

そんな弟に、テッセリは厳しい視線を一転、苦笑しつつ答えた。

「ちょっと違うかな。予想をしていたが正しい。でもそれは、ハーシェもわかっていただろ？」

ハーシェリクは言葉が詰まる。

兄が言う通り、ハーシェリクも二人の存在について、見当がついていた。しかし、国外へ逃がすだけなら不要と思い、言及しなかった。

その判断が間違っていたとは思わないが、今回の事態を招いたといっても過言ではない。

苦虫を噛み潰したような表情をする弟に、テッセリはため息をもう一つつくと口を開いた。

「俺が、なんで諸外国を回っていたか、知ってる？」

「留学だと……」

突然変わった話題に、ハーシェリクは戸惑いつつも答える。その答えにテッセリは頷いてみせた。

「うん、表向きはそうなっているね。まあ、最初は他国の知識を学ぶための留学だったから間違いではない。でも、外から王国を見てわかった」

学院では王国内のことしかわからない。だから外へと学びに出たのだ。だが外から見て、王国の歪な現状に気がついた。そして他国から『憂いの大国』と称されていることにも。

だが、国の中から変えようにも、大臣がすべてを牛耳っていてままならない。

ならば、とテッセリは別の手を打つことにした。

「バルバッセは、他国とも繋がっている。だから俺は伝手を作り、情報を集めるために、多くの国を回った。バルバッセを凌ぎ、奴を追い込む力を手に入れるために……ま、それも徒労に終わって、今は有効利用しているけどね」

他国でも大臣の影響は大きく、彼を追い込むには時間を要しただろう。だがハーシェリクが早々に大臣を討ち、すべて徒労に終わった。

ただそのときに培った伝手は、今の王国で有益に作用した。

豊穣祭に招いた国々には、王国と敵対するほどではないが、友好とはいえない国もあった。だがそれを、テッセリは己の伝手を駆使し、招待にこぎつけたのだ。おかげで今回のことを除けば、向こう何年か王国は周辺諸国からの干渉を、必要以上に警戒しなくてもいい状態になった。

その伝手で仕入れた軍国の内部事情。軍国内も一枚岩ではない。今の十家をよく思わない者や、相手派閥を貶めるために、情報を提供する者もいるのだ。

それでもたらされたのが、軍上層部と十家が、躍起になってとある軍師の行方を追っているという情報だった。軍国内ではその軍師が、秘密裏に、生死問わず指名手配されていると。

容姿や名前までは仕入れることはできなかったが、時期を照らし合わせれば、ハーシェリクが連れてきた二人だと、簡単に予想ができた。

「彼らの事情を聞いたら、ハーシェは彼らを助けるでしょ？」

「事情を聞かなくても、彼らが助けを必要とするなら、私は助けます」

「はあ……だから、気をつけないとだめだっていったんだ」

迷いなく言い切る弟に、テッセリの眉間に深く皺が寄る。

「これが露見すれば、最悪王国へと侵攻する口実を与えかねない、とは思わなかった?」

「……考えました」

王国が軍国での指名手配中の人物を匿っていたと知られれば、国際問題に発展するとハーシェリクもわかっていた。

本人たちが軍国から逃れてきたとしても、軍国に「自国民が攫われ、それを奪還する」という大義名分を与えてしまうことになる。

それに王国が『軍国の至宝』とまで言われた天才軍師を手に入れたとしたら、軍国は黙ってはいないだろう。

ハーシェリクが、彼らに追及しなかったのは甘さもあったが、いざというときに言い逃れをするためもあった。彼らが国外に脱出したあとなら、軍国から非難されたとしても、知らぬ存ぜぬを通すことができた。

「ハーシェリク、君はこの国の王子だ」

ハーシェリクは沈黙する。珍しく口を開かない主に、筆頭たちは不審な視線を送ったが、主はそれに応えようとはしなかった。

そんな彼にテッセリはさらに言葉を重ねる。

「ハーシェリク、もう一度言う。君はこの国の王族だ。誰が何を言おうと、君が何を言おうと。君が今、その地位にいることは、俺が言わなくても、君が一番理解しているはずだ」

あえてそのことを強調して言う兄に、ハーシェリクは何も答えることができなかった。

言うべき言葉が見つからなかった。

「俺たちが一番に考えなくてはいけないのは、この国の安全だ。この問題は、両国の戦争に発展しかねない問題。たった二人の、しかも他国民の命を救うために、王国の安全を脅かすことはあってはならない。ハーシェリク、それでも君は彼らを助けたいのか？」

テッセリの問いは、既に己に問いかけたものだった。

父と話したあの夜、最悪の予想をしたとき、己に問いかけたものだった。

自分はこの国の王子だ。兄の言う通り優先すべきは、グレイシス王国であり、王国の民だ。もしこれで軍国との関係が悪化し開戦となった場合、平和への兆しが見えてきた王国を、再度混乱へと叩き落とすことになりかねない。

だがそれでも、ハーシェリクの答えは決まっていた。

「もちろんです。誰がなんと言おうと、私は彼らを助けます。そして、王国も守ってみせます」

テッセリを正面から見据え、ハーシェリクは言い切る。

王族として、優先すべきは王国だ。だがそれを理由に、彼らを助けないというのは、言い訳でしかない。助けを求められ、手を伸ばされたのに、それを振り払うことをハーシェリクはできない。

ハーシェリクは欲張りなのだ。

すべてを助けたい。すべてを手に入れたい。そして己を偽ることはしたくない。

すべては己の願いと野望のためだ。

それがかつて、己に誓ったことだった。決して人のためだと綺麗事は言わない。

視線を外すことなく言い切った弟に、テッセリは深くため息を吐くと、厳しい表情を一転、目じりを下げた。

「本っ当に、ハーシェは欲張りだな……わかーった！」

ハーシェリクの真剣な眼差しに、テッセリは両手を軽く上げて降参の意を示し、弟の淡い色の金髪に手を置いて、勢いよくかき回す。

「もうしょうがないな！　お兄ちゃんも手を貸す！」

「て、テッセリ兄様？」

先ほどまでの雰囲気を一変させた、あまりにも軽い言いように、ハーシェリクはテッセリにされるがままに頭を撫でられ目を白黒させる。

もっと非難されると思っていたのに、現実は予想の斜め上を行った。

「ん？」

テッセリの優しげな鳶色の瞳が、混乱していて表情の定まらない弟を映した。

「いいの、ですか？」

薄い桜色の髪を揺らし、首を傾げるテッセリにハーシェリクは問う。そんな弟にテッセリはやれやれと肩を竦めてみせた。

「だってハーシェは、助けることを絶対に諦めないし……それに彼らを背負う覚悟も、できているんでしょ？」

ハーシェリクは間を置かず頷いた。その様子にテッセリは苦笑を浮かべる。

「なら、俺が何言っても無駄だしね」

テッセリは、兄たちから聞いていた。ハーシェリクはその見た目に反して、かなりの頑固者だと。でなければ、あの大臣を倒すことなどできなかっただろう。

既に固く決意した彼の心を変える術を、テッセリは持ち合わせていない。なら、協力して被害を最小限に抑えることが得策だと思えた。

「それに君のことは、君のお母上から頼まれているからね。本当に君は、あの人にそっくりで嫌になる」

「母様？」

テッセリは頷くと、かつて姉のように慕っていた人物を思い出す。

『後宮の太陽』と称された寵姫(ちょうき)は、王からだけでなく王妃や側妃、そしてその子どもたちからも、愛され慕われていた。ただテッセリは、当時末弟であったため、彼女に子どもができたとき、大好きな姉を取られたような気持ちになって、可愛げなく反抗した。

周りがどう諭しても、テッセリのふて腐れた態度は続いたが、とうの寵姫だけは笑っていった。

「テッセリお兄ちゃん、赤ちゃんのことよろしくね」

ふて腐れても、日を空けずに会いに来るテッセリに、寵姫はいつもそう言って微笑んでいた。

思い返せば、寵姫は赤子を産めば、己の命が危ういとわかっていたのかもしれない。

そしてハーシェリクが生まれ、寵姫が身罷り、テッセリが弟から兄になった日、テッセリは彼女との約束を守ると誓った。

何があってもハーシェリクを守り、そして味方でいることを。

末弟を守るため国外へ飛び出し、いろんな知識を吸収した。すべては弟と、弟のいる国を守るため。

「だから俺は、無条件で君の味方。ま、これは兄上たちも同じだろうけどね」

父も兄姉たちも、この末弟が何をしでかすか、気が気ではないはずだ。

だがそれ以上に、彼を愛していることも間違いない。結局、家族はなんだかんだ言いつつハーシェリクには甘いのだ。

「さて、ハーシェリク。俺はそろそろまた旅に出ようと思っているんだ」

手を一度叩き、テッセリはにっこりと微笑んだ。

「行先はパルチェ公国方面……宴でパルチェから来た使者と話していただろう？　お供にあと二人くらい欲しいなって思っていたんだ。いい人、紹介してくれる？」

「テッセリ兄様！」

テッセリの言葉にハーシェリクは驚きつつも、その顔は喜色に染まる。

ハーシェリクは今回の豊穣祭で、各国の要人の接待や面会をほとんどしていない。だが一人だけ、パルチェ公国の使者とは、あの宴の席で面談をしていた。

パルチェ公国には前回の戦で、極秘裏に協力をしてもらった。その礼を兼ねて今回の豊穣祭ではパルチェ公国の商人に関しては、関税の一部免除など優遇処置をした。その使者が挨拶をしたいという申し出を受け、さらにこちらからも一つお願いしていたのだ。

パルチェ公国は海洋国家。その取引先の国には、ルスティア連邦もある。ハーシェリクは公国を経由し連邦へ二人を届けて欲しいと、使者、と見せかけて実は公国の衆議院代表の男に話を通していたのだ。

二人だけでも問題はない。だが身分がしっかりした兄のお供とすれば、二人の身の保障は確約されたといっても過言ではない。

テッセリはそれを知ったうえで申し出た。テッセリの傍にいれば、国境を越えるときも下手に小細工しなくて済む。

「ありがとう、テッセリ兄様」

ハーシェリクの礼に、テッセリは微笑んで頷いた。

「どういたしまして。あとは父様にも、協力してもらおうかな。そろそろこの国も変わらないとね」

テッセリの意味深な言葉を、ハーシェリクは理解し頷く。

「ハーシェ、今回の対処はそちらでうまくやるように。彼らをちゃんと連れてくるんだよ」

「はい！」

「じゃ、俺は父様のところに行ってくるよ。ついでに医者の手配もしとく。あと君の筆頭騎士は無理させられないだろうから、タツを貸すよ。タツ、頼んでいい？」

弟の元気のいい返事に満足しつつ、テッセリは背後に控えた武士に話しかける。

タツは手にした太刀を持ち、頷いた。

「承知」

「じゃ、またあとで。そのときは二人を、正式に紹介してね」

己の筆頭騎士の返事を確認し、テッセリは踵を返す。

扉のノブに手をかけようとした直前、足を止め、ハーシェリクに背中を向けたまま話しかけた。

「……ハーシェ」

「テッセリ兄様？」

訝しむハーシェリクに、テッセリは静かな、だがどこか悲しみの籠った声で続ける。

「俺は、あの願いは認められない」

沈黙が部屋を支配する。筆頭たちは話がわからず、互いに顔を見合わせ、主の表情を窺うしかできないでいた。

鼓動にして十拍。その沈黙を破ったのは、ハーシェリクだった。

「テッセリ兄様、それでも私は……」

重々しく開かれた口は、その先を言葉にすることはなかった。そんな弟に何度目かわからないため息を漏らし、テッセリは首を横に振る。

「いいよ、また話そう」

テッセリはそう言い残し、部屋を後にした。

テッセリの言葉の意味がわからず、室内にいる人物たちの問うような視線を集めていたハーシェリクは、気を取り直すかのように一回手を叩く。

「さて、じゃあクレナイさんを、連れ戻しに行こうか！」

そう宣言し、いつも通りの表情に戻った主。それがこの話題の終了を意味した。

問うても答えがないことをいち早く察したクロは、小さく肩を竦めると問題を提起する。

「だが、どう動く？」

さすがに彼女も、無策では動いていないだろう。軍国へ行くための目途が立ったからこそ、行動を起こしたと考えるのが普通だ。

「俺たちが目を離したすきに……たぶん、あの夜会の時間に、軍国の人間と接触したのだろうな」

「アオさん、あの夜、クレナイさんはどうだった？」

ハーシェリクが問うと、アオは考えこんだあと、口を開く。

「あの日、俺は先に眠ったから、アルテが部屋にずっといたかわからない……だが、もし俺が眠らされていたのなら……」

あの日の夜の記憶は曖昧だ。食事をしたあと、なぜか急に眠気に襲われた。そういえば彼女は、仲間たちから魔法具の他にも、薬なども渡され隠し持っている。その中には、睡眠薬もあったはずだ。

まさか彼女に薬を盛られるなんて、とアオはショックを受ける。

「確定だな。だがまずい。軍国の使者が出立するのは、今日だったはずだ」

普段、クレナイやアオが王城内を出歩くときは、ハーシェリクか、筆頭の誰かが付き添っていた。それはクレナイやアオがいらぬ騒ぎに巻き込まれないようにという配慮もあったが、彼らの監視も兼ねていた。

しかし豊穣祭の最終日の夜会。筆頭たちはハーシェリクのお供のため、彼らから離れなければならなかった。また城内の警備も大広間に集中した。

クレナイが警備の目を掻い潜り、軍国の使者と接触することも可能だ。

そこから予想すれば、既にクレナイは軍国の者と合流し、軍国へと向かっているだろう。

「馬車で移動しているなら、さすがに時間が経ちすぎている」

今から馬を用意して追いかけたとしても難しい。それに今、城下町は豊穣祭で集まった人々が帰郷のため、ごったがえしている状態。王都から出るだけでも、かなりの時間を要し、その間に馬車は追いつけぬ場所まで行ってしまうだろう。

再び沈黙が支配する。

だが、それを打ち破る人物がいた。

「飛べばいいだろう」

さらりとシロが爆弾発言をする。空気も雰囲気も一切読まない筆頭魔法士は、さも当然のように言ってのけた。

「シロ？」

「お前、飛べるのだろう？」

疑問符を浮かべる主の視線に応えるかのように、シロは視線をアオに向ける。

アオは、無表情ながらも戸惑いの光を瑠璃色の瞳に浮かべた。

「……なぜ、わかった」

アオの困惑気味な声に、シロは面倒くさそうに瞳を眇める。

「鳥人にとって、翼は魔法を行使するのに必要なものだ。もし本当に飛べないのなら、魔法は使えないはずだ」

獣人族の長所短所が人よりも顕著なのは、身体の構造が特化しているからだ。鳥人の場合、魔法式を構築せずとも、人間が歩行するように意識せず風の属性魔法を使い、空を飛ぶことができる。それが鳥人の翼の役割である。

アオが以前言った通り、翼を傷めて機能していないというなら、ハーシェリクが誘拐されたとき、魔法を使うことができないはずだ。

だがアオは、探索魔法も風魔法も使っていた。

なぜ彼が飛べないと偽っていたのか。ハーシェリクにはその理由が一つしか思い当たらない。

「アオさん、もしかして飛べないと嘘をついたのは、クレナイさんを止めるため？」

ハーシェリクの言葉にアオは一度目を伏せる。視線を床へと落としたまま、アオは口を開いた。

「……ああ。彼女がどういう行動を起こすかは、予想できた」

軍師として才能や知識だけでなく、信念を持つ彼女は、戦場でなら非情に徹することができる。だがその反面、情に厚く、兵士を駒だと思わず、仲間として接する。だからこそ仲間たちは、彼女のために実力以上の力を発揮し、戦を勝利へと導く。

戦に勝利するために非情に徹す面と、仲間を大切に思いやる面。その二つの面を持つからこそ、彼女は『軍国の至宝』と呼ばれる天才軍師なのだ。

そんな彼女の家族は、十家に汚名を着せられ奪われた。家族とも思えた仲間を、軍国の裏切りにより失った。

情の深い彼女は、軍国の行いを許すことはできないだろう。彼女は必ず軍国へ復讐を実行すると思った。

行くなと懇願したとしても、彼女は隙を見て祖国へ戻ろうとする。それほど彼女の国への期待は大きく、裏切られたときの絶望と怒りも大きかった。

「獣人族の入国禁止の国で、飛べない俺を一人残していくほど、アルテは非情になれない」

彼女は己の復讐より、飛べない自分の命をとってくれた。

死んでいった仲間たちへの罪悪感に苛まれながらも、己を優先してくれた事実に、アオは少なからず幸福を感じた。

ただ戦い、殺すために生きていた奴隷の己を、彼女は選び大切だと思ってくれたからだ。

「……彼女は俺が飛べることも、魔法が使えることも、わかっていたんだろう」

ハーシェリクが誘拐されて救出するとき、彼女は魔法を使うよう指示をした。

王子を助けることも目的だったが、本当に魔法が使えないかどうかも、確かめたかったのだろう。

嘘をつきとおすなら、魔法を使ってはいけなかった。だがアオは、ハーシェリクを助けるために魔法を使った。アオも、彼を助けたかったから。

そしてそのとき、彼女が復讐よりも自分をとってくれたんだと思い、自惚れた。

だがそれは間違いだった。

幸か不幸か、彼女はこの国で、心の底から信じることができる存在を見出してしまった。

だから彼女はアオを彼に託し、己の復讐を遂げるため去った。

ハーシェリクの力強い言葉。だがアオは、視線を上げることができない。

「アオさん、行こう」

「クレナイさんのもとへ」

「……彼女は、望んでいない」

アオは首を横に振り、弱々しく否定する。

自分を残していったことが、なによりの証拠だった。

アオは無力な存在でしかない自分が不甲斐なく、拳を強く握る。

「そんなことないよ」

アオの否定を、ハーシェリクはさらに否定した。

その言葉につられアオが視線を上げると、新緑色の瞳が真っ直ぐと自分を見据えていた。

「なぜ、そう言える？」

「だって彼女は言ってたよ。『私も、あなたのように、あの方にお仕えしたかった』って」

ハーシェリクは自信に満ちた声で答えた。

復讐だけを考えている人間から出る言葉ではなかった。つい零れ出た本心だったのだと、ハーシェリクは確信する。

「私は、助けると決めたらとことん助ける。クレナイさんが嫌がろうとね」

相手のことなど知ったことではない、と付け加え、そして問う。

「アオさんは、どうしたい？」

「俺は……」

思い出されるのは彼女の笑顔。

彼女は特別だった。初めて会ったあの日から、いつも気になっていた。

彼女の知識は、生を与えてくれた。

彼女の策は、仲間の命を救ってくれた。

彼女の微笑みは、安らぎを与えてくれた。

彼女は、奴隷という立場の己を受け入れてくれた。

彼女との十年が、脳裏を駆け巡る。

アオの答えは一つしかなかった。

「……失い、たくない」

それが彼の本心だった。強い眼光の宿った瑠璃色の瞳に、ハーシェリクは頷く。

「アオさん、飛ぶのに私くらいは運べる？」

アオが頷くのを確認し、ハーシェリクは視線をクロに向ける。

「クロ、私の剣を持ってきて」

主の言葉にクロは一度目を見開く。

ハーシェリクは己の背丈に合わせた剣を持っている。それは訓練用の刃を潰したものではなく、正真正銘の真剣だ。だが祭事を除き、主はその剣を求めたことはなかった。

「……わかった」

クロは間を置いたが返事をし、すぐに剣を取りに衣裳部屋へと向かう。ハーシェリクはクロが持ってきた剣を腰に差しつつ、アオに頷いて準備完了を示した。

アオは翼を隠していた外套を脱ぎ捨て、髪と同じ深い青色の翼を広げると、ハーシェリクを片手で抱き上げる。

「掴まっていてくれ」

「わかった……みんなはどうする？」

アオに掴まりつつも、ハーシェリクは筆頭たちに問う。

「問題ない」

シロがそう答えた。ハーシェリクは一瞬だけどう問題がないのか気になったが、彼がそういうならと思い、時間も惜しいため追及はしなかった。

アオは窓へと近づき、開け放つ。窓から風が進入して、吊るしてあった幸福の風飾りを揺らし、室内の空気を一瞬で入れ替えた。

「おい」

ハーシェリクを片手で抱いたまま、空いている手を窓枠にかけたアオに、クロが声をかける。

「王城は、上空にも結界が張り巡らされている。だが、東の塔より上の空は、老朽によって破損していて結界が綻んでいるから、通り抜けることができる」

「わかった」

アオは一瞬で理解し頷いた。

王城には結界が張られている。その結界に触れたらアオはもちろん、抱えられているハーシェリクも地面へと真っ逆さまだ。

だからクロの助言はありがたかったが、ハーシェリクはじとりと執事を睨む。

「クロ、今度、それを魔法局へ報告しといてね。あ、私の抜け道はしなくていいから」

王城の結界に綻びがあるのは大問題であるが、抜け道が使えなくなるのも、大問題だ。ちゃっかりと己の意見を言う主に、クロは肩を竦めてみせるだけだった。

「じゃ、行こうかアオさん！」

「……さんはいらない」

アオの短い言葉。だがそれに返事するよりも、ハーシェリクは重大なことに気がついた。

「いや待てよ。行くということは飛ぶってことで……」

ハーシェリクは前世から、車に酔いやすい性質である。さらに言うなら、絶叫マシーン系は金をもらっても乗りたくない人間だった。

アオがハーシェリクの自室の窓、高さにしては三階の窓から飛び降りた。翼を広げ、風魔法を発動して急浮上し、一瞬で誰にも気がつかれることもなく王城を見下ろす上空へと到達する。そしてクロに言われた通り東の塔の上を通り、王城を後にすると、さらに高度を上げた。

その間、ハーシェリクは声にならない悲鳴を上げていたことは、言うまでもない。

翼を広げ空中で浮かんだままとなり、周囲を窺うアオの服をハーシェリクはしっかりと掴む。

「どうやって、クレナイさんを、見つけるの？」

眼下に広がる王都を見て、震えそうになりながらも、ハーシェリクは問う。

あれからかなり時間が経ってしまった。軍国方面に行ったことはわかってはいるが、道順は一つではない。いくら飛べるといっても、宛がなく飛んでは意味がない。

「方角さえわかれば、問題ない」

心配するハーシェリクにアオは力強く言った。

「俺の眼は、どんなに距離が離れていても見ることができる。森に潜む子鼠一匹でも、見つけ出せる」

アオは視線を軍国のほうへ向ける。

彼の持つ遠方を見通す能力を『望遠能力』といった。獣人族の中でも鳥人のとある一族にしか

顕現しない希少な能力である。

　彼の眼なら、藁に紛れた針でも、砂浜に落ちた一粒の砂金でも見つけることができる。ただし、夜間は人並みになってしまうが。

　さらに彼の風魔法は、探査能力に特化していた。クレナイは天才だったが、アオのこの情報収集に関する能力の高さが、彼女の策を支えていたといっても過言ではない。

　待つこと数十秒、ハーシェリクは自分を抱えている手に力が入ったことにより、彼が目標を発見したことを知る。そして落ちないようにアオの服を掴んだ。

「……掴まっていろ」

　アオはハーシェリクの返事を待たず、秋晴れの青い空を翔けた。


　窓から飛び出していった二人を見送った三人。出かける準備をしようと、主の部屋と唯一繋がっている自室へと続く扉に向かうクロに、シロは疑いの視線を向けた。

「おい、シュヴァルツ。なぜその場所の結界が綻んでいると知っている？」

　結界とはいっても、無色透明で色がついているわけではない。ある程度実力のある魔法士ならば調べることは可能だが、シロはクロが魔法士並みの技術を持っているとは思えなかった。

「やはり、その瞳は……」

　タツがそう言うのと同時に、クロは己の自室の扉を開けて身体を滑りこませると、扉を閉めた。

明確な拒絶だった。

その様子に、シロはふんと鼻を鳴らす。己にも知られたくない過去があるように、彼にも知られたくない過去があるのだろう。

シロがちらりと見れば、その過去の片鱗を知っていそうなタツが閉まった扉を見ていた。

（まあ、どうでもいいか。必要になれば向こうから話すだろう）

もともとシロは、ハーシェリク以外の者にはさほど興味がない。それに人の嫌がる過去を暴く下種（げす）なことなど、しようとも思わない。

「とりあえずハーシェたちを追うか」

「しかし魔法士殿、どうやって？」

タツの言葉に、シロは傾国の美女を思わせる微笑みを見せた。

第十章

王子と軍師と奴隷

嵐が訪れたような暴風の音が馬車の中でも響き、馬車を大きく揺らした。それだけなら単なる突風だと気にも留めないだろう。だが馬車は停車し、さらに外から聞こえてきた喧噪（けんそう）に、トーマス・ローゼホームは眉を顰め、席を立った。

「何事だ！」

トーマスは怒鳴りながら馬車の扉を開き、飛び降りる。そして目の前に広がった光景に絶句した。

「ローゼホーム殿ッ！　出られては……ガッ」

護衛の兵士が軍刀を構えつつ言ったが、次の瞬間突風に煽られ、身体ごと吹き飛ばされる。

その兵士だけではない。周囲には祖国より伴ってきた二十に満たない兵士たちのうち、約半数が呻きながら地に転がっている状態だった。血は流れておらず、命も意識もあるが。

そして馬車の行く手を遮るように、仁王立ちしているのは、この国にはいないはずの獣人族だった。深い青の翼を広げ、身長ほどの長い棍（こん）を握り、周囲の兵士をその切っ先で牽制している。

その獣人族には見覚えがあった。『軍国の至宝』が指揮する奴隷部隊の、部隊長だった戦闘奴隷だ。特出した戦闘能力を誇る戦闘奴隷の中でも、一等の実力を持つ奴隷。

いつも我が物顔で『軍国の至宝』の傍に侍っていた男だった。

その男は王族に囚われ、死刑を待つ身だと聞いていた。軍師の彼女は王族と懇意になり、今日隙をついて逃げてきたのだとも。なのになぜ、囚われているはずの奴隷がこの場にいるのか、トーマスの頭の中は、混乱と疑問で埋め尽くされる。

さらにそのすぐ傍には、小柄な影があった。その影が馬車から出てきたトーマスを見つけて、にっこりと微笑む。

「こんにちは。お騒がせして申し訳ありません、ローゼホーム殿」

小柄な影の正体、それは宴の席で遠目に見たグレイシス王国の第七王子ハーシェリクだった。

王子は謝りつつも、その表情には微塵も謝意は籠っていなかった。そのうえ兵士たちを吹き飛ばした奴隷の傍にいることから、彼が友好的な関係を望んでいるとは考えがたい。

「……何かご用でしょうか、ハーシェリク殿下。そんな奴隷を連れてまで」

状況把握がままならないトーマスだったが、それでも生まれてから奴隷という存在を容認してきた国の人間だった。まるでゴミでも見るような視線をアオへと向ける。

その言葉で、ハーシェリクから微笑みが消えた。そしてうんざりした表情で、大げさに一度ため息を漏らしたあと、鋭い視線でトーマスを射貫く。

「あなたに用はありません。その人を人とも思わない言葉しか出ない口は、閉じていてくれますか？」

「なんの権限があって……！」

「ここはまだ、王国内ですよ？　他の方々も動かぬようお願いします」

幼い王子からの冷めた、そして威圧的な物言いにトーマスは何も言えなくなる。

相手は大陸一の大国の王子。この場での身分は一番上だ。軍国の十家の出自とはいえ、跡継ぎでもない次男が、対等に話せる相手ではない。

さらに幼子だというのに、まるで格上の者を相手にしているような背筋が凍る感覚にトーマスは陥った。

その感覚が己を支配し、トーマスは言われた通り沈黙して手振りだけで部下たちを押しとどめた。

「さて、クレナイさん、出てきてくれます？」

トーマスが完全に沈黙したことを確認し、ハーシェリクは馬車の中にいる人物に話しかける。

数拍後、馬車の中から紅い髪の女性――仮の名をクレナイといい、本名アルテリゼ・ダンヴィルが現れた。

馬車から大地に降り立つと、疑わしげな視線を向けるトーマスを無視し、ハーシェリクの前へと進み出る。

「王子」

そうハーシェリクを呼ぶ声は硬く、表情もいつもの微笑みではなかった。そして視線はハーシェリクの背後に立つアオ――ゲイルを見ないよう、王子に固定していた。

感情を読み取れない闇色の瞳と、新緑色の瞳が交差する。

「なぜです？」

なぜここにいるのか。なぜここに来たのか。なぜあなたがいるのか。なぜ彼がいるのか……そのすべての疑問を含んだ問いだった。

「それは……と、これは私の言うことじゃない。アオ」

ハーシェリクは、その問いに答えようとしたが思い直し、背後に立つゲイルに視線を向け、頷く。

ゲイルは、ハーシェリクに促されるまま一歩を踏み出し、彼女の本当の名を呼んだ。

「アルテ……」

彼女の闇色の瞳がゲイルを捕え揺れた。

「ゲイル……」

「迎えに来た」

ゲイルの簡潔な言葉に、アルテは彼の名を呼ぶ。

だがすぐに首を横に振り、両手で己を抱きしめると、彼から視線を逸らす。

「何を言っているのか、わかりません。せっかくあなたから、解放されたというのに」

「アルテリゼ」

ゲイルの低い落ち着いた声が、再度彼女の名を呼ぶ。その声に彼女の己を抱く手に力が入ったが、それでもゲイルに視線を向けようとはしなかった。

「気安く、名前を呼ばないでください……奴隷の分際で」

吐き捨てるように、アルテリゼは言う。だがそれは、先ほどのトーマスのような蔑むものではなく、まるで血反吐を吐くような言い方だった。

「戻っては、くれないのか？」

「どこへですか？」

アルテリゼは間を置かず答える。そして視線を逸らすのをやめ、闇色の瞳をゲイルに向けた。

「私が戻るべきは、祖国のみです」

アルテリゼの答えに、ゲイルは何も言えなくなる。

それは確かな拒絶だったからだ。何を言えばいいのかわからず、だがこのまま彼女を行かせてはいけない、という気持ちが彼の中で渦巻く。

「アオ」

その彼の心情を読んだかのように、ハーシェリクが名を呼ぶ。

「気持ちは言葉にしなくちゃ、伝わらないよ」

まるで背中を押すような言葉だった。

ゲイルは一度瞳を閉じ深呼吸をする。そして再度瞳を開くと、真っ直ぐとアルテリゼを見た。

「……アルテリゼ」

ゲイルは一段と低く、そして優しい声で名を呼び、彼女に歩み寄った。

彼と彼女の距離は、数歩しかない。

「俺の許に戻ってくれないのなら、俺を殺せ」

ゲイルの言葉は、ハーシェリクもアルテリゼも、絶句させるには十分なものだった。

一瞬彼が何を考えているのか理解できず、ハーシェリクは目が点になったが、すぐに彼の性質を思い出す。

ゲイルは話すことが得意ではない。だから彼が発する言葉は、とても率直になってしまう。その飾り気のない言葉だからこそ、真摯なことが痛いほど伝わった。

「俺の命は、お前のものだ。アルテリゼ、お前がいらないと言うなら、俺は生きている価値もない」

普段無表情で感情が読みにくい彼が、口の端を微かに持ち上げて微笑む。その微笑みが彼の言葉を本心だと肯定し、アルテリゼはハーシェリクが見たことないほど狼狽した。

「何を……！」

「コレを交換したときから、俺の命はお前のものだ」

アルテリゼの言葉を遮って、ゲイルは己の髪を縛る、紅色の羽飾りを触る。

以前ハーシェリクは鳥人の恋人や夫婦は互いの羽を肌身離さず持つ風習がある、とゲイルから聞いたことがあった。まるでアルテリゼの髪のように紅い羽。

ハーシェリクがアルテリゼに視線を向けると、彼女も己の胸元の服を握りしめていた。その動作は、そこに羽を持っているということを隠せていなかった。

「俺を拒否するなら、いっそのこと殺してくれ。お前が傍にいないなら、俺は死んだも同然だ、アルテリゼ」

そうゲイルは、言葉を重ねる。

「隷属の紋の主人は、お前にある。お前が一言、魔言を唱えれば俺は死ぬ……俺を拒否するなら、殺してくれ」

「ゲイル……私はッ！」

アルテリゼの顔が歪んだ。それは心が何かに引き裂かれそうな、辛い表情だった。

その表情でハーシェリクは確信した。

「クレナイさん、私はあなたの気持ちがわかる」

「……王子？」

「大切な人たちを失った気持ち。それも自分の力が及ばずに……復讐したいという気持ちも、死にたいという気持ちも、わかる」

「死にたい、だと？」

その言葉にゲイルの顔色が変わり、ハーシェリクを見た。ハーシェリクは頷きつつ言葉を続ける。

「クレナイさん、あなたは死ぬために、軍国へ戻ろうとしているね」

「どういう、ことだ？」

ゲイルから動揺した言葉が漏れ、その視線はアルテリゼへと向かう。それから逃れるように、アルテリゼが目を逸らしたのが証拠だった。

「アオ、確かにクレナイさんは『軍国の至宝』といわれるほどの天才軍師だと思う。だけどね、だからといって机上の空論で事が運ぶほど、現実は甘くない。クレナイさん、あなたもわかっているはずだ。その復讐が成功する確率を」

　ハーシェリクの言葉に、アルテリゼは視線を、沈黙を続けるトーマスに向ける。彼はその場に留まっていたが、彼女に怒りの籠った視線を向けていた。

（もう、諦めるしかないですね）

　既に彼は都合の良い駒ではなくなっていた。ハーシェリクが言ったことを理解してしまえば、自分が利用されたのだとわかっただろう。

　彼らが追ってくる可能性を考えなかったわけではない。だがオランにかけた催眠の魔法は、強力なものだ。一度眠りにつけば、半日は目が覚めない。それだけ時間を稼げば、ゲイルの望遠能力があったとしても、逃げ通せた。

　しかしそれは、甘い目算だったとアルテリゼは観念する。ここまでトーマスに知られては、いくら彼が野心に燃え視野が狭まっていたとしても、策の軌道修正は不可能だった。

「……三割、あればいいほうでしょう」

「アルテリゼ？」

　観念したアルテリゼの言葉に、ゲイルが困惑する。

「十年で、軍国を内部分裂させ争わせ、同時に内紛を起こし、他国に干渉させ、軍国を瓦解させせる私の策の成功率は、三割です」

「十年内に三割……」

　ハーシェリクは感嘆する。その確率はハーシェリクが予想していたものを上回っていた。

彼女の中では既に、緻密な策が練られていたのだろう。

その策の最後に、己の命がなくなることも含めて。

「なぜだ、アルテリゼ？」

ゲイルが問う。

十年という歳月。それは彼女が士官学校を卒業し、軍国に己を捧げてきた年月と一緒だった。同じ年月をかけて軍国を壊そうとし、最後は死のうとするのは。

「……私は、私が許せません」

アルテリゼは己の両掌を見ながら言う。

「私が、理想を願ったから、部隊の皆は犠牲に……死んでしまいました」

今でもあのときの炎の色を、熱さを、鮮明に思い出すことができる。

彼らの姿も、倒れる音も、血の匂いさえも。

「なのに、私は、のうのうと生きています。軍国の上層部も、十家も、軍国の国民も。獣人族の皆さんの犠牲の上で……」

ゲイルに抱えられ逃がされるとき、自分を庇って死地に向かう仲間たちの背中を、忘れることはできなかった。彼らを死地に追いやったのは、軍国と自分だった。

「お父様も、お母様も、部隊の皆も、理想も、努力も、積み上げた功績も……祖国は、すべて奪い、踏みにじった。皆は死んだのに、なぜ私はまだ、生きているのですかッ⁉」

すべてを奪った国が憎かった。だがそれ以上に己が憎く、許せなかった。

「私は、私が許せないッ‼」

ハーシェリクは、彼女が痛ましかった。

彼女は表面ではずっと微笑みを浮かべていても、心はずっと己を責め続けていたのだ。

「……それは、あいつらがそれを望んだからだ」

ゲイルの言葉に、アルテリゼは掌から彼に視線を向ける。

「部隊の皆は、アルテに救われた」

彼女が来るまでは、戦闘奴隷部隊の帰還率はよくて七割。無茶な作戦で一度に半数以上を失ったこともあった。昨日まで話をしていた仲間が、翌日いなくなることは普通のことだった。

だがアルテリゼが指揮官となり、作戦を指揮し始めてからの帰還率は最低でも九割。無傷と行かずとも、全員が帰還することもあった。

「お前はいつも、俺たちが生き残ることを、最優先に考えた策を打ってくれた」

彼女が来る前までは考えられなかった。人間が奴隷である自分たちのために、夜を徹して知恵を絞り、策を練り、それを用いてくれるとは思ってもみなかった。

だが彼女は言ったのだ。国を変えると。

それがどれほど自分たちにとって、希望の光だったのか。

「だからアルテ、俺たちはお前のためなら、命なんて惜しくなかった」

「……そんな、私は……」

結局国を変えることもできず、誰も守ることができなかった。そう言いたいのにアルテリゼは言葉にできなかった。

そんな彼女にゲイルは言う。

「俺たちは、お前に復讐なんて望んでいない。お前が生きてくれさえすればいい」

二人の間に沈黙が満ちる。

そのときハーシェリクが口を開いた。

「……クレナイさん、人から心を託された者は、どんなに辛くても生きなくちゃいけないと私は思う」

二人の視線が自分に向いたことを確認し、ハーシェリクは重々しく言葉を紡ぐ。

「私は、真実を教えてくれた人を守れなかった」

ポケットから銀古美の懐中時計を取り出し、ハーシェリクは強く握る。

「大切な人も守れず、目の前で死なせてしまった」

耳につけた、赤銅色のイヤーカフス型のピアスを、そっと撫でる。

そして一度目を閉じ、瞼の裏にいなくなってしまった人たちを思い浮かべる。そして瞳を開き、アルテリゼを見据えた。

彼女は、自分と同じなのだ。

「クレナイさん、復讐を遂げたとしても、皆は戻ってこない……ここに空いた穴も、絶対に埋まらない」

ハーシェリクは懐中時計を握ったままの右手を、自分の胸に置く。

大臣を倒せば、少しは気持ちが晴れると思った。でも大臣がいなくなっても、気持ちが晴れることはなかった。

ただ胸に穴の開いたような空虚な感覚だけが残された。これはきっと自分の生を終えるまで、ともにあるのだろう。

「アオに、同じ思いをさせるの？」

アルテリゼの視線がゲイルに向かう。

「まだあなたは、すべてを失ったわけじゃない。まだ、失いたくないものがあるはずだ。守れるものがあるはずだ。それから目を背けてはいけない」

ハーシェリクの言葉に、アルテリゼは顔を歪める。

「私は、私は……！」

「アルテリゼ」

今にも崩れ落ちそうな彼女を、ゲイルは数歩の距離を詰め、支えるように抱きしめる。

「なぜ、ですか、ゲイル」

ゲイルの逞しい体に包まれながらも、アルテリゼは問う。

「あなたは、仲間を失ったじゃないですか……彼らを無駄死にさせたのは、私なんです。私があなたの仲間を奪ったも、同然なんです……」

「違う。奪ったんじゃない。あいつらが、お前を守りたかったんだ」

ゲイルは即座に否定し、アルテリゼを抱く手の力を強める。

「あいつらは、無駄死にしたんじゃない。無駄だなんて言うな」

最期、仲間たちはゲイルに言った。彼女を守ってくれと。

その言葉があるから、ゲイルは仲間の仇(かたき)である軍国に復讐することではなく、愛する人を守ることをとった。

アルテリゼの手が、彼の深い青色の翼に触れる。

彼が大空を高く飛ぶ姿が好きだった。地上では奴隷として縛り付けられても、大空の彼は自由だった。その自由がもっとあればと願った。

「……鳥人は、空を飛ぶことが喜びであり誇りだと、言っていたではないですか。なぜあなたは嘘をついてまで……矜持(きようじ)を捨ててまで、私のことを……」

彼が嘘をついていることは、初めからわかっていた。でも万が一、彼が本当に魔法が使えなかったらと思うと、離れることができなかった。魔法を使えたとしても、この国に彼を一人にすることができなかった。

「お前に比べたら、空なんて惜しくない」

アルテリゼが、己の信念よりもゲイルの命を守ろうとしたのと同じように、ゲイルもまた己の誇りよりもアルテリゼをとっただけだった。

ゲイルの言葉に、アルテリゼは涙が溢れる。それはあの炎の海から逃げ出したとき以来の涙だった。

「……結局、お前は私を馬鹿にしていたのか！」

その言葉と同時に、光が煌めいた。ゲイルは反射的にアルテリゼを抱えたまま、その場を退くが、腕に走った痛みに顔を顰める。

「ゲイル！」

アルテリゼが悲鳴を上げる。ゲイルの腕は赤い血が流れ、トーマスの手に持たれた軍刀からも血が滴っていた。

「誰も彼も、私を馬鹿にしやがって！」

顔を真っ赤にしてトーマスは怒鳴る。先ほどの会話を聞いていれば、馬鹿でも自分がいいように利用されたことがわかっただろう。

ゲイルは背後にアルテリゼとハーシェリクを庇いつつ、片手で棍を構える。

「殺せ！　殺してしまえッ‼」

「しかし……」

狂ったように命令するトーマスに、最初の襲撃で倒されなかった兵士たちが困惑気味な表情を向けつつも、軍刀を持ち構える。

「ここには誰もいなかった！　『軍国の至宝』も『光の王子』も！　そもそもこんなところに、王子がいるわけない。そうだろうッ⁉」

その言葉に兵士たちが戸惑いながらも頷き合い、ハーシェリクたちを逃がさぬよう包囲を狭める。

だがそれも突然上空から落ちてきた影二つにより、無駄に終わった。

「待たせた」

それは、王都に置いてきたはずのクロとタツだった。

「助太刀いたす」

「クロにタツさん⁉　どこから……つーかシロッ⁉」

予想してなかった登場の仕方に、ハーシェリクは驚き、上空を見上げ、顎が外れるほど口が開いた。

「なんで、飛んでるのッ⁉」

そこにいたのは天の御使いの如く、空中を浮遊しているシロだった。何もない宙に座って足を組み、地上を見下ろす姿は、容姿も相まって神々しい。

「そいつの風魔法を参考にした」

その視線の先には、アルテリゼを庇いながらも空を飛ぶシロに驚いているゲイルがいた。何か問題でも？　と言いたげなシロにハーシェリクは脱力したのだった。

そこからは、あっと言う間だった。

クロは拳のみで、タツは太刀を鞘に入れたまま戦い、次々と捕縛していった。兵士は打撲程度で済んだ。

「ハハハハ……これで、軍国と王国は戦争だ」

両手を縛られ、地面に座り込んだトーマスは自暴自棄になって嗤いながら言う。

ハーシェリクが彼に視線を向けると、それに気がついた彼はさらに嗤った。

「そうだろう？　王国は『軍国の至宝』を奪ったうえ、我らに暴力を働いたのだから」

「……王子」

自分のマントを裂いて包帯代わりにし、クロから応急処置を受けるゲイルを見守っていたアルテリゼが、ハーシェリクを呼ぶ。彼が言う通り、これは王国には不利な事態だった。

「何を言っているのかな、あなたは」

だがハーシェリクは、その意味が理解できないように、首を傾げてみせる。

「王国は元より密入国者も、奴隷の売買も、そして獣人族の入国も認めていない」

「王子？」

今度は、ゲイルが訝しげに呼ぶ。

「クレナイさん、こちらへ」

アルテリゼは呼ばれ立ち上がると、ハーシェリクに歩み寄った。

「クロ、アオを取り押さえて。シロもお願い」

ゲイルが動き出す前に、ハーシェリクはクロに指示する。

クロは主の言葉通り、一瞬でアオの背後に回ると、片腕を彼の首に回し、怪我をしていないほうの手を空いた手で拘束する。体格差でいえばゲイルのほうが有利だが、体術を得手とするクロは、その体格差を覆し、ゲイルを押さえ込んだ。シロもすぐ傍に待機し、タツはハーシェリクの指示を不審に思いながらも、動くことはなかった。

「王子ッ⁉」

ゲイルが慌てて王子を呼ぶ。だがハーシェリクは彼に視線を向けず、戸惑いの表情を浮かべるアルテリゼを真っ直ぐと見据えた。

「アルテリゼ・ダンヴィル。その場に膝をつけ」

口調をがらりと変えた王子の命令に、クレナイは大人しく従った。

王に対して騎士が忠誠を誓うように、アルテリゼはハーシェリクの前で膝をつく。それを確認し、ハーシェリクは言葉を続けた。

「アルテリゼ・ダンヴィル。あなたは王国に不法に入国したうえ、奴隷を所持していた。これは我が国の法に照らし合わせれば、死罪である」

死罪、という言葉に、ゲイルが目を見開いた。

アルテリゼはあの温和な王子から出た罪状に口を挟まず耳を傾ける。

「アルテリゼ・ダンヴィル、申し開きはあるか？」

「……ございません」

アルテリゼは反論しなかった。

彼は王族。どんなに友好的で親身になったとしても、彼が優先すべきは国と民の安寧だ。それはアルテリゼも理解していた。ここで他国の者を優先するよりも、自国のために排除するのが、為政者として正しい姿だと。

「王子ッ‼」

ゲイルが、クロの拘束から抜け出そうともがく。しかしクロの拘束が緩むことはない。ゲイルが魔法を使おうとするが、シロが素早く結界魔法を構築し、クロごとゲイルを結界の中に閉じ込めた。これで彼は魔法を使うことはできない。

ついでに声も遮断したのだろう。結界が張られたことにより、クロの拘束から解かれたゲイルは、結界の壁を両手で叩く。だがその音すら、ハーシェリクたちには届かなかった。

ハーシェリクは己の腰に差した剣を、鞘からゆっくりと引き抜く。

「グレイシス王国第七王子、ハーシェリク・グレイシスの名において裁きを下す。アルテリゼ・ダンヴィル、不法入国及び奴隷の所持により死刑とする」

その言葉に、クレナイはただ頭を下げる。

一度は彼に救われた命。ハーシェリクが死刑だと判断するのなら、命を差し出しても悔いはなかった。

ちらりと視線を向ければ、ゲイルが必死に何かを叫んでいた。

(自分は死んでも、王子はゲイルを助けてくれる)

それならば、アルテリゼには思い残すことはない。

ハーシェリクの手が伸び、邪魔なのであろうアルテリゼの長く紅い髪を掴む。そして剣が振り下ろされる……そう思い、アルテリゼは瞳を閉じた。

だが痛みはやってこず、代わりに短くなった己の髪が、視界の左右で揺れていた。

「……え？」

口から零れ出た言葉。慌てて視線を上げれば、ハーシェリクは片手には剣を、そして片手にはアルテリゼの紅い髪の束を持っていた。

シロが結界を解き、ゲイルとクロを解放する。

ゲイルが駆け寄るのを視界の端でとらえながら、ハーシェリクは理解をしていないトーマスに
アルテリゼの髪を突きだした。

「『軍国の至宝』アルテリゼ・ダンヴィルは、処刑されました」

「何を……」

トーマスが理解しがたいものを見るかのように、ハーシェリクとアルテリゼへ交互に視線を向
ける。

そんな彼にハーシェリクは、紅い髪を彼の前に投げ、にっこりと微笑んでみせた。

「彼女は、私の臣下のクレナイ……アルテリゼ・ディ・ロートです」

ハーシェリクは、悪戯を成功させたかのような顔で続ける。

「必要ならば、後日書面も送りましょう。貴国の指名手配犯が我が国へ不法入国し、法を犯した
ため処刑したと。まことに遺憾であるという書状も添えて……もうあなたたちの言う『軍国の至
宝』はこの世には存在しません」

『軍国の至宝』は死に、彼女は自分の臣下だと言うハーシェリク。

それを時間をかけて脳に浸透させたトーマスは、怒りに顔を染める。

「詭弁だ！　ならそこにいる獣人族はどうなんだッ!?」

「あなたこそ奇なことを言う。彼は獣人族ではなく、私の臣下のアオ……ゲイル・ブラウです。

獣人族が排除された王国に、獣人族は存在するわけないじゃないですか」

トーマスの言葉に、にっこりと天使のような微笑みで答えるハーシェリク。

この場にいるのは、軍国の至宝でも獣人族でもなく、ハーシェリクの臣下という立場の二人。

彼らはグレイシス王国の民であり、ハーシェリクが守るべき存在である。トーマスの言う通り詭弁だが。

（私も人（バルバッセ）のこと言えないな）

ある意味、権力で法を捻じ曲げていることを自覚している。だが、ハーシェリクに後悔はない。人が守り、人を守るのが法だ。なら人を守らない不条理な法は、誰のためのものだというのか。

「あなたこそ、自分の心配をしなくていいのですか？」

わなわなと怒りで震えるトーマスに、ハーシェリクは言う。

「あなたは王国内で、王子を暗殺しようとしました。この場で首が飛んでも、文句は言えない立場ですよ？」

その言葉に、トーマスに怒りとは別の震えが起こる。ハーシェリクの後ろに控えたクロとシロが、氷のように冷たい視線を彼に向けていたのも一因だ。

「それに、我が国は今、いろいろあって地方は治安が悪い……かも？　だから不幸にも賊と遭遇してしまうことが、あるかもしれませんね」

そうなってしまったら、不幸な事故ですね、とハーシェリクは朗らかに笑う。

実際は「ここで殺して埋めてしまえばばれない」と、暗に脅しをかけているわけだが、誰も止めようとはしなかった。

「だけど、私は優しいから、今回の暗殺未遂は目を瞑（つむ）りましょう。あなたも自分の評判を下げたくないなら、沈黙を守ることをお勧めします」

「この餓鬼が……！」

トーマスが口汚く罵（ののし）る。そんな彼に、ハーシェリクは厭味（いやみ）ったらしく微笑んだ。

「命乞いくらいは、してくれてもいいんですが？　ほら、僕って我が儘な王子だから、気分変わっちゃうかも？」

そして微笑みを一転、冷たく怜悧（れいり）な表情になる。

「……私は、軍国のやり方を嫌悪する」

ハーシェリクは、ちらりと視線をアルテリゼに向けた。ゲイルに支えられながらも、こちらを見つめる彼女を確認し、再度トーマスへと視線を戻す。

「『軍国の至宝』と呼ばれた彼女は、手順を踏んで、長い間努力し続け、理不尽に耐え続けた。そのうえで理想を追い求めた」

彼女は、道を踏み外したりはしなかった。

「なのに軍国は、それを踏みにじった」

それをハーシェリクは嫌悪する。

正直者が馬鹿を見る世界。努力が報われない世界。それは他国だからといって許容できるものではなかった。

現にアルテリゼとゲイルは、多くの大切な者を失うこととなった。

「あなたが国にどう報告するかは強制しない。だがもしその報告の結果、軍国が我が国へと攻め入るというなら……」

ハーシェリクは持っていた剣で地面を叩き、その先は言葉にはしなかった。

だがそれでもトーマスを見据え、威風堂々としたハーシェリクの表情は、「国が亡びることを覚悟しろ」と雄弁に語っていた。

そこでトーマスは思い出す。彼は先の帝国との戦いで、十万もの敵をたった二万の兵で勝利へ導いた王子。だから『英雄』と呼ばれる存在なのだと。

わなわなと震えつつも、ハーシェリクに気圧され動けなくなったトーマス。

その姿に、ハーシェリクははったりが成功したと確信する。

「髪は証拠としてお持ち帰りください。『軍国の至宝』も、髪だけでも祖国へと戻れれば、心安らぐでしょう。では、道中お気をつけて」

皮肉にしか聞こえない別れの挨拶を済まし、ハーシェリクは踵を返すと、クロとタツに軍国の者たち全員の拘束を解くよう指示をする。兵士たちは彼らの実力を身をもって知ったため、反抗する気は起きなかった。誰もが己の命が大切なのだ。

「おい」

アルテリゼの髪を握りしめ、敗北を噛みしめながら馬車に乗りこもうとするトーマスをゲイルが引きとめる。訝しがる彼に、ゲイルは鋭い眼光を向けた。

「俺は、お前たちを……軍国を許しはしない」

それは低く地の底から響くような、怒りと殺意の籠った声だった。

「同胞を、仲間を殺したお前たちを、俺は、決して許しはしない」

仲間たちに、アルテリゼを守れと言われ、ゲイルもそれを一番だと考えている。

だが軍国に向ける負の感情は、それとは別だった。軍国は祖国を滅ぼし、散々利用してきた仲間たちを、無残に殺したのだから。

一層声を低くし、ゲイルは言葉を紡ぐ。

「次、俺の前に現れたら……殺す」

言葉以上に殺気が籠った視線に、トーマスは震えあがり、腰を抜かす。そういえば『軍国の至宝』と並び、彼の噂も聞いたことがあった。

死の風を運ぶ『青き疾風』と呼ばれる奴隷部隊の鳥人の隊長。その隊長が青き翼で戦場を翔けると、一瞬で敵兵の首が飛ぶのだ。狙われた兵は逃れられない。

青くなったトーマスが、我先に馬車へと逃げ込む。馬車の扉が音を立てて閉められると、それを合図に、列もままならず出発した。

「じゃ、帰ろうか」

軍国の使者団を見送り、ハーシェリクは皆にそう言って、帰路についたのだった。

時を同じくして、テッセリはソルイエの執務室から退出しようとしていた。

ハーシェリクと別れたテッセリは、至急ソルイエの執務室に向かい、末弟がやろうとしていること、そして今後の対策について報告した。それを聞いたソルイエは、すぐに了承し進めるようテッセリに指示したのだった。

「では父上、すぐにウィル兄上とともに、準備を進めます」

「頼んだよ、テッセリ……君にも、苦労をかけてばかりいるね」

「何を言っているんですか、父上。これくらい苦労でもなんでもないですよ。それに家族なんですから当たり前です」

申し訳なさそうにする父に、テッセリは苦笑を漏らした。父の執務室を後にし、向かうは外交局だった。

対軍国と対連邦についての打ち合わせをしなければならなかった。基本方針は父に報告した通りだが、細かい箇所や調整が必要な部分は、外交局の役人や次兄のウィリアムと練らなければならない。もちろん長兄のマルクスにも報告せねばならぬだろう。

走らぬ程度の急ぎ足で廊下を進みながらも、テッセリはふと昔を思い出した。

「泣かないで、テッセリ。お兄ちゃんになったのよ？」

かつて姉のように慕っていたハーシェリクの母親は、子を産んだあと、最期のときを迎えるまでの短い間、枕元で泣きじゃくるテッセリにそう言った。

「だって、だって！」

「お兄ちゃんは、強くならなくちゃだめよ」

駄々をこねるテッセリの頭を撫でながら、彼女は言葉を紡ぐ。

「そして家族を守るの……私の分も、家族とこの子を守ってね」

そう弱々しく微笑む彼女。

「約束、してくれる？」

「……うん！」

頬を伝っていた涙を拭きとり、テッセリは力強く頷いた。

「ありがとう、テッセリ」

その微笑みを、テッセリは生涯忘れることはないだろうと思った。

（守るはず、だったんだけどなぁ……）

廊下を進みながらも、テッセリは苦笑を漏らす。

（まさか下準備している間に、解決しちゃうんだもん）

旅先で聞いた大臣の死亡。それがまさか末弟が、奴を追い込んだ末の結果だとは思わなかった。

「さすがは、あの人の子ども、ということか」

つい独り言を呟く。

（あの人も、いろいろ規格外で破天荒だったけど、ハーシェも……）

思い出されるのは兄から聞いた末弟の願い。

「負けず劣らず、他人に優しく……自分に厳しすぎるよ」

聡明で優しいからこそ、行きついてしまった願い。テッセリは一度歩みを止め、頭を振る。

今はそれについて考える時間はなかった。

「……さて、ちょっと予定より早いけど、我が国も変わろうか」

そう呟き、テッセリは歩みを再開したのだった。

終章　転生王子と軍国の至宝

豊穣祭を終えて一週間が経った日のこと。王都から西へと続く街道から、少し外れた小高い丘の上に、複数の人影があった。

うち二人は王国の王子。そして王子たちの各々の筆頭たち複数名。そして元不法入国者である二人。

「晴れてよかった。気持ちのいい青空だね。旅立ち日和だ」

そうグレイシス王国の王子ハーシェリクは、隣に立つ彼女、クレナイに笑顔で言った。

ハーシェリクが小高い丘から視線を転じれば、馬車の傍で兄王子とその筆頭執事とともに最終点検をしているクロ、我関せず木陰で読書をするシロ、オランとタツとアオの三人が、話し込んでいた。オランの腕に巻かれた白い包帯が痛々しいが、特に生活には支障はないということだった。

アオの怪我は深くなかったこと、そして獣人族は治癒能力も高いらしく、ほぼ治っていた。今は薄く傷痕があるそうだが、その程度ならじきに消えるということだった。

クレナイを連れ戻した日、魔法の効果が切れて目を覚ましたオランに、彼女はハーシェリクが切った髪を揺らしながら、頭を下げ続けた。オランも事情を理解したのか、謝罪を受け入れ二人の間に蟠（わだかま）りはない。

ハーシェリクも、女性の命といえる髪を勝手に切ってしまったことを、クレナイに何度も謝罪した。クレナイは微笑んですっきりしたと言った。あの長い髪は、戒めのような、願掛けのようなものだったから、と。軍国で父の汚名を雪ぎ、ダンウィル家を復興するという願いを忘れないための戒め。そして仲間たちを必ず自由にするという願掛け。

「王子、本当によかったのですか？」

「ん？　何が？」

ハーシェリクは首を傾げる。

「軍国を敵に回してしまって、よかったのですか？」

ハーシェリクは二人を救った。だが同時に、東の軍国を敵に回すこととなった可能性が高い。トーマスはわざわざ自分の失態を、そのまま報告するとは思えないが、黙ってもいないだろう。周辺諸国と友好的関係を結びたい王国にとって、今回の出来事は国益を損なうことだ。

クレナイの言葉にハーシェリクは頬をかく。

「まあいいか悪いかで言えば、悪いかな。王国もまだ盤石じゃないから」

「なら……」

「だけど軍国は、すぐには王国に攻め入ることはできないよ。そうする理由がないから」

クレナイを指さし、ハーシェリクは言葉を続ける。

「表向き『軍国の至宝』は王国の法に則って処刑された。それに関して王国に落ち度はない。なら軍国は、王国と戦をするのに、誰もが納得する理由が必要になる」

鶴の一声ならぬ、王の一言で政を決定する王国や帝国と違い、軍国の政治は軍上層部や十家が支配しているが、民意も重要視される。

周辺の中小国を侵略する戦いより、大陸一の大国を相手する戦は犠牲も多くなるだろう。多くの犠牲を出す戦をするには、国民が納得する理由が必要になってくる。

「さて、軍国は対等か、それ以上の国力を持つ王国相手に、どういう理由で戦を仕掛けようとするかな?」

「……なるほど」

ハーシェリクは面白そうに言い、クレナイは頷く。

軍国が王国へと戦争を仕掛けるなら、出兵するために国民たちが納得する理由が必要だ。

もし『軍国の至宝』を理由にするなら、なぜ『軍国の至宝』が王国へ向かったか説明せねばならない。

だが正直に「奴隷を解放しようとしたから、抹殺しようとして失敗し、さらに生死問わず指名手配したのに王国に逃げられた」と説明しようものなら、軍国内の奴隷たちの反発を招きかねない。「実は軍師は裏切った」としても、それまでの功績を考えれば、疑問を抱く者も出てくるだろう。

そうやって人々の心には不信が生まれ、やがてそれは国内の不和となり、他国の付け入る隙となる。そんな隙を作ってまで、軍国は王国に侵攻するだろうか、とハーシェリクは考えた。

それに兄テッセリの情報によれば、軍国内にも派閥があるようで、十家の席を狙う者もいる。

失態を犯せば、クレナイの生家のように、潰されてしまうだろう。

「ま、攻めてくるとしても、多少の時間はあるだろうし」

それまでに戦が起こらないよう手は打つから大丈夫、とハーシェリクはクレナイを安心させるように笑う。

国単位で対策を考えていたハーシェリクに、クレナイは驚愕する。そして別の疑問が思い浮かんだ。

「……王子は、どこから気がついていたんですか？」

ハーシェリクに、クレナイは問いかける。

まるでこうなることを昔からわかっていたように言うハーシェリク。だがクレナイはもちろん、アオもギリギリまで、自分たちの正体を明かしたりはしなかったはず。

「出会った日から、かな。確信を持てたのは、クロの情報を聞いてからだけど」

ハーシェリクは少し考えたあと答える。

「もともと、最悪を想定して準備するのは癖なんだ。それに最悪じゃなかったし」

「王子の中での最悪とは？」

「……聞きたい？」

ハーシェリクが可愛らしく首を傾げて問うと、クレナイは頷く。

「あなたが、自分の身分を明かして、王国を利用して軍国に攻め込むこと、かな」

それがハーシェリクの想定した、最悪の事態だった。

「あのとき、成功率は三割と言っていたけど、王国を利用すれば、もっと確率は上げられたんじゃない？」

大陸一の大国である王国。その広大な国土を外敵から守るために、軍事力も諸国と比べれば巨大だ。

もし彼女が身分を明かし、王国に軍国への侵攻を持ちかければ、どうなっていただろうか。

彼女が、内部から内乱を起こさせ、それに呼応して王国が軍国に侵攻する。

その策の成功率は、三割を大きく上回るだろう。

だが一度開戦すれば、両国に多くの血が流れるのは確実だった。ハーシェリクは戦争を好まない。綺麗事だが敵味方関係なく、血を流して欲しくはない。

もし彼女がその策を用いようとしたら、ハーシェリクは二人を助けることはできなかった。

ハーシェリクは父の部屋で話を聞いたあと、二つの覚悟を決めていた。

一つはいかなる手段を用いても助ける覚悟。もう一つは、最悪の事態が起きたとき、いかなる手段を用いても止める覚悟。

それが、クレナイの命を奪うこととなったとしても。

後者の覚悟が不要になって、ハーシェリクは心から安堵している。

「……王子には、かないませんね」

それは、彼女がハーシェリクの言う策を考えていたという証明だった。

「クレナイさん。あ、アルテリゼさん？」

「王子、どうかクレナイと呼んでいただけませんか？」

どう呼んだらいいか迷ったハーシェリクに、クレナイが言う。

クレナイにとって、彼が与えてくれた名前は、既に仮の名前ではなくなっていた。それはアオもそうだった。

なぜか王子に名前を呼ばれると、心地よく安心することができた。

「わかった、クレナイ」

ハーシェリクは頷くと言葉を続ける。

「クレナイ、あなたはもう『軍国の至宝』と呼ばれていたアルテリゼ・ダンヴィルじゃない。アルテリゼ・ダンヴィルは、私が処刑した」

ハーシェリクの言葉に、クレナイははっとし息を呑む。

「あなたは一度死んで、アルテリゼ・ディ・ロートになったんだよ」

己の失敗に苦しみ、祖国である軍国を憎悪し、己を呪ったアルテリゼは、もうこの世にはいない。

「忘れろとは言わない。だけど、あなたを守った彼らの願い通り、あなたは生きて幸せになって欲しい。これは私の、心からの願いだよ」

いくら自分が言葉を重ねようと、彼女の苦しみがなくなることはない。ハーシェリクは己の言葉が詭弁だとわかっていた。だがそれでも伝えたかった。それはクレナイの苦しむ姿が、大切な者を失った己と重なったからかもしれない。

ハーシェリクは、クレナイをその呪縛から、解放してあげたかった。

「あなたの苦しみは、私が全部もらっていくから。だからどうか、自由に生きて」

「王子……」

ハーシェリクが微笑んだ。それは七歳の子どもとは思えないほど、大人びたものだ。

王子の表情に、クレナイの心臓が大きく鼓動する。

思い返せば、初めてこの王子に会ったときから、軍師の仮面の維持が難しかった。

軍国で軍師として生きた十年。何があっても微笑みを絶やさなかった。どんなに苦境に立たされようとも、周囲から侮蔑や嘲笑を受けようとも、微笑みを崩すことはなかった。あの炎の中、絶望に落とされたときを除いて。

だがこの王子の前では、いとも容易く軍師の仮面が外れてしまう。

それに助けられてから、王子は何も言わなかった。あのときは己の臣下だと宣言したのに、王城に戻ってから今日まで、ハーシェリクは二人に何も言わず、強いることもなかった。

そして今も、何もなかったかのように笑顔で、多くのことは言わず見送ろうとする彼に、クレナイは切ない気持ちが込み上げてくる。

「あ、そろそろ出発の時間かな」

胸中を言葉に表すことができず、黙ってしまうクレナイから、ハーシェリクは視線を転じる。外套を羽織り、翼を隠したアオが近づいてくるところだった。

「アオ、体調は大丈夫？」

傍まで来た彼にハーシェリクは問う。アオは胸の中央を撫でながら口を開いた。

「ああ、問題ない」

かつて彼の胸の中央にあった隷属の紋は、今は存在しない。シロが解除したからだ。

「まさか、隷属の紋が解除できるとは……今も、信じられない」

アオの驚きも、もっともなことだった。

隷属の紋は全世界共通ではなく各国、組織で独自の魔法式を用いている。紋の解除も、個別の魔法式が必要だ。もし第三者が紋を解除するなら、多くの知識と時間を要する。

しかし筆頭魔法士ヴァイスは、ハーシェリクがその隷属の紋を知ったあとすぐ、彼から相談を受け、隷属の紋の解除のために、豊穣祭の準備のかたわら研究をしていたのだ。

アオ本人には、獣人の身体や隷属の紋に興味があるとだけ伝えて、撫でまわすように身体を調べた。他者から見れば怪しい光景だったが。

「うちの魔法士はチートだから……」

豊穣祭の魔法といい、隷属の紋の解除といい、さらには空を飛ぶ魔法を編み出すことといい……ハーシェリクは遠い目をする。その視線の先は、木陰で読書をする魔法チートの性別詐欺師である。

「ちーと？」

聞きなれない言葉に、アオが首を傾げた。

その様子にハーシェリクは曖昧に笑い、シロを呼びに行く。小さな背中を見送りながら、アオはクレナイの隣に立った。

「……アルテ、いいのか？」

「ゲイル？」

「王子とこのまま別れて、いいのか？」

己の心を見透かした言葉に、クレナイは戸惑いの表情を浮かべる。

そんな彼女の頭にアオは手を置き、言葉を続ける。

「もう本心を隠さなくていい。俺も、決めた」

『私も、あなたのように、あの方にお仕えしたかった』

あのとき、最後になると思い、つい零れてしまった言葉。そのときの思いは、今も己の中に生きていた。

クレナイは瞳を閉じる。

軍国への恨みで染まっていたアルテリゼ・ダンヴィルは、もうこの世にはいない。もちろん憎悪の感情はまだ己の中にある。

だがハーシェリクのおかげで、負の感情に支配されることはもうないだろう。

なら己は、このあと何をすべきか——否、何をしたいのか。

クレナイは、未来の己を思い浮かべる。

このまま連邦へと逃げ、アオとともに慎ましく幸せに生きる。軍師としての己を捨て、女の幸せを掴む未来。

（……いいえ、そうではない）

クレナイは否定する。確かにそんな未来は幸せだろう。

だがそれは、彼女が求めた未来ではない。

クレナイは瞳を開く。そこに迷いはなかった。そして一歩を踏み出し、アオも続く。向かう先は、シロを引っ張り、馬車へと向かったハーシェリクの許だ。

「二人とも、そろそろ出発……」

振り返ったハーシェリクは、言葉を飲み込む。目の前には、クレナイとアオが、片膝をつき、頭を深く下げた。

それは臣下が主へする礼だった。

「クレナイ？　アオ？」

「王子……いえ、我が君」

疑問を浮かべるハーシェリクに、クレナイが頭を下げたまま言葉を紡ぐ。

「我が君、白状いたします。私は初めて会ったとき、あなたを軽んじ、王国を利用しようとも考えていました」

軍国を潰すためなら、すべてを利用しようと考えていた。

「しかし我が君とともに過ごし、国のために、人々のために、当然のように身を削り、それを厭わぬ姿を目の当たりにして……利用しようという考えは、なくなりました」

子供らしく笑う王子。

大人びた表情をする王子。

そして王族としての矜持を持つ王子。

そんな不思議な王子から、目が離せなくなった。いつしか、ハーシェリクのような人物が、己の主君だったらと心の奥底で願うようになった。

クレナイに続き、アオも言葉を紡ぐ。

「俺はこの世界で、アルテと仲間たち以外、信じようと思わなかった」

虐げられるのが当たり前だった。耐えるのが当たり前だった。信じられるのは仲間とアルテリゼだけだった。

「だけどあなたは、見た目や種族なんて気にも留めず、俺と俺の願いを守ってくれた」

ハーシェリクは見返りを何も求めず、ただ助けるために手を差し伸べてくれた。そのことにどれほど喜びを覚えたことか。

「この恩を、俺はどう返せばいいのか、わからない」

頭を垂れたまま、言葉を紡ぐ二人にハーシェリクは戸惑う。

「二人とも、私は、私のやりたいことをしただけだから、二人がそこまで恩義を感じることはないよ？」

ハーシェリクからしたら、己の我が儘を通しただけにすぎない。しかもハーシェリクは二人に負い目があった。

「それに二人を臣下にしたのも、建前というか嘘も方便だからね。私は、二人を縛り付けたいわけじゃない」

　あのときは、そうするしか他に術がなかったといえ、二人を臣下にしたことは、彼らを王国へ強制的に縛り付けるようなものだった。奥の手だったとはいえ、二人の自由を形式上でも奪ってしまったことを、ハーシェリクに、クレナイは申し訳なく思っていた。

　そんなハーシェリクに、クレナイは顔を上げて、真っ直ぐとハーシェリクを見つめる。

「なら私たちが望めば、叶えてくれますか？」

　アルテは右手を胸に当て、言葉を紡ぐ。

「我が知略は御身の理想のため、我が意思は御身の栄光のため、我が命は御身の王道のため」

　それは十四のとき、軍国の軍師となったときに、宣誓した言葉だった。

　だがそのときは個人ではなく、祖国への言葉であり、王道ではなく覇道だったが。そして、感情は一切籠ってはいなかった。

「我が名はアルテリゼ・ディ・ロート。どうか、我が君の臣下の、末席に加えていただきたく」

　ハーシェリクから賜った新しい名を言い、クレナイは再び頭を垂れる。クレナイに続きアオも口を開いた。

「我、真名ゲイル・ファル・キルヴィ・ブラウは、主ハーシェリクに、すべてを捧げる」

　アオも再度頭を垂れる。

　獣人族は、呼び名のほかに真名を持つ。その真名を明かすのは、生涯の伴侶と、忠誠を誓う者だけだ。さらにアオはその真名の最後に、ハーシェリクからもらった青の意味をなす『ブラウ』

を付けた。

それはハーシェリクを生涯の主君と定めたことを示す。

「我が身は御身の敵を切り裂く剣であり、御身を凶刃から守る盾であり、御身を支える杖」

「我が君、どうか我らに許しを」

クレナイが『主従の誓約』の言葉を紡ぎ、アオも許しを請う。

『主従の誓約』は王国では絵本になるほど、有名な言葉だ。だが元を辿れば、かつて英雄フェリスの臣下たちが、主へと誓った言葉である。

軍国の宣誓の言葉もそうで、国ごとに多少の変化はある。

クレナイは王城滞在時に、『主従の誓約』が書かれた絵本を読み、オランに聞いたのだ。この言葉でハーシェリクに誓ったかと。

彼は照れながらも頷いていた。それが、羨ましかった。

「我が君と呼ぶ許可を……」

クレナイが言葉を重ねる。

ハーシェリクは、頭を下げたまま動かない二人を見つめ、周囲の皆は事の成り行きを見守った。

一陣の風が吹いた。風がハーシェリクの頬を撫で、淡い色の金髪を揺らす。

時間にしたら一分にも満たない、だが永遠にも感じた。

ハーシェリクは深く息を吸い、そして吐き出す。

「……わかった。降参！」

そう言いつつも、ハーシェリクの表情は、喜びに満ちていた。そして、膝をつく二人に視線を合わせるように、ハーシェリクも膝をついた。

「二人とも、顔を上げて」

視線を上げた二人に、ハーシェリクは春の陽射しのような暖かな微笑みを向ける。

「アルテリゼ・ディ・ロート、ゲイル・ファル・キルヴィ・ブラウ。二人とも許します。私と一緒に行こう」

ハーシェリクは両手を差し出し、それを二人は取る。

「我が君の、お心のままに」

二人の声が重なった。

二人の手を取り、立ち上がらせたハーシェリク。その小さな、しかし嬉しそうな弟にテッセリはこっそりとため息を漏らす。

「ほら、やっぱりそうなった」

なんだかんだで、ハーシェリクが二人とこれっきりになるのを寂しがっていたことは、テッセリを含む家族も、筆頭たちもわかっていた。

だがハーシェリクは、彼らを縛りたくないと、決して口にはしなかった。

「テッセリ兄様」

「ということで、我が弟よ。用意しておいたぞ」

照れ隠しに恨みがましい視線を向ける弟に、ニヤリと笑いかけつつ、テッセリは丸められた書状を差し出す。

「……ありがとうございます、テッセリ兄様」

その書状を、礼を言いながら受け取ると、ハーシェリクは二人に向き直り、差し出す。

「二人とも、これを」

「これは……」

クレナイが、その書状を受け取り広げて息を呑む。そこにはグレイシス王国国王ソルイエ直筆の任命書……第七王子の幕僚への加入承認及び、ルスティア連邦への正式な使者へと任命する内容だった。

「まだ王国は、アオを……獣人族を受け入れる準備が整っていない」

いくらハーシェリクの臣下となったとはいえ、アオは獣人族。王国ではまだ大手を振って生活することはできない。

だから獣人族の受け入れが整うまで、アオは国外にいる必要があった。そして獣人族が安全に暮らせる国は、この大陸ではルスティア連邦が筆頭だった。

「二人には本物の王国の使者として、連邦に行ってもらう。事情や今後については道中テッセリ兄様から聞いて欲しい」

「……王国は、変わるのですね?」

すぐに理解したクレナイに、ハーシェリクは頷く。

他種族の入国を禁じていた王国が、変わろうとしていた。その第一歩として連邦との国交を結ぶことは、絶対の条件だった。

だが単に王国の使者が行っても、警戒され入国できるか怪しい。そこで王国の使者として、アオとクレナイが出向き、国交を結ぶための下準備をしてもらうのだ。

国のためだけでなく、二人の安全も確保される一石二鳥の手である。

「さすがクレナイ。でも想像以上に大変だと思うよ？」

裏事情はともかく、表向きは断交していたのだ。そう易々と国交が復活するとは思えない。

それに人間が、獣人族を差別したように、獣人族の国で少数の人間がどういう扱いをされているのか、想像は悪いほうへと膨らむ。

不安を隠しきれないハーシェリクに、クレナイはにっこりと微笑んでみせる。

「一国を潰すよりは、容易いことですね」

自信に満ちた表情で、攻撃的なことを言うクレナイ。かつて『軍国の至宝』と呼ばれた天才軍師の顔だった。

その表情を頼もしく思いつつもハーシェリクは苦笑を浮かべる。

「なかなか言うねぇ……アオも大変だろうけどよろしく」

「問題ない」

アオも揺るぎない返事をし、ハーシェリクは新しくできた仲間二人を、頼もしく思った。

そして一時の別れが、やってきた。

「では行ってまいります。我が君」

クレナイが深く頭を下げ、アオも頷く。

「自分のことは、ハーシェって呼び捨てでいいよ」と言いながら、ふとハーシェリクはあることを閃いた。

「あ、二人には大事な任務が、もう一つあるよ」

「任務ですか？」

クレナイが首を傾げ、アオも訝しむ。周りの筆頭たちも、テッセリも同じような表情だ。ハーシェリクは飛び切りの笑顔で言った。

「二人とも幸せになること！　私、二人の子どもが早く見たいな！」

まさに空気が凍るとはこのことだろう。ハーシェリクが発言した瞬間、奇妙な沈黙があたりを支配する。

黙ってしまった周りに、ハーシェリクは首を傾げる。

「え、なんで黙るの？　だって二人とも恋人同士でしょう？」

結婚するんでしょ、意味がわからない、と頭を捻るハーシェリク。

果物屋のリーシェは、とても可愛い。クレナイとアオの子も、きっと可愛いだろう。

視線を転じれば、いついかなるときも微笑を湛える天才軍師が、己の髪のように顔を真っ赤に染め、俯いていた。アオは片手で己の顔を覆い隠しているが、耳まで赤く染めていた。

疑問符を浮かべるハーシェリク。そんな彼に、テッセリは無言で近づくと、スパーンと弟の後頭部を叩いた。

「……痛い」

涙目になって後頭部を押さえつつ、顔を上げる。そこには引きつった笑みを浮かべた兄がいた。

「ハーシェ、君はちょっとお節介がすぎるよ?」

兄の言葉に、ハーシェリクは疑問符を浮かべる。

後日ハーシェリクは、二人は恋人のような関係だが、まだ清い仲だったことを知る。奴隷は、隷属の紋により、いわゆる繁殖行為が禁じられていたのだ。

つまり、クレナイもアオも……と考えに至り、初心(うぶ)な二人にセクハラしてしまったと自覚した瞬間、ハーシェリクは二人が旅立った方角に向かって、土下座の如く謝罪する。

そんなハーシェリクに呼応するかのように、窓に吊るした幸福の風飾り——二人の色の羽が揺れ、水晶が煌めいた。


かつて軍国には『軍国の至宝』と呼ばれた女軍師がいた。

わずか十四歳で軍へ入隊し以降十年、幾多の戦場で、その策で勝利を掴んだ天才軍師。

しかし彼女は内乱で敗北し王国へ逃亡、そして処刑され、二十四年でその生涯に幕を閉じた。

同時期、『光の英雄』ハーシェリク・グレイシスの許に、深紅の髪を持つ軍師が参じる。

軍師の名はアルテリゼ・ディ・ロート。

『軍国の至宝』と偶然同名の彼女の知略は、まるで神の采配の如く戦場を支配し、主君ハーシェリクに常に勝利を捧げた。

いかなる戦場、戦況でも微笑みを絶やさない彼女を、人々は『微笑の紅軍師（びしょうのくれないぐんし）』と呼んだ。

人々は言う。『光の英雄』の傍に『微笑の紅軍師』あり。かの軍師がいる限り『光の英雄』の勝利は約束されたのだと。


また紅軍師は、『青き疾風』と呼ばれる、ハーシェリクの配下の獣人族鳥人の青年と一子をもうけた。

紫紺の髪と闇色の瞳を持つ、風魔法を得意とするその子は、母の意志を継ぎ王国を守護した。

その子孫も王国を守護し続け、『微笑の紅軍師』の血を継ぐ者は、代々王国の安寧を守り続けた。


やがてロート家は、グレイシス王国の軍師の名門として英名を轟かせ、かつて『軍国の至宝』と呼ばれた天才軍師は歴史に埋まり、人々から忘れ去られた。

転生王子と軍国の至宝　完

番外編

青き疾風と微笑の紅軍師

一人の青年が、眼前に広がる深い青の海を見ていた。

瑠璃色の瞳に、海の底のように暗い青の髪、そして同色の一対の翼を背中に生やした獣人族鳥人の青年だった。

彼は大きな商船のメインマストの上で、地平線まで続く海の波を眺めている。

乗組員でもない一般人ならば、足がすくんでしまうような高さの帆柱の上だが、空を翔けることができる種族の彼は、支えを必要とせず、ただただ海を眺め続けていた。

ふと彼の耳に声が届く。

視線を下ろせば、甲板で手を振る人物がおり、青年はその姿を認めた瞬間、その場から飛び降りた。

一瞬の無重力を感じたあと、青年の身体は重力に逆らわず落下する。

それを目撃した船員は反射的に息を呑む。しかし彼は柱の中頃で翼を広げ、一瞬だけ身体を浮かせると、そのまま音もなく甲板へと降り立つ。

そして自分に届いた声の主に話しかけた。

「どうした?」

青年の前には声の主――肩ほどの深紅の髪を潮風に靡(なび)かせ、闇色の瞳を細めて穏やかに微笑む、彼にとって唯一の女性がいた。

彼女の名はアルテリゼ・ダンヴィル――否、今はアルテリゼ・ディ・ロートであり、主君からはクレナイと呼ばれている。

そのクレナイは、はにかみながら答えた。

「ゲイルが見当たらなかったので……」

名を呼ばれた青年――ゲイル・ファル・キルヴィ・ブラウ、主からはアオと呼ばれる彼は、無表情のまま、素っ気なく「そうか」と一言答えただけだった。

「潮風、気持ちがいいですね」

そんな彼の態度を気にも留めず、クレナイは潮風を受け、乱れた髪を片手で整えながら言った。

彼女の言葉に、アオは頷くだけだった。

「順調に行けば、明後日にはルスティア連邦に到着するそうです」

「そうか」

無表情で素っ気ない、簡単な言葉しか返さないアオ。相手に興味を示さないような態度に、普通の人間だったら怒りを覚えただろうが、クレナイは嬉しそうに微笑む。

長年彼の傍にいたクレナイは、言葉にせずとも、彼がルスティア連邦に行くことが楽しみなのはわかっていたからだ。

船員たちが語るルスティア連邦の話に、こっそりと聞き耳を立てていたり、日が経つにつれて落ち着きがなく、帆の上に立ったり……その差異も、クレナイだから感じられるものだったが。

ただときどき彼の瞳に不安が過ることも、彼女は見逃してはいなかった。

「……不安、ですか？」

彼女の言葉に、アオは一瞬肩を揺らし、目を伏せた。


アオは、獣人族がルスティア連邦と同盟を組む前の、キルヴィと呼ばれていた鳥人の小国の出身である。

人口は少ないが、豊かな森に囲まれた美しい国。

だがその国は、もう存在しない。

キルヴィは、フェルボルク軍国に侵攻され、滅ぼされたのだ。

アオは鳥人の小国、キルヴィの王の長子として産まれた。獣人族は総じて子ができにくい。そのため、現王の初となる子に、国中が沸き立ち、周辺の獣人族の国からも、祝いが届けられた。

アオは王の子だが、のびのびと育てられた。同世代の子の中では、一番に飛べるようになり、朝から晩まで空を翔けた。その速さは、誰の追従も許さなかった。武術にも長け、特に槍や棍の扱いは、大人の兵を打ち負かすほどだった。

また子どもらしく表情が豊かで、口数は少ないが快活で公正な性格。それだけでなく年嵩の者を敬い、下の者に優しい彼が王となる将来を、皆が楽しみにしていた。

だがそれは叶わなかった。

あれは彼が成人する前だった。

隣接するフェルボルク軍国が、国境を侵し、キルヴィに侵攻したのだ。

軍国は、国境からわずか数日で首都へと攻め入った。もともと国土も狭く、国境からの伝令が届いたときは既に遅く、防衛を整える時間もなかった。それでもキルヴィの兵たちは抵抗したが、軍国が用いた魔法兵器により、あっという間に壊滅した。

王と少ない守備兵たちは、民間人を隣国へ避難させるための時間を稼ぐため、わざと敵の的になることを選んだ。

「ゲイル、お前は逃げよ」

「父上！　俺も戦えます！」

天には星が瞬く時間、城壁の上で、戻らぬ戦いに出ようとする父に、息子は主張する。

既に軍国の軍は、目前へと迫っている。槍を持ち勇む息子に、だが父は首を横に振った。

「この国は亡ぶ。だが民はまだ生きている……お前は生きて、国民を守るんだ」

「父上‼」

「連れていけ」

父の短い命令に、傍の兵が従った。兵に引きずられるようにその場から離されると、母とすれ違う。

「ゲイル、生きるのですよ」

そう母は微笑み、父の横に立つ。母は上級の風魔法の使い手でもあった。

「父上！　母上！」

息子の叫びは両親に届かず、彼は城を後にした。

それからの記憶は曖昧だった。おぼろげな記憶だが、悔しさに歯を食いしばりながら、民間人を守り夜空を飛んでいたはずだった。

だが空気が爆ぜるような音が響いたかと思うと、目の前を飛んでいた同族が森へ墜落した。わけがわからず皆が動揺している間に、何度も同じような音が響き、仲間が落ちていく。

「ゲイル様！」

そう兵に言われ庇われたかと思うと、落下した。

意識が暗転したが、すぐに取り戻した。木のおかげで擦り傷程度で済んだ。

そして呻き声が聞こえ、彼はあたりを見回し、絶句した。

同族たちが、何人も苦しみに満ちた声を上げていたからだ。自分を庇った兵もいて、急いで駆け寄る。

「大丈夫か⁉」

声をかけながら助け起こす。すると兵は呻きながらも言った。

「ゲイル様、私を置いてお逃げください……」

「そんなことっ」

「翼をやられました。私は逃げられません……」

できるわけない、と言おうとした彼を、兵は遮って己の翼を見せる。

彼の片翼が、まるで獣に引き裂かれたように、無残な状態となっていた。

庇われた彼だけでなく、周りの同族も同じような状態だった。鳥人なのに、飛んで逃げることができないのは、致命傷だ。治療を施せばまた飛べるようになるだろう。だが今は、手当てする時間もなかった。

歩いてでも逃げよう、と拒否をする兵に無理やり肩を貸して立ち上がったとき、すぐ近くで藪が鳴った。

「お、いたぞ……ち、女はいないのかよ」

「だが無傷の若い男はいるぞ」

その声に振り向けば、二人の兵士がいた。背に翼がないことで、軍国の者だと一目でわかった。

その者たちは筒のようなものを抱えている。

「あ、あそこにも飛んでるぞ」

そう言って男が筒を空へと向けた。次の瞬間、先ほど聞いた音が響き、続いて悲鳴が木霊した。

「お、女の声だったな」

そう言ってにやりと笑う男。それで彼は理解した。

軍国の兵が、筒のような道具を使って、自分たちを墜落させたのだと。

怒りに血が沸騰したように、身体が熱くなる。

そんな彼に気がつかず、軍国の者たちは、狩りを楽しむような気楽さで喋っていた。

「だがこの魔法兵器は扱いづらいな。回数も限られているし」

「仕方がないだろう。まだ試作品で、今回実験的に投入されたんだから」

「まあ威力が低いから、鳥どもを捕えやすいのはいい」

「だな。そういえばさっき城攻めで使った試作兵器はすごかったな。城が吹き飛んだ。守っていた鳥たちもバラバラだ」

二人の笑い声が木霊する。その言葉に目の前が真っ赤に染まった。

次の瞬間、兵が止めるのも聞かず、軍国の兵に素手で飛び掛かった。だが冷静さを欠いた攻撃は、一人の兵士と揉みあいになるだけで、すぐに二人がかりで押さえ込まれる。

地面に伏され、翼と背中を靴底で押さえられ、身動きがとれなくなった。

「ちっ。おい、こいつ殺そうぜ」

「いや、殺すな。使えそうなのは捕獲しろという御達しだ……それに、こういう生意気な奴を調教するのも、楽しいだろう？」

そう言うと、男は嗤う。

「やめろ！　その方を放せ‼」

兵が叫ぶ。だが軍国の兵士たちは、そちらを一瞥しただけだった。

「あれはどうする？」

「女でもないし、これだけ怪我していたら、使い物にならんだろう」

そう言って男は腰につけていたものを手に取る。

それは先ほどのものよりも、小さな筒だった。

ただ持ち手があり、その先を兵へと向ける。

小さな破裂音が響き、続いて爆発音と倒れる音。ゲイルは地に伏されたまま首を捻って同族を見て固まった。

自分を庇ってくれた兵の上半身が焼かれ、動かなくなっていたのだ。

ゲイルは絶叫した。

「煩いな。おい、弾替えて眠らせろよ」

そこで意識は一度途絶えた。

次に目覚めたときは、檻(おり)の中だった。

身体を起こせば、手足と翼が重かった。

見れば両手足に鉄の枷(かせ)が嵌められていて、背中を見れば翼も鉄の重りをつけられていた。

魔封じも兼ねられているのだろう、魔法も使えない。

「ゲイル様、大丈夫ですか？」

そう話しかけられ顔を向ければ、小さい頃から稽古の相手をしてくれた兵だった。

「……ここは？」

「どうやら軍国の国境沿いにある砦のようです」

捕えられた者は、皆ここに集められたと彼は言った。

「父上や母上、は？」

ゲイルの言葉に、彼は悲痛な表情と沈黙をもって答えた。

それにゲイルも沈黙で応じた。

答えはわかっていた。だがそれでも問わずにはいられなかった。

「……どれくらいの者が、捕えられた？　逃げられた者がいるかわかるか？」

「どれくらい逃れたかはわかりません。ですが、かなりの数が殺され、捕まりました……あの、筒のような魔法道具のせいでッ！」

彼の言葉に、アオも記憶を辿る。

見たことのない筒のような魔法道具を、奴らは兵器だと言っていた。

「あれのせいで、我が軍はほぼ壊滅しました……あれはいったい……」

兵の言葉は、荒々しい靴音で遮られた。

「ゲイル様、決してあなたの血筋……能力は他言しないようにしてください！」

慌てて小声で言う彼に、ゲイルは頷く。自分は王族の血筋であるほかに、特殊な能力を持っていた。その能力は遺伝で引き継がれるが、滅多に現れることがなく、ゲイルが久方ぶりの能力者だった。自分が特殊能力を持つと知れば、軍国に何をされるかわからない。

そしてすぐに現れた兵に牢から出され、広場へ連れていかれた。同じように捕えられたであろう、同族たちが集められ、壇上を見上げる。

視線を集めた先には、責任者だろう、他の兵よりも幾分か上等な衣装を着た男がいた。

「お前たちの国は、我がフェルボルク軍国の領土となった！」

その言葉に、鳥人たちのざわめきが広がり殺気立つも、周りの軍国の兵に槍を向けられ、動くことはできない。

「ここにいるお前たちには、選択肢をやろう。我が祖国へ忠誠を誓い国民となるか、奴隷となるか……それとも死か！」

いたるところで怒号や悲鳴が上がる。だが壇上の男は、気にも留めず言葉を続けた。

「我が国の民となるならば、身の安全を保障しよう。ただし、納税の義務は果たしてもらうがな」

そして提示された税の金額は、到底払えるものではなかった。実質、奴隷か死しか、選択肢を与えられていなかった。

「殺せ……」

誰かが呟き、それが引き金だった。同族たちは各々叫びだす。

「我らは誇り高き、空を統べるキルヴィの民だ！」

「お前らのような野蛮な人間に、屈しないぞッ！」

「奴隷に落ちるくらいなら、死んだほうがましだッ‼」

広場が鳥人たちの声で埋め尽くされる。壇上の男はわかっていたのだろう、控えていた部下に合図を送る。

するとその男が、壇上に上がった。白い翼を持った、少女を連れて。少女も両手と翼を鉄の枷(かせ)で拘束され、震えていた。

「お前たちの考えはわかった。なら希望通りにしてやろう」

そう言って壇上の男が腰に佩いていた軍刀を抜くと、鳥人たちは水を打ったように静まり返った。

その煌めく刀身が、彼女に振り下ろされる。

少女の悲鳴が響き、白い羽毛が舞った。彼女の片翼が、無残にも切り裂かれていた。

「散々囀っていたのに、静かになってどうした？」

死を選ぶんだろう？　と壇上の男は口端を上げ、邪悪に嗤う。

その言葉に、誰も反応ができなかった。少女はぺたりと尻をつき、青ざめ震えている。刀身は羽毛部分をかすっただけで、骨や肉には達していなかった。今は無理でも、生え変われば飛べるだろう。

「た、たすけ……」

少女の震えた声が、ゲイルに届いた。その声は、同族の皆に届いたのだろう。だが、誰も動けなかった。

「ふん、煩い小鳥だな」

そう言って男が、再度軍刀を振り上げる。

『お前は生きて、国民を守るんだ』

父の言葉が蘇った。

「……やめろッ‼」

静まり返った広場に、ゲイルの声が響く。振り上げられた軍刀が、ゆっくりと下ろされた。

「誰に命令している？　何様のつもりだ」

鼻を鳴らす男に、ゲイルが進み出ようとする。周りの同族が止めるように動くが、ゲイルは掻き分けて男の前に来ると、壇上の男を見上げた。

「この国の王の子だ」

ゲイルがそう言うと、男は眉を上げて話の先を促す。

「俺が、奴隷になろう」

だから民は殺さないで欲しい、とゲイルは言葉を続けた。

「おやめください！」

「そんな蛮人に、命乞いなど！」

「勇敢に戦った陛下の名を汚す気ですか⁉」

口々に言う同族たち。だがゲイルは、男を見上げたままだった。

「……それが奴隷の分際で、人に物を頼む態度か？」

壇上から降りながら、男が言った。

目の前に立った男に、ゲイルは数瞬のあと、その場で両膝をつき、頭を垂れる。

「どうか、民の命を助けて欲しい」

次の瞬間、ゲイルは顔に痛みが走り、地面を転がった。男が軍靴でゲイルに蹴りを入れたのだ。

鳥人たちの悲鳴と怒号が響く。

「助けて、欲しいだと？　口のきき方がなってないなぁ！」

男が嫌味ったらしく言い、転がったゲイルの腹に蹴りを入れた。

「この国はなぁッ！　負けたんだよッ！　お前たちはなぁッ！」

二度、三度……何度もゲイルの腹に、軍靴のつま先が食い込んだ。

「やめてくれ‼」

「来るなッ‼」

同族がゲイルを守るべく走り寄ろうとするが、それをゲイルは制止した。

そして咳きこみながらも起き上がり、再度膝をつく。

「民の命を、助けてください……」

そう深く頭を垂れるゲイルの肩に、衝撃が加わった。男が、ゲイルの肩に足を乗せていた。

「それで？　お前はどうするんだ？」

「……俺を」

そこでゲイルは一旦切り、瞳を閉じる。

思い浮かべるは、父と母、美しい国、大切な同族たち……父も母も、国もなくなった。残ったのは民だけだ。

（そのためなら……）

ゲイルは覚悟を決める。

「俺を、奴隷にしてください」

その言葉に、男は満足そうに嗤った。

「おい、こいつを連れていけ。すぐ魔法士に隷属の紋を入れさせろ」

兵士に両側から支えられ、ゲイルは無理やり立ち上がらされる。そしてそこから連れ出される彼の耳元で、男が囁いた。

「せっかくの皆殺しにする機会だったんだがな……まあ奴らの命は、今後のお前次第だが」

ゲイルは無言で答えた。

そのあと、焼き鏝(ごて)を押されるような痛みとともに、隷属の紋を施され、ゲイルは戦闘奴隷となった。


それから数年、ゲイルは従順に戦闘奴隷として戦った。

だがどんなに従順であろうと、口を開けば殴られ、態度が気に食わないと蹴られ、目つきが悪いと鞭を振るわれた。意味なくただの暇つぶしに暴力を振るわれたこともあった。

だが彼は、一切の反抗はしなかった。危険な戦闘も、先頭を切って戦った。すべては生き残った民のためだった。自分が一番危険な場所に身を置く限り、同族の命を保障されるからだ。

やがて表情豊かで快活だった彼は、無表情で無口な青年へと成長していく。

途中、南の獣人族が同盟を組み、ルスティア連邦の樹立を宣言した。獣人族の同盟の発足のきっかけになったのが、軍国のキルヴィへの侵攻だったというのは、ゲイルは数十年後に知ることとなる。

ルスティア連邦は樹立とともに、大陸中の国々に、奴隷として扱う獣人族を解放せよと声明を発表する。

そのせいで軍国内では、奴隷に対しての扱いが、さらに酷く厳しいものとなった。

少しでも反抗の素振りを見せれば、隷属の紋により命を奪われた。

ゲイルはどんな扱いを受けようと、じっと耐えた。

そして十数年が経過し、首都にある国軍の戦闘奴隷部隊に配属された。

そこで、十数年ぶりに自分に忠告した兵と再会した。

「ゲイル様、よくぞご無事で……」

そう涙ぐむ彼に、無表情のままゲイルは頷く。あの快活だった王の子の変わりように、彼は涙を流した。

「他の皆は……」

そうゲイルが聞くと、同族たちはゲイルを絶望に落とす真実を言った。

ゲイルがあの場から連れ去られたあと、その場にいた同族の半数は死を選び、半数は奴隷となった。そして奴隷となった者のほとんどは、男は戦場で使い捨てにされ死に、女は売られたと。

彼自身も、生き残っている同族と会えたのは、数回だったという。

その言葉にゲイルは茫然とした。今まで耐えたのは、なんのためだったのかと。

一瞬、死が頭を過ったが、隷属の紋の制約で、自決はできない。

「ゲイル様、生きてください」

ゲイルの頭の中を読んだのか、彼は言った。

「生きて、ください」

繰り返す彼に、ゲイルは弱々しく頷いた。

そして彼は数か月後、戦場でゲイルを庇い、命を落とした。


さらに時が流れた。

ゲイルはあれからも戦闘奴隷として戦場に立ち続け、死線を掻い潜り続けてきた。

武力に秀で頑丈だが、決して逆らわないゲイルは、戦闘奴隷部隊の隊長にされ、軍国にいいように使われた。

その強さから、皮肉交じりに死の風を運ぶ『青き疾風』などと呼ばれることもあった。

ゲイルは生きた。父と母に言われたように。彼に願われたように。

ただ生きて、死ぬときを待った。

ある戦闘で、前線に投入された戦闘奴隷部隊は、指揮官の指示の不手際により、半数以上が命を落とした。

ゲイルは、また生き残った。

「本当にやってらんねー」

そう文句を言うのは、蛇人（ヘビビト）のミストルだ。白い肌の所々に薄紫の鱗を生やし、同色の髪と瞳を持つ、ひょろりとした蛇人は、ゲイルの次にこの部隊に長くいる。ゲイルと同じように国を軍国に滅ぼされ、戦闘奴隷になった。

ただ彼は、月日が経つごとに感情を失っていくゲイルや他の奴隷と違って、笑いもすれば不満も言う。それで軍国の人間に目をつけられたりもするが、蛇族は獣人族の中でも魔力が高く魔法を得意とし、さらには珍しい神癒（しんゆ）系魔法を少し扱えるため、大目に見られている。もちろん、戦闘となれば容赦なく前線に送られるが。

「あいつが無能だから負けたんだろうが。こっちだって何人死んだか！」

「……大人しくしておけ」

ゲイルの忠告に、ミストルはギロリと睨む。

「隊長はいいのかよ⁉　あんな奴に好き勝手言われるわ、次来るのは没落した家の子ども、さらには女だぞ！」

そんな奴に指揮されて死ぬのはごめんだというミストルに、ゲイルはため息を漏らし、無言を貫いた。

ただ、次は死ぬかもしれない、と思った。

だが現れた少女は、ゲイルだけでなく、戦闘奴隷部隊の全員の予想を裏切った。

虎人（トラビト）の奴隷に凄まれても、一切怯（ひる）まなかった彼女は、敵意を一身に受けながらも、まず奴隷たちに二つの命令をした。

自分の命令には絶対に従うこと。そして生きることを諦めないこと。

『生きて、国民を守るのだ』

『ゲイル、生きるのですよ』

『ゲイル様、生きてください』

かつて願われた言葉が、耳の奥で聞こえた気がした。

新しい軍師は、戦闘奴隷部隊を変えた。戦に出れば連戦連勝。生還することは当たり前で、負傷する者も減った。上層部からの無茶ぶりも、鼻歌交じりに完遂し、奴隷部隊の支給品や生活の向上を、己の報酬で賄った。

彼女はそうして、だんだんと奴隷たちからの信頼を得ていった。

ゲイルには気になることがあった。彼女はいつも微笑んでいる。だが時折、悲しそうな表情を見せるのだ。

否、ゲイルは、初めて会ったときから、彼女――アルテリゼが気になっていた。


彼女が奴隷部隊を率いてから三年が経った。

「隊長さー、軍師のこと、好きでしょ」

「……は？」

ミストルに治癒魔法をかけてもらっているとき、彼が急に言い出したことに、ゲイルは珍しく表情を動かし、間の抜けた言葉を発した。

つい先ほど、軍師のアルテリゼが、男二人に絡まれていて、それを庇った。といってもいつも通り殴られるのに耐えるだけで、結局アルテリゼが二人を追い払ったが。

アルテリゼは珍しく慌てて、ゲイルを引っ張ってミストルの許を訪れ、治療を依頼し去っていった。

「え、やっぱり自覚ないの？」

部隊の皆は気がついているのに、とミストルは信じられない者を見るような目をゲイルに向けた。

周りを見れば、部隊の皆がにやにやとしていて、ゲイルは首を傾げた。

「隊長さー、あれだけ軍師のこと視線で追ったり、俺たちにさえ隠していた特殊能力を教えたりしてるのに、本っ当に自覚ないの？」

そうゲイルは隠していた『望遠能力』をアルテリゼに明かした。きっかけは偵察に難航していた彼女を助けるためだった。

アルテリゼは能力を知ると、すぐに部隊内に箝口令（かんこうれい）を敷いた。

もし外に漏れれば、希少な能力を持つゲイルは、奴隷部隊から引き離され、生体実験に使われるだろう。もしくは繁殖の種とされるか。この国で奴隷に人権はない。

そのときの微笑みつつも、迫力のある絶対的な命令を下した彼女の姿は、今でも部隊での語り草だ。

「軍師もそっち方面は鈍そうだし……まあ戦と違って長期戦かなぁ」

ミストルが言う通り、確かに長期戦だった。だがさすがの彼も、出会って三年、さらにくっつくまでに三年以上かかるとは思ってもみなかったが。


炎の海に取り囲まれていた。

「隊長、軍師を連れて逃げろッ！」

ミストルはそう叫ぶと同時に魔法を発動させ、襲いくる敵を紫電で貫く。

「嵌められた！　このままじゃ全滅だ！　でも隊長の翼なら、軍師を連れて逃げられる！」

「ミストルさん⁉」

アルテリゼが悲鳴じみた声を上げる。いつもの微笑みはなく、涙と煤が彼女の顔を汚していた。

「俺たちの所有権は、軍師にある！　なら軍師が一緒なら、逃げても紋は発動しない！」

奴隷の生殺与奪は、隷属の紋を通して所有者が握っている。軍が保有する戦闘奴隷の権利は、その部隊の司令官が持っていた。

今、この場から奴隷が脱走しても、国は隷属の紋を利用して、奴隷の命を奪うことはできない。

「でもそれじゃあ、皆さんがッ‼」

「いつかは戦場で落とす命だ。なら今ここで、隊長と軍師のために死ぬほうがずっとマシだ！」

ミストルの言葉に、周りの仲間たちが襲いくる敵を葬りながら頷く。

「今回の戦は、隊長が苦手な魔法兵器は持ち込まれていないはずだ。あっても銃がいくつかくらいだろう！　なら隊長の翼で逃げおおせるはずだ！」

銃——それは軍国が、最古の遺産から復元した魔法兵器だ。ゲイルの祖国を滅ぼした、筒のようなもの。魔法を補助する魔法具ではなく、魔法道具のように魔力を入れて使用するものでもない。

魔弾というものに魔法式と魔力を込め、決まった道具で発砲し、魔法を発現させる兵器だ。

だが扱うには技量を必要とし、魔弾の精製も、道具の製作も、かなりの費用を要した。

魔弾に込める魔法式や魔力によって殺傷能力は高くなるが、調整が難しかったり、暴発が頻発したり、味方を巻き込む事故が多発したため、今は予算が縮小され、研究も五十年前からほとんど進んでいない。むしろ普通に魔法を使ったほうが早い、と言う者もいるほどだ。

だがそれでも鳥人にとって、すぐに発射でき飛距離のある銃は脅威（きょうい）だった。

「隊長、早く……生きてくれ！」

ミストルの叫びに、ゲイルは決断した。

アルテリゼを抱き込み、翼を広げる。

「ゲイル！　私は……」

アルテリゼの言葉を待たず、ゲイルは夜空に飛び上がった。

銃声が聞こえ、翼に痛みが走ったが、今飛ぶには問題ない程度。

「アルテ、掴まっていろ」

ゲイルはそう腕の中で抵抗する愛しい人に囁き、夜空を翔けた。


「ゲイル、大丈夫ですか？」

心配そうに名を呼ばれ、アオは過去の記憶から、現在へと戻ってきた。

「いや……ただ、昔を思い出していた」

その言葉に、クレナイは辛そうな表情になる。あの日のことを思い出したのだろう。

「私が、もっと……」

そう臍(ほぞ)を噛むクレナイに、アオは一つため息をつくと、彼女を抱き寄せた。

「ゲ、ゲイル!?」

「あれは、免れないことだった」

周りの船員の視線を気にして動揺するクレナイの耳元に、ゲイルは囁く。

「皆は、アルテリゼに生きて欲しかった。それが願いだった」

だけど、と口ごもるクレナイに、ゲイルは言葉を重ねる。

「必要なら、何度だって俺は言う。あれは無駄じゃない。守ったんだ。俺もアルテリゼを守りたかった」

そしてアオは耳元で、彼女だけに聞こえるよう「これからも、ずっと……一生」と囁く。

するとクレナイは、数拍固まったあと、彼の胸板に顔を埋めた。

「……ゲイル、王国を出てから、お喋りになりましたね」

照れ隠しなのだろう。耳を赤く染めながら、クレナイは拗(す)ねたように言った。

「ああ、我が君に言われたからな」

幼く、それでいて聡明な己の主は言っていた。気持ちは言葉にしなければ、伝わらないと。

自分はもう奴隷ではない。誰も自分を殴ることはできない。感情を殺す必要はない。

ふと耳に波風ではない、音が届いた。

クレナイを解放し、アオは海の一点を見つめる。

「ゲイル？」

「……悲鳴が聞こえた」

獣人族の聴覚は、人と比べて鋭い。もちろん聴覚に特化した兎人(ウサギビト)などに比べれば劣るが。

アオは望遠能力を発動し、その悲鳴の発生源を見る。

「船が、魔物に襲われている」

その言葉に、クレナイもアオと同じ方向を見て、目を凝らす。爪の先ほどの黒い影が見えた。

「ゲイル、行けますか？」

「わかった」

「私は船長に伝えてきます」

「ああ。片付けておこう」

アオは頷くと翼を広げ羽ばたき、高度を取る。そして一気に空を翔け、襲われている船に辿りついた。

「助けてくれええぇッ‼」

「来るなあああッ‼」

船員たちの悲鳴が響き渡る。

眼下の船には、人の身丈の倍はある、翼を持った魔物が二十ほど群がっていた。

身体は獅子だが、頭と四肢は鳥で、背に翼を生やす魔物だ。鋭い嘴と鉤爪で、船員たちに襲い掛かっていた。

船員たちが迎え撃とうにも、体格の割に身軽なため、すぐに空へと逃れられ、背後から別の魔物に襲われる。混乱しているのか、連携もまったくとれていなかった。

アオは腰に差した折り畳み式の棍を掴み、一振りで組み立てる。そして、風魔法を纏わせると、魔物に向かって急降下した。

魔物が反応するよりも早く、その翼を切り裂く。

翼を失った魔物は、奇声を上げながら海へと落下し、そのまま沈んでいった。

仲間の奇声に、船を取り囲んでいた魔物たちの標的が、アオへと移る。

鳴き声で互いに意思疎通しながら、魔物たちはアオを取り囲んだ。いつでも狩れる餌より、突然現れた強敵の排除を選んだのだ。

常人ならば震えあがる状況だろう。だがアオは無表情のまま、己の武器を構えた。

戦闘開始の合図は、魔物の背後からの攻撃だった。

背中に向かって襲いくる鉤爪を、アオは宙返りで躱し、そのまま相手の翼を切り裂く。魔物は翼を失い、海へと落ちていく。さらに別の魔物が襲い掛かるが、それも紙一重で躱すと、すれ違いざまに翼を奪い、海へと落とした。

息の根を止めなくてもいい。空飛ぶ生き物は、翼を失えば、死を待つだけだ。

そして数を半数まで減らし、一際大きかった個体を海に沈めると、魔物たちは鳴き声を上げ、逃亡した。どうやら今の個体が、群れの長だったらしく、長を失い逃亡したのだった。

アオは逃げていく魔物を見送り、襲われていた船の甲板へと降り立つ。

すると船長であろう男が、駆け寄ってきた。

「た、助けていただき、ありがとうございました！」

「……負傷者もいるだろう。すぐに船が来る。この船は商船か？」

「は、はい！　連邦で仕入れをしておりまして、その帰りでございます！」

その答えにアオは船長を観察する。それなりに身形のいい男だ。だがアオを直視しないようにしていた。周りを見れば、船員はどちらかといえば、破落戸(ごろつき)のような出で立ちで、挙動不審だった。

さらに船は、連邦と取引をする商船にしては、みすぼらしかった。連邦は身元のしっかりした商家としか取引をしていない。身元とはある程度規模の大きい、という意味もある。

こんなボコの商船を扱うような商家が、取引できるとは思えず、疑惑の視線を船長に向けつつ、クレナイの乗る商船の到着を待った。

そして数十分後、クレナイの乗った商船が、襲われていた船に横づけされた。

「ゲイル！　大丈夫ですか？」

負傷者を治療するための道具を持った船員とともに、船に乗り込んだクレナイが、アオに駆け寄る。

「問題ない。……アルテ、この船は、連邦との取引帰りの商船だそうだ」

アオは頷きつつ、そう言った。クレナイはその短い言葉の真意を読み取り、そしてにっこりと微笑んだ。

「私たち、ついてますね」

クレナイは治療を受けている船長に歩み寄る。

「この度は、災難でしたね。心中お察しいたします」

そう愛想よく言うクレナイに、船長は美人に労わられたと鼻の下を伸ばした。

「いえ、助けていただきましたし、死者も出ませんでした。積荷も無事でしたし、我々は海の女神に守られていたのでしょう」

海の女神とは、海の恵みを育む女神であり、船旅の安全を守る女神でもある。そのため女神を模した像を祀ったり、船首像に飾ったりする船も多い。

「そうですね。そういえば、連邦と取引したとか……積荷はなんですか？」

船長が息を呑んだのを、クレナイは見逃さなかった。

「こ、工芸品など……」

「まあ！　それはとても興味深いです。是非拝見したいですわ」

「それは……」

船長はさらに視線を泳がせた。

「どうやら見せられないモノ、みたいですね……ゲイル」

クレナイの言葉に、アオはすぐに探索魔法を船全体にかける。そして、船底の部屋にあるモノを知った。

「……船底の部屋だ、アルテ」

アオの低い、怒りを込めた声音に、船長が肩を震わせた。

そして数十分後、甲板には、鎖で繋がれていた獣人族の子どもや女たちが並んでいた。

鳥人や兎人、猫人や鼠人など、比較的戦闘能力が低い種族が主だった。大人の男ならともかく、子どもや女性は魔法や薬品を使えば簡単に無力化でき、攫うのも安易だっただろう。

捕まっていた獣人族たちは衰弱しているが、命には別状はないのが幸いだった。彼らは毛布に包まれ、クレナイたちが乗ってきた商船に、船員たちの手を借りて移動している。

逆に襲われていた商船――否、商船に見せかけた奴隷狩りの密猟船の船員たちは、皆が縄で捕縛されていた。

「くそう……魔物にさえ襲われなければ……」

船長が吐き捨てるように言った。

獣人族は、労働用でも愛玩用でも高く売れる。だから攫って隷属の紋を施し、売買される。

危険を冒しても見返りは多く、密猟による奴隷売買はなくならない。

空気を切る音が響き、船長の鼻の先に、アオの棍が突きつけられる。

「黙れ。魔物のように、海の底に沈みたいか」

船長ははっと息を呑んだ。そんな彼に、クレナイは微笑みの仮面をつけたまま対峙する。

「どうやら海の女神は、攫われた獣人族の皆さんの味方でしたね。残念でした」

そう言ってクレナイは踵を返し、アオも棍を引いた。

既に商船の船長とは話をつけてあり、攫われてきた獣人族も、罪を犯した船長らも、このままルスティア連邦に連れていかれることとなっている。

罪を犯した彼らは、きっと極刑に処されるだろう。連邦は獣人族の奴隷も、人身売買も認めていないからだ。

クレナイもアオも、彼らが極刑になることに、胸を痛めていない。

だが、供給があるということは、需要があるということだ。

買い手がいるから、売り手が生まれるのだ。

「……悲しいですね」

クレナイが呟き、アオが無言で肯定した。

奴隷はすべてを奪われる。

国も、家族も、大切な人も、尊厳も、矜持も、感情も……そして命も。

「変えなくては、いけません」

この不条理な世界を。自分の最上の主が望むように。

きっと自分たちの主は、己の国だけでなく、その先を見るだろう。それが今ではなくても。

それを支えることが、二人の願いであり、未来だ。

「……だけど、本当についてますね。海の女神は、私たちの味方です」

ふふふ、と上機嫌で笑いながら、密猟船と商船の間に渡された、橋代わりの板の上を歩くクレナイに、アオは首を傾げる。

「獣人族たちを助けられたことが?」

「それだけではありません」

そう言ってクレナイは商船に降り立ち、その場で半回転してアオと向き合う。短くなった深紅の髪が揺れた。

「彼らを助けたということで、これからの交渉が有利にできそうです」

少なくとも、ある程度の地位にいるものと、面会することができるだろう。そうすれば、グレイシス王国の使者としての務めを、有利に進めることができる。

そしてアオは思い当たった。

クレナイは、密猟船のことを報告したとき、「ついてますね」と言ったことを。

その時点で、クレナイはこうなることを予想していたのだろう。そして今後、連邦での展開も。

策や才能だけでなく、運さえも、彼女の手の内だ。

「運さえ引き寄せる……恐ろしい軍師だ」

「それは違いますよ」

そう呟くアオに、クレナイはにっこり微笑んで否定した。

「すべては我が君、ハーシェが引き寄せているんです」

死のうと思っていた自分を留めたのも、人間を拒絶していた彼の心を開いたのも、すべて彼が引き寄せているのだ。

偶然かもしれない。だが続けば、それは必然だ。

ハーシェリクが、すべてを引き寄せているのだ。

ただ引き寄せる人物は、過酷な運命をも引き寄せる。

かつて『英雄』と呼ばれた者たちのように。

クレナイも、アオも、『英雄』の傍にいるのに足る人物にならねばならない。

「私たちも、我が君に後れはとりません。ですよね、ゲイル」

「そうだな、アルテ」

作りものではない、本物の微笑を浮かべた彼女に、いつもは無表情なアオも、微笑みで応えたのだった。


軍国では死神の代名詞で譬えられた『青き疾風』。

だが彼は『光の英雄』の許では、種族を越えた信愛の象徴である。

彼は種族が違えど、主君である『光の英雄』と、妻である『微笑の紅軍師』の傍にあった。

人より長寿である彼は、主君と妻、そして仲間たちを亡くしたあとも、異なる種族の懸け橋となり、尽力した。

そして妻を亡くしたあとも、『微笑の紅軍師』だけを愛した。

その種族を越えた愛の物語は、一握りの真実と様々な脚色で彩られ、語り継がれるのであった。

青き疾風と微笑の紅軍師　完

あとがき

こんにちは、あとがきもついに五度目となった楠のびるです。

この度は『ハーシェリクⅤ　転生王子と軍国の至宝』を手に取っていただき、ありがとうございます。前作同様、本編のネタバレになｒ（以下省略・巻ごとに短くなる仕様）。

おかげさまで、ハーシェリク（転生王子）シリーズも五冊目となりました。

作者が言うのもアレですが、正直に申しまして、前巻である意味キリがよかったので、続くかなーどうかなー無理かなーと弱気になっていました。

ただそんな作者のネガティブ思考を吹き飛ばし、応援してくださる皆様と出版社様のおかげで、続巻を出版していただけることとなり、本当に嬉しく思います。ありがとうございます。

さて今回も、担当M様が厳選してくださったシーンに、あり子様の美麗なイラストがつきます。

特に今回は、ハーシェリク陣営として初の紅一点の彼女と獣人族の彼が出てきますので、私も楽しみにしておりました。

二人はもともとWEB版で『白虹の賢者』を書いていたときに、ネタが降ってきたキャラです。

『光の英雄』を書いているときには、この話を書きたくて書きたくて、仕方がなかったことを記

憶しています。(そして書き始めると詰まるのもセットですが)
ＷＥＢ版は勢いで書いている部分があるので、今回も改稿作業は難航しました。
当時気がつかなかった矛盾の修正や、書き忘れたエピソード追加などなど。とくに矛盾点の指摘は担当Ｍ様がしてくれまして、ありがたくも恥ずかしくて。床をのたうちまわりました……。
担当Ｍ様や出版社様、あり子さんと二年以上、ＷＥＢからの皆様とは四年以上の付き合いで、とても感慨深くなりました。多くの人に助けてもらっていると、今更ながら感謝です。

それでは最後に、『転生王子と軍国の至宝』を手に取ってくださった皆様、ＷＥＢ版から引き続き応援をしてくださっている皆様、双葉社様、いつも感謝です担当Ｍ様、今回も転生王子の世界を美麗に描いてくださったあり子様、本屋で転生王子だ！　と一目でわかるカバーにしてくださったデザイナー様、誤字矛盾確認毎度ありがとうございます本当にすみません校正担当者様、他書籍出版にあたり携わっていただいた皆様、応援し見守ってくれる家族。

皆様のおかげで、今回も『転生王子』は、続編をお届けすることができました。

本当にありがとうございました！


宣伝(?)になりますが『小説家になろう』様では、転生王子の本編にはいれられなかった短編も公開しておりますので、興味のある方は是非読んでみてくださいね。

では、また次巻巻末で再会できることを願いまして、蛇足とさせていただきます。　楠のびる本書に対するご意見、ご感想をお寄せください。

あて先

〒162-8540 東京都新宿区東五軒町3-28
双葉社　モンスター文庫編集部
「楠のびる先生」係／「あり子先生」係
もしくは monster@futabasha.co.jp まで

ハーシェリクV
転生王子と軍国の至宝

2018年2月18日　第1刷発行

著　者　楠のびる
カバーデザイン　百足屋ユウコ＋モンマ蚕（ムシカゴグラフィクス）

発行者　稲垣潔
発行所　株式会社双葉社
〒162-8540　東京都新宿区東五軒町3番28号
［電話］03-5261-4818（営業）　03-5261-4851（編集）
http://www.futabasha.co.jp/（双葉社の書籍・コミック・ムックが買えます）

印刷・製本所　三晃印刷株式会社

［電話］03-5261-4822（製作部）
ISBN 978-4-575-24079-5 C0093